本书获教育部 2009 年人文社会科学研究青年项目(09YJC752023)资助

高校社科文库
University Social Science Series

教育部高等学校
社会科学发展研究中心

汇集高校哲学社会科学优秀原创学术成果
搭建高校哲学社会科学学术著作出版平台
探索高校哲学社会科学专著出版的新模式
扩大高校哲学社会科学科研成果的影响力

郝桂莲/著

反思的文学：
苏珊·桑塔格小说艺术研究

Literature of Reflection:
On Susan Sontag's Art of Fiction

光明日报出版社

图书在版编目（CIP）数据

反思的文学：苏珊·桑塔格小说艺术研究 / 郝桂莲

著 . -- 北京：光明日报出版社，2013.1（2024.6 重印）

（高校社科文库）

ISBN 978 - 7 - 5112 - 3848 - 1

Ⅰ.①反… Ⅱ.①郝… Ⅲ.①小说—文学研究—中国

Ⅳ.①I207.425

中国版本图书馆 CIP 数据核字（2012）第 303683 号

反思的文学：苏珊·桑塔格小说艺术研究

FANSI DE WENXUE：SUSHAN·SANGTAGE XIAOSHUO YISHU YANJIU

著　　者：郝桂莲

责任编辑：钟祥瑜　　　　　　　　责任校对：姚利梅

封面设计：小宝工作室　　　　　　责任印制：曹　净

出版发行：光明日报出版社

地　　址：北京市西城区永安路 106 号，100050

电　　话：010-63169890（咨询），010-63131930（邮购）

传　　真：010-63131930

网　　址：http://book.gmw.cn

E - mail：gmrbcbs@ gmw.cn

法律顾问：北京市兰台律师事务所龚柳方律师

印　　刷：三河市华东印刷有限公司

装　　订：三河市华东印刷有限公司

本书如有破损、缺页、装订错误，请与本社联系调换，电话：010-63131930

开　　本：165mm×230mm

字　　数：211 千字　　　　　　　印　　张：11.75

版　　次：2013 年 1 月第 1 版　　印　　次：2024 年 6 月第 3 次印刷

书　　号：ISBN 978 - 7 - 5112 - 3848 - 1 - 01

定　　价：65.00 元

CONTENTS 目　录

绪　论 ／1
　　第一节　桑塔格其人　／3
　　第二节　国内外研究综述　／9
　　第三节　目前桑塔格研究中存在的问题、本课题的研究思路和方法　／21

第一章　桑塔格的文学现实观　／24
　　第一节　意义的影子世界　／26
　　第二节　对历史的重构　／35
　　小　结　／47

第二章　桑塔格的小说作者观　／50
　　第一节　作者之死　／53
　　第二节　作者不死　／58
　　小　结　／67

第三章　桑塔格叙述主体观　／68
　　第一节　单一聚焦叙述者　／70

第二节　多重聚焦叙述者　/ 76

小　结　/ 89

第四章　桑塔格的小说情节观　/ 91

第一节　行为情节　/ 95

第二节　思想情节　/ 100

小　结　/ 105

第五章　桑塔格小说人物观　/ 107

第一节　虚构性人物　/ 112

第二节　主题性人物　/ 118

小　结　/ 125

第六章　桑塔格的小说形式观　/ 127

第一节　心理时空与历史时空　/ 129

第二节　"静默"与"言说"　/ 140

小　结　/ 153

结　语　/ 155

参考文献　/ 162

后　记　/ 179

绪　论

　　苏姗・桑塔格（Susan Sontag，1933～2004）的名字是与 20 世纪 60 年代一些极具先锋色彩的口号紧密相连的，熟悉她的名字和作品的人总是难免会想起那些当年曾引起国际文坛轰动的先锋口号："反对阐释"、"坎普"、"新感受力"等等。作为一位"特立独行"的女性作家，桑塔格在生前逝后都受到了批评界极大的关注。每当她有新著问世，或参加了一项社会活动，都会紧接着出现大量的批评文章，或褒或贬地加以评论。对于种种评论，桑塔格生前统统置之不理。她最希望人们仅把她视为一个作家，这是她从小就梦寐以求的身份。应该说，桑塔格的理想在很大程度上得到了实现，她不仅为《党派评论》（*Partisan Review*）撰写了多篇稿件，还一度成了引领美国，甚至是国际范围内文化潮流的先锋。桑塔格生前出版了 17 部著作，有小说、随笔和文化批评，被译成包括中文在内的 30 多种语言，在世界各地出版，去世后又出版了一部著作。她一生获得了无数的荣誉，重要的奖项有 1978 年因《论摄影》（*On Photography*，1977）一书获国家图书评论业界奖；2000 年因《在美国》（*In A-merica*，2000）一书获国家图书奖；2001 年的耶路撒冷奖；2003 年的德国书市和平奖；以及 2003 年的奥地利王储奖等等。

　　虽然桑塔格的影响波及到了文化界的诸多方面，有关桑塔格的评论也比比皆是，但系统研究其思想和创作的著作却不多见，专门对其小说创作进行研究的则更鲜见。究其原因，大抵可以有以下几条：第一，桑塔格历来反对所谓的"阐释"，对 60 年代之前风行美国的新批评和"纽约知识分子"（New York Intellectuals）式的批评分别予以了批判，反对在世界之上另建一个"意义的影子世界"，对那些批评、褒奖她的评论更是不屑于顾；第二，桑塔格的批评与论述庞杂繁多，所涉及的领域包括哲学、艺术、历史、政治、文学、摄影、医学、建筑、音乐等诸多学科，令众多仰慕她的读者望而生畏，也令批评界的学者一时无从入手；第三，桑塔格处在先锋文化和批评文坛的抢眼位置约四十年，前后经历各种思潮与理论的流变，桑塔格自身也经历着成长和对前期思想的不断否定，这让很多评论家一时无所适从；第四，桑塔格天资聪颖，又受到了系统的欧洲哲学思想的熏陶，经常在欧洲与美洲大陆间穿梭，批评和创作均受到了欧洲思想的影响，她所评论的人物要么是无甚名气的先锋派作家或导演，要么是思想深邃、不易读懂的思想家，她的小说创作也深受各种欧洲思想的影响，读来令人大伤脑筋。利亚姆·肯尼迪（Liam Kennedy）在《苏珊·桑塔格：心灵的激情》（Susan Sontag：Mind as Passion，1995）一书中虽然曾列举了影响桑塔格的一些欧洲作家、思想家，[①] 但整部书讨论的是美国社会文化背景下的桑塔格及其著作，至于欧洲文化和思想对桑塔格小说的影响，则没有系统的论述。

安德烈·纪德（Andrew Gide）曾经告诫人们，对于有些问题，以人类的智力，不宜追究得太深。米兰·昆德拉（Milan Kundera）的所谓"人类一思考，上帝就发笑"，说的其实也是同一个意思。但对于桑塔格来说，她的思索和对思想的探求却是没有疆域和界限的。这不仅体现在她以思想性著称的批评论文中，在她的小说创作中，这样的情形也随处可见。桑塔格的政治理想、价值伦理和哲学思考固然因为她在多种政治和批评实践中得到了体现，但是如果就用那些实践来概括桑塔格的思想和文学成就，又未免太过简单。这就涉及到了对桑塔格文学观进行深层次审视的问题。事实上，桑塔格一生关注文学与艺术的终极属性问题，关注文学作品与现实的关系问题，她所衷情的小说创作恰好为我们审视她的艺术主张提供了探索的平台，让我们在沉浸于她的艺术思索世界的同时更清楚地认识她自身。

"文学构成的一部分就是它的多重性（plurality），即书与书之间的对话。"[②]桑塔格在一次接受采访时如是说。只要文学活动尚在，这种对话就不会停止，而所谓的"终极意义"或"唯一意义"就只能是天方夜谭。法国理论家蒂费纳·萨莫瓦约（Tiphaine Samovault）也曾说："文学的写就伴随着对它自己现今和以往的回忆。它摸索并表达这些记忆，通过一系列的复述、追忆和

---

① Liam Kennedy, *Susan Sontag*：*Mind as Passion*. Manchester and New York：Manchester University Press，1995. p. 10.

② Leland Poague，ed.，*Conversations with Susan Sontag*. Jackson：University Press of Mississippi，1995. p. 201.

重写将它们记载在文本中，这种工作造就了互文。"①对于互文性理论研究者来说，所有的文学作品都在一定程度上带有其它文本的痕迹，这些文本可以是书写文本，也可以是非书写文本。如果我们在这一理论背景下审视桑塔格的小说创作，会惊讶地发现这位举着"反对阐释"大旗的旗手实际上在自己虚构的世界里为众多的思想家们举行了一场盛宴，让不同的思想和意义在这里狂欢。在这个世界里，生和死没有了界线，现实和梦幻被混为一谈。还是在这个世界里，有人身着奇装异服，把美作为唯一的追求；有人眉头紧锁，思索走出迷宫的出路；有人把扭曲的秩序撕成了碎片并耽于享乐；还有人忧郁地吹起世界末日的号角，倾心收藏，试图让现在永恒。在这个世界里没有惟一，只有多元；没有终极的答案，只有不断否定和反思，从而让思想在自我的世界里徘徊并发展。

第一节　桑塔格其人

"我虽出生在纽约，成长在美国的某个地方，可是生命却是在中国孕育的。"② 桑塔格在她的一部短篇小说里这样写道。1933 年 1 月 16 日，苏珊·罗森布拉特（Susan Rosenblatt）出生于纽约。母亲在临产前几个月，才独自离开在天津从事毛皮贸易的丈夫回到美国。苏珊 5 岁时，父亲因患肺结核在中国病逝。母亲回国后不久再嫁美国空军退役飞行员内森·桑塔格（Nathan Sontag），苏珊从此改姓桑塔格。在跟随母亲和继父在亚利桑那州生活的这段时间内，她大量地阅读了各种书籍。在读到居里夫人的传记后，她就打算将来成为一位化学家，后来还曾立志成为物理学家。最终，文学的魅力使她无法舍弃，开始了作家梦的追寻。

桑塔格自幼才智过人，六岁就插班到了三年级，十六岁就考进了伯克利加州大学，后来又转入芝加哥大学，仅用了两年的时间就完成了本科课程。芝加哥大学当时强调的是文本细读传统，期末考试采用考试的形式，而不是像其他学校一样要求学生撰写论文，因此桑塔格必须熟读西方文学和哲学的经典文本，努力解读伟大思想家和文学家的作品及思想。在芝加哥大学就读期间，桑

---

① 蒂费纳·萨莫约瓦：《互文性研究》，邵炜译，天津：天津人民出版社，2002 年，第 35 页。
② 桑塔格：《我及其他》，徐天池等译，上海：上海译文出版社，2009 年，第 3 页。

塔格曾旁听年轻的社会学教授菲利普·里夫（Philip Rieff）的课程，两人一见钟情，十天之后便步入了婚姻的殿堂。当时桑塔格只有 17 岁。婚后她与里夫合作完成了里夫正在撰写的学术专著《弗洛伊德：道德家的思想》（*Freud：The Mind of the Moralist*，1959）。

两年后，他们的儿子戴维·里夫（David Rieff）出生。随后，桑塔格和丈夫迁居波士顿，开始了在哈佛大学的研究生学习。她在 1957 年获哲学硕士学位，然后便获奖学金赴牛津大学深造。翌年她转入巴黎大学旁听西蒙·德·波伏娃（Simone de Beauvoir）的讲课，二者很快成为朋友。她还在巴黎发现一批热衷于好莱坞影片并以非常严肃的态度探讨电影艺术的知识分子。她住在巴黎的拉丁区，在那里，每场戏剧表演结束后，观众都会针对戏剧情节展开长时间的热烈辩论。这种艺术氛围使她对包括荒诞派在内的法国现代派戏剧产生了浓厚的兴趣。同时她也开始阅读众多超现实主义作家的作品，并继续研读"为艺术而艺术"唯美主义理论家沃尔特·佩特（Walter Pater）和奥斯卡·王尔德（Oscar Wilde）的文章和著作。超现实主义作家和先锋派艺术家的左倾政治主张极大地影响了这一时期的桑塔格，他们柏拉图式的艺术家介入政治的模式后来促使她走访了古巴、越南和中国，并让她同情共产主义运动，写出了著名的《河内之旅》（*A Trip to Hanoi*，1968）等作品。桑塔格在法国逗留期间还受到当地一些流行的哲学和文艺思潮的影响，尤其是以萨特、加缪和梅洛·庞蒂等为代表的存在主义哲学给她以极大的启迪，为她后来所从事的文艺批评及创作实践提供了大量的材料，也极大地开阔了她的视野。

自从到法国接触了欧洲大量的精英知识分子以后，桑塔格原有的价值观受到了严重的冲击，生命历程也发生了巨大的改变。1958 年，回到美国后，她要求离婚，主动提出不要丈夫的资助而独自抚养儿子。1961 年，她开始为著名的杂志社撰写批评论文，并先后在纽约市立大学、萨拉劳伦斯大学和哥伦比亚大学任教。1979 年，她接受《滚石》（*Rolling Stone*）杂志采访时说："摇滚乐真正改变了我……我认为是比尔·海利、彗星组合和查克·贝利让我不得不做出了离婚和离开教育界的决定。……五十年代研究高雅文化和热衷于大众文化的人完全不相往来，我认识的人中没有一个对两者都感兴趣，而这一兴趣我却一直都有。"① 正是从那个时候起，她开始关注并倡导先锋艺术，并且很快就以《反对阐释》（*Against Interpretation*，1964）一书在文坛展露锋芒。她不仅以权威的笔触评论哲学、文学、电影和历史，其文章内容还涉及到纽约和欧洲的先锋派文学艺术，把现代文学艺术的新潮流，尤其是欧洲的文学思想介绍给美国大众。这本书也标志着她与恪守"高雅文化"的以严肃左派文人为代表的正统纽约知识分子分道扬镳。随着评论集《激进意志的样式》（*Styles of Radical Will*，1969）和《在土星的标志下》（*Under the Sign of Saturn*，1980）的相继出版，桑塔格作为文化批评名家的地位基本得到了确立。同时，她的小说家声望也随着《恩主》（*Benefactor*，1963）和《死亡之匣》（*Death Kit*，1967）的问世而闻名遐迩。

在 1970 年和 1974 年，桑塔格在瑞典分别拍摄了两部由她本人撰写脚本并执导的影片《食人者二重奏》（*Duet for Cannibals*）和《卡尔兄弟》（*Brother Carl*），开始了她本人关于电影实践的探索。她在《反对阐释》一书的第四部分中多处论及电影艺术，有关于布勒松、戈达尔和雷乃等人的电影，科幻电影和色情片的六篇文章。它们不是简单的影评，每一篇都旁征博引，十分精密和复杂，充满了她在美国被人屡遭嘲讽的所谓"法国腔调"。虽然桑塔格可以称得上是标准的影迷，在电影评论方面也绝对称得上大师，但是她自己拍摄的几部影片却都反响不大。在几乎同一个时期，桑塔格开始介入女性主义运动。在她发表的两篇文章《年老的双重标准》（"The Double Standard of Aging"，1972）和《妇女第三世界》（"The Third World of Women"，1973）中，她提出妇女解放意味着权利的口号。她认为女人参加工作是从心理和性别的角度对生殖异性的攻击，一个摆脱压迫的社会应是两性同体（androgynous）的。因此，在一个解放了的社会，同性恋选择将与异性恋选择一样受到尊重，而两性同体的最大敌人是大男子主义。半个世纪前，英国女性主义作家弗吉尼亚·伍尔芙（Virginia Woolf）的经典女性主义文本《一间自己的房间》（*A Room of One's Own*，1929）中所阐释的女权主义思想，在桑塔格的著作里得到了体现。

虽然桑塔格在文化批评界和小说创作界，甚至电影界都闻名遐迩，但是多数人并不知道桑塔格生活的艰辛。她居无定所，经常入不敷出，早期靠教书、

---

① Jonathan Cott, "Susan Sontag: The Rolling Stone Interview", in Leland Poague, (ed.) *Conversation with Susan Sontag*, Jackson: University Press of Mississippi, 1995. p. 115.

后来只能靠写作和编书维持生活。她虽然从 60 年代起就在曼哈顿定居，但直到 1990 年获得麦克阿瑟基金会为期五年共 34 万美元的学术津贴，加上首次拥有文学代理人而得到的可观收入，才得以买下自己的住所。1976 年后，她先后患上了几种癌症，因为付不起医疗保险，只能仰赖朋友的慷慨筹款，才得以同病魔搏斗，并完成了轰动一时的名著《疾病的隐喻》（*Illness as Metaphor*，1978）和《艾滋病及其隐喻》（*AIDS and Its Metaphors*，1989）。这些关于疾病的著作得到了众多行业人士的反应，文化界、医疗界乃至心理学界都频频发表文章进行评论，桑塔格也因此书受到美国妇女全国图书协会的表彰，理由是这本书是由一位女性作家撰写并改变了世界的 75 本书之一。

在与疾病作斗争的同时，作为文化名人的她，一直坚持不懈地为杂志写稿，其中包括后来成为摄影界经典著作的《论摄影》（*On photography*，1977）和她惟一的一部短篇小说集《我，及其他》（*I, etcetera*，1978）。《论摄影》一书以特有的美学眼光，社会学和历史学的开阔视野，对"摄影史"进行了多角度的探讨，清理了摄影和绘画、摄影和电影，以及与纪录片之间错综复杂的关系。另外，桑塔格在此书中一再强调的审美趣味使高雅艺术和大众艺术同时陈列于世人面前，认为摄影把整个世界看作材料，并且认为摄影是一种十分民主的媒介手段。桑塔格对摄影艺术深入又独到的见解使本书在出版后好评如潮，虽然有人指出了她书中关于摄影史有些常识性的错误，但没有人能否认此书开启了关于摄影真正意义上的思考。《我，及其他》由八个短篇小说组成，基本上采用后现代主义艺术表现手法，虽说是小说，但是很多故事几乎没有什么完整的情节，人物形象不是零散破碎就是扭曲变形，常常是由一个个意义互不关联的片断随意堆积就成了一篇篇小说。这部短篇小说集以其脱俗的形式使她早期因《反对阐释》而成就的名声又一次为世人瞩目。

1980 年，桑塔格又出版了另一部重要的批评文集《在土星的标志下》。在这部文集里，桑塔格不再像过去一样专门为大众文化立碑唱诵，而是把批评的触角伸向了现代派经典艺术家们，体现出了桑塔格特有的独立思考的精神。在这里，桑塔格让我们看到了思想的重要以及智慧的力量。文集出版后，虽然受到了有很多褒贬不一的批评，但更多的是肯定和赞赏，有人甚至认为它可与塞缪尔·约翰逊（Samuel Johnson）的《英国诗人传》（*Lives of the Poets*，1781）

相媲美。①

　　虽然桑塔格多次撰文反对将艺术与道德和政治强拉硬扯，但她自己却有着极为坚定和鲜明的政治主张。对于越战、波黑战争、"9·11"事件以及后来的伊拉克战争，桑塔格都鲜明地表达了自己的观点。20 世纪 60 年代中期政治风云变幻的岁月，桑塔格热血沸腾地投身于反越战运动。在《巴黎评论》（Paris Review）主办的一次讨论会上，她振聋发聩地喊出了"白种人是人类历史的癌瘤"这样的怒吼，乃至得出"美国的立国基础是种族灭绝的大屠杀"和"美国生活的质量是对人类发展可能的羞辱"的极端结论。②为了亲眼目睹战争的现实，她于 1968 年以美国公民的身份访问北越，写出了长篇纪实报道《河内之行》（Trip to Hanoi）。这时的桑塔格已经彻底告别了纽约高雅知识分子的安逸书斋，早早地结束了自己在高校的教书生涯，对越南和古巴反美事业持续声援，加上她后来在 1979 年对中国进行的访问，使左翼自由知识分子对她高度赞扬并引之为同道。然而，桑塔格在 20 世纪 80 年代初期因为波兰当局对民众的残酷镇压，又一反常态地指责其施行的举动乃是"戴着人类面具的法西斯行径"，③让很多包括左翼知识分子在内的人士不知所措。桑塔格政治姿态从对左翼事业的支持到指责的转变，使她的许多仰慕者一时间感到十分迷惑。

　　进入 21 世纪以来，桑塔格虽然年事已高，而且仍然病魔缠身，但她仍笔耕不辍，于 2001 年又推出一本新的评论电影、音乐、舞蹈、戏剧和摄影等各类艺术以及翻译、旅游、思想、幻觉等方面的论文集《重点所在》（Where the Stress Falls）。这部文集延续了桑塔格一贯的敏锐和多元的视角，将目光投向了现当代的重要诗人、作家、戏剧家、舞蹈家，以及各种类型的艺术形式。由于其独特的敏锐性，使读者可以透过文章本身看到艺术作品中永恒的人性，永恒的正义感，永恒的批判精神以及永恒的冷静。"9·11"事件以来，她在《纽约客》（New Yorker）上发表了强烈批评美国霸权主义的意见，认为那些恐怖分子并不是布什所谓的胆小鬼，而是对一个世界超级大国肆无忌惮干涉民主和

---

① Carl Rollyson, Lisa Paddock, *Susan Sontag*: *The Making of an Icon.* New York and London: W. W. Norton & Company, Inc, 2000. p. 214.

② Ibid., p. 123.

③ Carl Rollyson, Lisa Paddock, *Susan Sontag*: *The Making of an Icon.* New York and London: W. W. Norton & Company, Inc, 2000. p. 221.

自由的勇敢报复。桑塔格无所畏惧的公开表态，自然引起了轩然大波。不久，桑塔格又出版了关于战争暴行摄影的论著《关于他人的痛苦》（*Regarding the Pain of Others*, 2003），进一步申明了她对美国霸权立场的否定态度。2004 年 5 月，在巴格达阿布格莱布监狱传出美军虐待囚犯事件的消息后，桑塔格在《纽约时报杂志》（*New York Times Magazine*）发表文章，对布什政府发动的对伊拉克的战争进行谴责。这几乎是桑塔格留给世人的最后一篇文章。

由于她激烈的政治言论，人们往往把桑塔格在政治上归入左派，但桑塔格自己并不认同，她认为自己参与各种政治活动的意图，并非要作政治介入，而完全是道德上的冲动。在 1987 至 1989 年间，桑塔格担任国际笔会美国分会主席，曾为解救众多遭受政治迫害的艺术家多方奔走。1993 年，她冒着波黑战争的炮火多次前往萨拉热窝，在那里执导了贝克特（Samuel Beckett）的戏剧作品《等待戈多》（*Waiting for Godot*, 1952），象征着萨拉热窝人为赶走塞尔维亚人在等待着西方的援救。所有这些都是桑塔格处于人道主义和道德的同情，而非政治上的利益做出的举动。正因为如此，桑塔格才赢得了无论是左翼还是右翼知识分子的普遍赞誉。90 年代之后，桑塔格又推出了三部重要的作品，一部是关于女性和想象力的话剧《床上的爱丽丝》（*Alice in Bed*, 1993）和两部长篇小说《火山恋人》（*Volcano Lover: A Romance*, 1991）及《在美国》（*In America*, 2000）。三部作品的主角都是女性且都具有鲜明的性格，都是以历史上的人物为素材，其中两部长篇小说一反作者早期作品荒诞梦幻的题材和写作手法，转而运用现实的题材和手段，夹杂了大量作者自己的声音和形象，完全不似当年《反对阐释》所倡导的风格，令评论界和读者惊讶不已。

作为美国文化思想史上的重要人物，桑塔格的声名和成就主要来自她以文化批评家身份所写作的随笔和论文，而不是她偶尔客串电影制作者、剧作家和话剧导演身份所取得的成就，甚至与她的小说创作努力也没有太大的关系。她过去四十年里所出版的那些非虚构文集已成为美国当代学术构成的不可分割的一部分。对此，桑塔格自己也有明晰的判断："我知道《反对阐释》一书被人们看作是代表六十年代的示范文本之一，而且如今那段岁月已经成了传奇的年代。其实我并不愿意用'二十世纪六十年代'之类的标签。把自己的生活以及自己时代的生活以十年为单元打包是时下的通行做法，然而我对此并不热衷。当初人们并不称它为六十年代。对我来说那首先是我写头两部小说的年月，也是我开始派发有关艺术、文化以及意识的功能等想法的时辰，那时这些想法不断袭扰我，使我不能专注于小说写作。我心里充溢着传播福音的狂热。"①这部经典论集中所收录的《反对阐释》（"Against Interpretation"）、《论风格》（"On Style"）、《关于"坎普"的札记》（"Notes on'Camp'"）和《一种文化与新感受力》（"One Culture and the New Sensibility"）四篇文章，是桑塔格在六十年代为弘扬和捍卫电影、摄影、现代绘画、舞蹈和流行音乐等前卫艺术的特殊价值而建树的理论核心。进入八十年代以后，桑塔格毅然宣布，要把主要精力放在小说创作上面，而且她坚持以"作家"的身份出现在公众的视野，体现了她对作家身份，而不是批评家身份的重视。

2004 年 12 月 28 日，桑塔格在曼哈顿病逝，享年七十一岁。在她去世以后，全球各大媒体均用大面积版面隆重悼念她的离去。《华盛顿邮报》（*Washington Post*）称她为"无畏的思想家"，《卫报》（*Guardian*）对她的定义是"以笔为枪的斗士"，"一位重新定义了美国文化视野的审美主义者"，BBC 则称之为"美国先锋派的女大师"。②她被认为是当代最重要的女性知识分子之一，思想质量和影响力可以与西蒙·波伏瓦、汉娜·阿伦特（Hannah Arendt）并称。她的去世，是西方文化界，乃至整个知识界的一个重大损失。

第二节　国内外研究综述

一、国外研究综述

迄今为止，没有谁能为桑塔格描述一个她在不同领域的批评镜像，这主要源于她所触及的领域太宽太广，也源于她在美国文学文化史上所招致的巨大争议。40 年来，公众对桑塔格的读解几度分裂，她被截然不同的词汇描述着：引发激烈争议的，虎头蛇尾的；创造性的，无创意的；幼稚天真的，深奥难解的；亲切随和的，冷漠超然的；高人一等的，民粹主义的；清教徒般的，纵情享乐的；真挚诚恳的，矫揉造作的；禁欲主义的，浮华奢侈的；左翼激进的，右翼保守的；深刻的，肤浅的；热情的，冷血的；傲慢专断的，犹豫不决的；明晰的，模糊的；狂热的，理智的；疏远冷淡的，溢于言表的；中肯的，过时

---

① 桑塔格：《三十年之后》，选自《重点所在》，黄梅译，上海：上海译文出版社，2004 年，第 318 ~ 319 页。

② 转引自康慨：《非凡的苏珊》，载于《光明书评》，2005 年 1 月 14 日。

的；模棱两可的，坚持不懈的；狂欢的，忧郁的；幽默的，古板的；冷漠的，激情的；刚愎自用的，性情和顺的…… ①

这些褒贬不一的评论大多源于她激进的文化和政治姿态，因此可以说，大多数有关桑塔格的评论都是从桑塔格的文化和政治身份谈起的。自 1962 年起，桑塔格就陆续在她一直钟爱的《党派评论》上发表批评文章，渐渐地引起了欧美文坛的关注。1966 年，桑塔格以一本《反对阐释》而成了欧美批评界备受瞩目的人物，她的批评论文将过去一直处于两个阵营之内的高雅文化和大众文化巧妙地联手，倡导时代艺术的"新感受力"，在两种文化之间走出了第三条道路。《党派评论》的主编威廉·菲利浦斯（William Philips）认为桑塔格的风格"结束了人们对大众文化和商业文化的敌对态度，超越了原有的命题，开创了一条重新审视我们文化对象的新路径"②。欧文·豪（Irving Howe）认为 40 年代中期的格林伯克（Greenberg）和麦克唐纳（Macdonald）所阐释的大众文化范畴是静止不变的，完全不能纳陈出新，而桑塔格的文化理论恰恰是动态的，旨在破除大众文化与高雅文化之间的壁垒，表明了贝克特戏剧和甲壳虫乐队之间的某种贯通。③虽然桑塔格多次强调自己并不想成为一个公众焦点人物，但她留给公众的一直是个激进的、引领文化潮流的先锋形象。正如威廉·菲利浦斯所说："如果桑塔格不曾存在，美国的知识分子文化也会制造出一个桑塔格来。从某种意义上说，这种文化确实造就了她。桑塔格不仅成了一种象征，而是多种象征……她的知识分子的地位及对美国文化批评的贡献是与这些大众观念分不开的。"④

很多理论家认为从《反对阐释》中，特别是从《一种文化与新感受力》中，看到了桑塔格对后现代主义最早的欢呼。但是她本人并不赞同别人给自己贴上"高雅文化和通俗文化的沟通者"的标签，并直言自己对后现代主义的不屑。与其说是她在为大众文化正名，不如说她主张坚定不移、直截了当地从各种文化中汲取经验和愉悦，而这个前提是对各种价值和感受的承认。在一次

---

① 转引自赵武平：《她始终在旁观皇帝的新衣》，载于《南方周末》，2005 年 1 月 6 日。

② Carl Rollyson, Lisa Paddock, *Susan Sontag: The Making of an Icon.* New York and London: W. W. Norton & Company, Inc, 2000. p. 87.

③ Ibid. , P. 100.

④ Liam Kennedy, *Susan Sontag: Mind as Passion.* Manchester and New York: Manchester University Press, 1995. p. 1.

访谈中，桑塔格曾特别强调文化及艺术的复杂性，"这么说是对的，可是，那么说也没有错。这不是个非此即彼的问题，它更像一个转动着的多棱镜——从另一个角度看待问题。"①

　　桑塔格在政治上的公众形象也是批评家们关注的焦点之一，这当然和她的政治身份和政治活动密不可分。在《河内之行》中，桑塔格自称是"新激进主义者"和"新左派分子"，这样的标签也被众多研究桑塔格的学者们认同。她在对待越南、古巴、中国、波兰、波黑及伊拉克问题上的态度显示了她批判强势集团和支持正义和真理的立场。在 1989 年的拉什迪（Salman Rushdie）事件中，当时担任国际笔会中心美国分会（American Center of PEN International）主席的桑塔格不顾巨大的危险和阻力，站出来替拉什迪说话，呼吁人们摒弃唯利是图的态度。拉什迪一直对此难以忘怀，在悼念桑塔格的文章中，他称她为"真正的患难的朋友"。出于对正义的追求和知识分子的良心，她游走在世界各地，用言论张扬正义、影响公众。1993 年，科索沃战争期间，在南斯拉夫战火纷飞的战场，她导演了萨缪尔·贝克特的名剧《等待戈多》。《纽约时报》的记者约翰·博恩斯（John Burns）在评述这一事件时说："对于萨拉热窝的人民来说，桑塔格已经成了一种象征。"②

　　对于桑塔格的政治立场和激进行为，也有很多人持反对态度。80 年代末桑塔格在波兰华沙进行的"市政大厅的讲话"（Town Hall speech）后，遭到了众多的非议。马歇尔·伯曼（Marshall Berman）认为桑塔格的言辞过于极端，甚至有些荒谬。他认为桑塔格是在虚伪地展示自己作为遭疏离的作家身份，质疑她"真的认为阐释就是耗尽与枯竭世界吗？真的相信白人就是历史的癌症吗？"马丁·佩雷兹（Martin Peretz）撰文指责桑塔格的政治倾向混乱不堪，认为"像桑塔格这样的人在世界上是不应该有政治立场的，因为她的观点是混乱的。"D. 凯斯·马诺（D. Keith Mano）最初曾为桑塔格的讲话欢呼鼓掌，但后来也认为它"不过是个语义上的骗局"。③在"9·11"事件后，桑塔格并

---

　　① Leland Poague, ed., *Conversations with Susan Sontag*. Jackson：University Press of Mississippi, 1995. p. 194.

　　② Carl Rollyson, Lisa Paddock, *Susan Sontag：The Making of an Icon*. New York and London：W. W. Norton & Company, Inc, 2000. p. 293.

　　③ Carl Rollyson, Lisa Paddock, *Susan Sontag：The Making of an Icon*. New York and London：W. W. Norton & Company, Inc, 2000. p. 223.

没有随大流地将矛头指向伊斯兰世界，而是强烈抨击美国政府以及媒体上充斥的反伊斯兰情绪。她无所顾忌的"反美主义"言论，受到一些人的抨击。《新共和》（*New Republic*）杂志甚至说："本·拉登、萨达姆·侯赛因和苏珊·桑塔格，他们有什么共同之处？答案是：他们都期望着美国的毁灭。"尽管如此，公众大多还是赞成她勇敢的姿态和自我批判的意识，各媒体在她去世后也赋予了她各种称号，如《多伦多星报》（*Toronto Star*）称其为"自由的母狮"①，《爱尔兰时报》（*Irish Times*）则将她命名为"斗争到最后的战士"②。

　　如果说人们对桑塔格在文化和政治上的立场颇有争议的话，那么她作为思想家的地位竟是少见的众口一词。她是一个思想家，但她不是哲学家，是富有哲学思想的思想家。加拿大著名女作家玛格丽特·阿特伍德（Margret Atwood）说："她是一位勇敢而独特的思想家，永远让你思考。"美国笔会副主席丽莎·阿皮吉那内西（Lisa Appignanesi）说："苏珊·桑塔格的去世在西方文化生活中留下了一个黑洞。极少有女性能顶住身为知识分子的考验；也极少有男性有像她那样的道德勇气做得那么出色。也许只有西蒙·德·波伏娃才有相似的地位：一位犀利的思想家，深爱文学、艺术思想，能用小说或者论文掀起暴风雨，也无所畏惧地在时代最需要的时候对时代做出慷慨激昂的评论。"评论家艾丽西亚·奥斯特克（Alicia Ostriker）认为桑塔格并非由于有了某种特定的或者是激情四射的观点而出众，而是由于她探索新生事物的热情。"敏感的人可以说比比皆是，但桑塔格更为宝贵的才华来自于她的头脑。"③《华盛顿邮报》在她去世后称她为"思考的女性"，高度称赞了她思想的力量，大概可以代表多数人对她作为思想家的崇敬。

　　对桑塔格的思想及知识构成最为贴切的描述大概要属研究桑塔格的美国学者索恩娅·塞尔斯（Sohnya Sayres）。塞尔斯在其所著《苏珊·桑塔格：忧伤的现代主义者》（*Susan Sontag：The Elegiac Modernist*，1990）一书的序言中认为桑塔格的现代性决定性地由两种文化融合构成，其中占主导地位的是战后法国的小说、电影和戏剧，以及萨特、加谬、卢卡奇、列维–施特劳斯、罗兰·巴特、E. M. 肖兰等人的哲学和批评；其次则是她从小就向往的围绕在《党

---

① Hillel Italie, "Susan Sontag, 71, 'the liberal lioness'", *Toronto Star*（Canada），Dec 29, 2004.

② "A fighter to the end," *Irish Times*, Jan 10, 2005.

③ 转引自《南方周末》，2005 年 1 月 6 日。

派评论》"评论"（Commentary）"政治"（Politics）及"不同政见者"（Dissent）栏目周围的左派纽约知识分子。全书围绕桑塔格作品的现代性特征这一问题进行了全面的评述，可惜成书较早，对 1990 年以后的桑塔格及著作无法涉及，而这之后的桑塔格较前期又在众多方面有了很大的不同。

桑塔格对于美学问题的关注也引发了大量的对桑塔格美学思想的评述。米切科·卡库塔尼（Michiko Kakutani）在《纽约时报》上发表评论说，在桑塔格那里，"艺术和道德没有共同的基础，最重要的是风格，而不是内容。"① 与之类似的是，爱德华·格罗斯曼（Edward Grossman）认为桑塔格基本摒弃了那种"艺术是对生活的批判"观念，指出桑塔格对艺术与科学、高雅与低俗的区分问题基本持否定态度，认为这样的区分基本上是错误或者无关的，如果不是完全错误或无关的话。在早期的《反对阐释》和《激进意志的样式》中，桑塔格反对用社会学的方法对文学进行枯竭式的分析，这在斯坦利·阿罗诺维茨（Stanley Aronowitz）看来，为当时的批评界提供了一种"解放的景象"，虽然在那之后的近四十年的时间里，桑塔格的美学观念不断发生变化，但她一直保持着这种高度的美学自觉性，提倡一种感性的观察方式。约翰·S. 彼得森（John S. Peterson）认为，桑塔格的批评文章严格说来不是评论，而是关于美学的案例分析，是一套她自己关于感受力的理论。②在桑塔格发表了著名的《论摄影》一书后，评论界更是为对她的美学观念大为震惊，一时间好评如潮。《华盛顿邮报》评论说："在过去的 140 年中，摄影影像改变了对我们观看世界以及观看我们自己的方式，这本书正是对这一深刻改变所作的才华横溢的分析。"《纽约时报书评》的一位作者对这部书的赞扬则更加溢于言表："《论摄影》一书的每一页都以最好的方式提出了有关其主题的问题，这些问题十分重要，而且令人激动不已……作者在此书中的论述场景和论述层次让人一目了然。"③

《疾病的隐喻》（*Illness as Metaphor*，1978）一书是桑塔格在自己身患癌症并与之奋力搏斗的过程中孕育而成的，是有关疾病的意义和隐喻的文化批评论

① Michiko Kakutani, "For Susan Sontag, the Illusions of the 60's Have Been Dissipated." *The New York Times*. 11, Nov. 1980.

② 以上评论均转引自 *Contemporary Authors Online*, Thomson Gale, 2005.

③ 以上评论均转引自 Carl Rollyson, Lisa Paddock, *Susan Sontag: The Making of an Icon*. New York and London: W. W. Norton & Company, Inc, 2000, pp. 175~181.

文。虽然它的批评对象有些特殊，但桑塔格对疾病这一问题的看法却和她对很多艺术问题的看法如出一辙。《观察家》（*Spectator*）的一位作者评论说："桑塔格试图走到思想语言的背后来暴露和澄清掩盖在语言面具之下的预设和恐惧，她是这个工作的最佳人选……语言、隐喻、意象、感觉，它们都非常重要，实际上在文本世界之外起作用。"① 1992 年，美国妇女丛书协会把《疾病的隐喻》一书列为"改变世界妇女言论"的 75 种图书之一，足见这本书的影响之大。虽然有很多评论家都分别从语言的意义及去神话化的角度对这篇著作大加赞赏，但同时它也招致了包括医学界人士在内的诸多批评。如，有论者指出桑塔格从文学作品中得到的分析不能代表社会作为一个整体对肺结核的看法，而文学只是社会的一种标准，而且肯定是不科学的。"智力上的勇敢和智力上的自我陶醉是两回事，桑塔格小姐似乎没有把二者区分开来。"②

还有一类评论关注到了桑塔格在 1980 年出版了第三部论文集《在土星的标志下》之后发生的变化。桑塔格不再以一个先锋文化的拥护者或文化调和者的面目出现，而是更多地受到了历史观的影响。利奥·布劳迪（Leo Braudy）在《新共和》上宣称桑塔格"找到了一种美学姿态，染上了自我放纵的色彩，同时沾上法西斯主义的论调"③。瓦尔特·肯德里克（Walter Kendrick）则更进一步地称桑塔格是"杰出的具有维多利亚世代特点的人"，指出尽管她的观点左右摇摆，但她总是将现代主义当作一个全新的现象来考察，好像她来自 19 世纪，用冷静的、理性的、经典的方式来审视它。④还有论者认为这是一本自传式批评论著，桑塔格在她笔下的人物肖像身上投上了自己的影子，别传成了自传。桑塔格本人也在一次接受采访时暗示说这是一部"经过改头换面的自传"，每一个她所评论的人物都是另一个版本的桑塔格。⑤

以上种种，归结起来，都是将桑塔格的非虚构作品置于广义上的文化背景下考察其政治、文化、美学及社会学意义的评论。桑塔格在这些人笔下，是批

① Sara Maitland, " Practising Safe Language," *Spectator* 262, No. 8385（25 March 1989）：29.

② Carl Rollyson, Lisa Paddock, *Susan Sontag*：*The Making of an Icon*. New York and London：W. W. Norton & Company, Inc, 2000. p. 185.

③ Carl Rollyson, Lisa Paddock, *Susan Sontag*：*The Making of an Icon*. New York and London：W. W. Norton & Company, Inc, 2000. p. 213.

④ Ibid. p. 213.

⑤ Roger Copeland, "The Habit of Consciousness," in Leland Poague, ed. , *Conversations with Susan Sontag*. Jackson：University Press of Mississippi, p. 184.

评家桑塔格，而不是作家桑塔格。花如此多的笔墨介绍其批评家形象，是因为她的这一形象在当时和后来的批评界产生了巨大的影响。关于她的批评身份归属问题，也有许多不同的说法。有人认为她是第二代"纽约知识分子"的代言人，也有人在她的"反对阐释"概念里找到了与新批评派的异曲同工之处。由于她看重文学作品的形式和风格因素，因此还有人认为她实际上是个形式主义者。桑亚·塞尔斯和另外一些人竭力为其现代主义者的身份辩护，而另外一些人则从桑塔格主张不确定性和否定性找到了她后现代主义者的行踪。

　　相比较而言，评论界对桑塔格的小说和戏剧创作的关注程度则要逊色许多。多数人认为桑塔格的小说创作主要可分成两个时期，以 1992 年《火山恋人》的出版为界。对于她前期的长篇小说《恩主》、《死亡之匣》，评论界主要从其哲学内涵和先锋形式方面予以探讨。对于《火山恋人》和《在美国》，有人从女性主义的角度进行考察，也有人认为它们是新历史主义的佳作，还有人把它们看作是桑塔格向现实主义的回归。

　　虽然桑塔格的名字频繁出现在各种期刊杂志上，她的照片也是很多杂志用来吸引读者的招牌，但对其理论体系进行系统论述的仅有三部，一是美国学者索恩娅·塞尔斯最早在《苏姗·桑塔格：忧伤的现代主义者》一书中对桑塔格 1990 年前的批评和创作进行了全面的评述，将桑塔格刻画成一位现代主义者，为现代主义唱着忧伤的挽歌。二是利亚姆·肯尼迪在 1995 年出版的研究桑塔格的专著《苏姗·桑塔格：心灵的激情》，将桑塔格置于美国社会大的文化背景之下，从思想、文化及社会生活的各个方面对桑塔格进行了考察，是研究桑塔格过程中产生的重要著作。另外，卡尔·罗利森（Carl Rollyson）于 2001 年出版了桑塔格作品的介绍性著作《阅读苏姗·桑塔格：作品评介》（*Reading Susan Sontag：A Critical Introduction to Her Work*），对其主要作品分别予以述评。

　　1995 年，利兰·波格（Leland Poague）编辑出版了《与苏姗·桑塔格的对话》（*Conversations with Susan Sontag*），收录了桑塔格所接受的大部分重要的访谈，由桑塔格亲自参与选定，内容涉及桑塔格关于文学创作、政治、文化等问题的观点，是研究桑塔格的一部重要资料。另外，卡尔·罗利森和莉萨·帕多克（Lisa Paddock）于 2000 年出版了桑塔格的传记《苏姗·桑塔格：一个偶像的铸就》（*Susan Sontag：The Making of an Icon*），他们搜集了大量不为人知的资料，在桑塔格极力反对的情况下，对桑塔格的熟人和朋友进行了大量的访谈，是少数对一个仍然在世的作家撰写的传记之一。2005 年，罗利森又出版了《女性偶像：从梦露到桑塔格》（*Female Icons：Marilyn Monroe to Susan Sontag*），将桑塔格的传记研究进一步深入，把她和影星玛丽莲·梦露一起列为大众的偶像。桑塔格去世后，她的儿子大卫·里夫（David Reiff）为了纪念她生命中最后的日子，出版了《在死亡之海搏击：一个儿子的回忆》（*Swimming in the Sea of Death：A Son's Memoir*，2008），细致地回忆了桑塔格以大无畏的勇气与死亡搏击的日日夜夜，同时也让我们看到了一个儿子对母亲深深的怀念。另外，他还在"经过痛苦的内心斗争之后"，将母亲的日记和笔记命名为《重生》（*Reborn：Journals and Notebooks*，1947～1963，2008）结集出版，在欧美学界引起了轩然大波。

与美国学者几乎同行的是欧洲学者对桑塔格展开的大规模的研究。法国的皮纳德-莱格利（Pinard - Legry）、迈克尔·布兰迪奥（Michael Brandeau）、盖伊·斯卡佩塔（Guy Scarpetta）、琼-路易斯·瑟文·施赖伯（Jean - Louise Servan - Schreiber）和凯瑟琳·大卫（Catherine David）等人都对桑塔格进行过专门的采访，著名的文学评论家、影评家、《威斯康星死亡之旅》（*Wisconsin Death Trip*，1973）的作者迈克尔·莱西（Michael Lesy）还曾撰文对桑塔格的《论摄影》进行过评论。德国学者弗里茨·J. 拉达茨（Fritz J. Raddatz）、意大利学者莱昂纳多·夏西娅（Leonardo Sciascia）、波兰学者莫妮卡·拜尔（Monika Beyer）、加拿大学者艾琳·玛丽昂（Eileen Manion）和 谢里·西蒙（Sherry Simon）、西班牙学者马里特尔玛·科斯塔（Marithelma Costa）和阿德莱德·洛佩斯（Adelaida Lopez）、瑞典学者斯蒂芬·琼森（Stefan Jonsson）以及萨拉热窝的阿方索·阿尔马达（Alfonso Armada）都曾对桑塔格进行过专访，或撰文对桑塔格进行过评论。

在英美等国，以桑塔格为研究对象（或部分的研究对象）的博士论文中，有近十篇以大量的篇幅提到了桑塔格及其著作。其中，有五篇论文尤其值得关注。他们分别从女性主义、互文性、文化消费主义状况下的创新性、后现代历史小说及桑塔格作为作家兼电影制作者的双重身份等方面对桑塔格进行了较为独特的研究，但由于桑塔格的创作直到 2004 年才告终止，而这些论文大多成文较早，而且少数专门以她的小说为研究对象的论文又不免角度单一（如女性主义的角度），因此可以说，对桑塔格小说的研究仍处在初期阶段。

有人说，作为一个知识分子，你迟早要接触到苏珊·桑塔格。只要你去读了她，懂与不懂都是收获。①莫里斯·迪克斯坦（Morris Dickstein）曾把桑塔格和欧文·豪列为"我国现有的目光最敏锐的论文家"②，而欧文·豪却将她贬斥为"一个有把老奶奶的破布烂衫点缀成光鲜被褥本事的广告推销员"③。虽然此类偏激之辞不乏于耳，但她的作品仍然是一路重印再版。迄今为止，桑塔格的作品已经被翻译成包括中文在内的三十多种不同的文字，她的批评和小说还将继续以不同的面目出现在不同读者的视野中，并在国际文坛上产生深远影响。

二、国内研究综述

中国读者最早认识桑塔格应该是从葛林等人于 1987 年翻译、戴维·洛奇（David Lodge）主编的《二十世纪文学评论》（*Twentieth Century Literary Criticism*，1972）一书中选编的《反对阐释》一文开始的。在正文前的序言里，洛奇称她为"那个时代最敏锐、最有影响力的代言人之一"。④ 1995 年，中国对外翻译出版公司翻译出版了查尔斯·鲁亚斯（Charles Ruas）的《美国作家访谈录》（*Conversations with American Writers*，1985），其中有对桑塔格进行的专门采访。1997 年和 1999 年，湖南美术出版社分别组织两次翻译出版了《论摄影》，从此掀开了大规模介绍翻译桑塔格作品的篇章。自 2002 年以来，几乎桑塔格所有的小说和随笔文集都已经登陆中国，有了相应的中译本。2002 年，由李国林、伍一莎等人翻译了《火山恋人》；2003 年，廖七一、李小均等人翻译了《在美国》，程巍翻译了《反对阐释》，陶洁、黄灿然等翻译了《疾病的隐喻》；2004 年，程巍又翻译了《重点所在》，姚君伟翻译了《恩主》；2005 年，李建波、唐岫敏等人翻译了《死亡之匣》，申慧辉等人编译了《中国旅行计划》；2006 年，又有出版社编译出版了《沉默的美学：苏珊·桑塔格论文选》（黄梅等译），《关于他人的痛苦》（黄灿然译），及《在土星的标志下》

---

① 汪楚雄：《令人敬佩的桑塔格及其身体力行的知识分子标准》，载《世界文化》，2005 年第 5 期。

② 莫里斯·迪克斯坦：《伊甸园之门——六十年代美国文化》，方晓光译，上海：上海外语教育出版社，1985 年，第 8 页。

③ Carl Rollyson, Lisa Paddock, *Susan Sontag: The Making of an Icon*. New York and London：W. W. Norton & Company, Inc, 2000, p. 309.

④ 戴维·洛奇编：《二十世纪文学评论》，下册，葛林等译，上海：上海译文出版社，1993 年，第 467 页。

（姚君伟译）。此外，《外国文艺》2006 年第 4 期刊登了由裘德翻译的《床上的爱丽斯》。2007 年以来，上海译文出版社编译出版了苏姗·桑塔格文集，包含了桑塔格大部分小说作品和所有随笔文集，其中对大部分已经翻译过的作品进行了重新翻译，也纳入了在桑塔格去世之后才出版的《同时》（*At the Same Time*, 2007）。目前尚未在中国大陆面世的中文翻译只有她早期的剧本《食人者二重奏》和电影脚本《卡尔兄弟》。

另外，在大陆引进、翻译桑塔格著作的同时，台湾也有出版社相继推出了相应的中文译本，如：1997 年，台湾唐山出版公司出版了《论摄影》（黄翰狄译）。1998 年，台湾探索文化出版公司出版了《我，及其他》（王予霞译）。2000 年，台湾探索文化出版公司出版了《火山情人》（王予霞译）、台湾大田出版社出版了《疾病的隐喻》（刁筱华译）。2002 年，台湾一方出版社出版了《苏姗·桑塔格文选》（黄灿然译）。2003 年，台湾中国时报出版公司出版了《恩人》（王予霞译）。2004 年，台湾麦田出版社出版了《旁观他人之痛苦》（陈耀成译），并获得了 2004 年联合报最佳图书奖，又于年底获选 2004 年台湾十佳图书之一。虽然华文世界近些年对桑塔格的介绍和评述铺天盖地，但是她的那些涵盖宗教、哲学、政治以及小说、诗歌、戏剧、电影、摄影、绘画、舞蹈、音乐等等的精辟论述，对华文世界引发的影响，也许才刚刚开始。

在对桑塔格的作品展开大规模引进的同时，中国的学者也开始了对其小说和批评著作的研究，其中以近几年来的研究尤其繁荣。从中国学术期刊网上所能查询的文章来看，直接与桑塔格相关的文章有 250 多篇。在这些以桑塔格的小说为研究对象的文章中，基本以桑塔格的某一部小说为讨论内容，分别从形式主义、现实主义、新历史主义、后现代主义、反对阐释等角度对文本进行评述和解读，有些文章相当于简短的书评，反映了目前国内桑塔格研究尚处在零散、不成系统的阶段。另外，还有许多学者分别从文化、政治、美学的角度解读了桑塔格随笔著作，重点关注桑塔格提出的"反对阐释"、"新感受力"和关于疾病的隐喻等观点，大致与西方学者的研究雷同，只是在时间上晚了许多。

在以桑塔格为研究对象的博士论文中，2004 年首都师范大学王秋海博士的《反对阐释——桑塔格形式主义诗学研究》分析了桑塔格创作的形式主义因素，将桑塔格列入了形式主义文学传统，是一篇质量很高的博士论文。2006 年浙江大学陈文钢博士的论文《苏珊·桑塔格批评思想研究》以几个关键词入手，分析整理了桑塔格的批评思想，并以《恩主》作为文本研究的案例，评说桑塔格作为批评家、理论家以及小说家的许多矛盾与问题之处。2007 年上海外国语大学梅丽博士的论文《作为解放手段的文学——结合马尔库塞的理论探讨桑塔格二十世纪六十年代的作品》以桑塔格在 60 年代发表的文艺评论为基础，选取桑塔格 60 年代创作的小说《恩主》和《死亡之匣》为分析文本对象，阐述她对艺术形式和功能的见解，并揭示她通过何种具体策略和小说技巧来展现文学在特定的时代背景下产生的抵制压抑、解放人性的功能。2007 年四川大学刘丹凌博士的论文《苏珊·桑塔格新感受力美学研究》以"新感受力美学"作为研究桑塔格思想的"总问题"，主要以桑塔格的批评论文为研究对象，剖析了一种人文主义在桑塔格以新感受力美学为核心的整个思想体系中的地位和意义，得出桑塔格是一位批判性的人文主义知识分子的结论。另外，上海师范大学的孙燕博士在其 2006 年的博士论文《后现代主义与反阐释理论》中也以大量的篇幅论述了桑塔格反阐释理论的美学诉求和文化意义，对于其反对阐释的理论进行了辩证总结。

在过去的几年来，也涌现了大量的以桑塔格为研究对象的硕士论文，可见桑塔格在中文研究者中逐渐受到重视的趋势。2005 年辽宁大学那彩霞硕士的《感受的政治文化学》分析了桑塔格的政治倾向和她的政治美学。2006 年浙江师范大学洪晓硕士的论文《论苏珊·桑塔格的非殖民化倾向》以《疾病的隐喻》的立场分析桑塔格《中国旅行计划》的非殖民化倾向。2006 年南京师范大学李霞硕士的《桑塔格形式美学研究》，抽出桑塔格早期四篇有代表性的文章分析桑塔格的早期美学思想，与王秋海博士的分析有雷同之处。2006 年上海外国语大学的康健硕士的论文《现代主义文学文本：〈恩主〉——苏珊·桑塔格早期小说艺术研究》结合桑塔格的文艺观点，以《恩主》为研究文本，着重探讨她早期小说的艺术特点和现代主义作家的身份。2007 年共出现了四篇以桑塔格为研究对象的硕士论文，分别是山东师范大学王悦硕士的《论苏珊·桑塔格的"新感受力"》、浙江大学徐越硕士的《追寻理想的自我——对〈在美国〉中苏珊·桑塔格的自我观研究》、黑龙江大学吴昊硕士的《桑塔格作品中反对阐释理论的实践》及南昌大学尹利根硕士的《苏珊·桑塔格"新感受力"美学思想研究》。四位作者分别研究了桑塔格"新感受力"美学思想的基本涵义、反对阐释理论的形成和发展及《在美国》中自我观的分析。2008 年广西师范大学甘丽硕士的《桑塔格作品中的美学内涵》从美学批评的角度简单分析了桑塔格前后期美学思想的变化，虽然在宏观上基本把握了桑塔格的主要思想脉络，但因没有深入，是个很大的遗憾。

2004 年，民族出版社出版了王予霞女士的《苏姗·桑塔格纵论》，是国内第一本桑塔格研究的专著，也是目前国内唯一的一本全面介绍桑塔格文学艺术思想的著作。该书作者全面总结了桑塔格的生平和著作，并依次用不同的分析方法对她的数部随笔、四部长篇小说和一部短篇小说集进行了述评，是桑塔格研究过程中的一部重要著作。另外，2007 年 12 月，由吉林美术出版社出版、鞠惠冰编著的《桑塔格论艺术》试图用构建文化史的方式理解并阐释桑塔格的艺术观念，分别介绍了桑塔格关于阐释、疾病、摄影、绘画等领域的著作，但是完全没有涉及桑塔格本人的创作实践，是国内桑塔格研究的一本专门性研究资料。大约同一时候，上海复旦大学出版社出版了姚君伟教授的《姚君伟文学选论》，其中包括了作者翻译桑塔格几部著作的译后记和一篇纪念文章。另外，王秋海、孙燕、刘丹凌、袁晓玲等人依据各自博士论文为基础的研究桑塔格的专著也已经陆续出版。

在桑塔格去世后，国内许多重要报纸和杂志也纷纷邀人撰稿，回忆并纪念这位在欧美文坛叱咤风云四十余年的勇士。《文汇报》于 2004 年 12 月 30 日刊登了桑塔格去世的消息，《东方早报》也在同一天发表了由刘冰编译的文章，对桑塔格的生平和著作进行了简要的介绍。《南方周末》于 2005 年 1 月 6 日刊登了陈耀成撰写的《苏珊·桑塔格访谈录：反对后现代主义及其他》，《南方周末》于 2005 年 1 月 7 日花大篇幅载文纪念桑塔格，分别刊登了华文世界许多知名学者的纪念文章。

我国著名诗人兼翻译家黄灿然说："苏珊·桑塔格的思想和写作在前期更多的是表现才智，后期更多的是体现良知。因此可以说，她加强了读者的才智和良知，但我想她会希望有才智的读者也更有良知。"[1]可以说，桑塔格在中国文化界和学术界所造成的影响从很大程度上源于她的知识分子身份，广大中国读者对桑塔格的名字也早已不再陌生，但是简单地将桑塔格等同于她所写的政论和文化批评文章，似乎远不能概括她在文学、尤其是小说创作上的观念。在这方面，无论是美国、欧洲的学者，还是中国的学者，都还刚刚起步。

---

① 黄灿然：《我们失去了一个评估世界的清晰尺度》，载于《南方周末》，2005 年 1 月 7 日。

第三节　目前桑塔格研究中存在的问题、
本课题的研究思路和方法

桑塔格身上所带的标签可谓多矣，有些甚至互相矛盾。但无论我们将她界定为何种批评家，也无论我们从什么角度去解读她的小说创作，我们对她的了解总是不够全面，从而也不够真实。她不是哲学家，却用一种哲学家的思维方式写作；她不是摄影家，却写下了最具洞察力的摄影著作；她不是政治家，却用特有的方式在政坛卷起风波。她的一生充满变化和传奇，如果单单用某种模式或理论去观察她的作品，结果难免落入桑塔格所反对的"意义的影子世界"。现实主义的回归也好，最后的现代主义者也罢，甚或是后现代的先锋，其实都不过是在她无限丰富的文本世界里抽取了片面的意义。这样做的结果是很容易将文本搁置起来，也就是说，研究的目标和意义变成了对某一问题的回答，而作品文本则成了每个研究者为引证自己的解答而可以任意支解和抽取的外在材料。这无疑会导致对桑塔格的研究离文本越来越远，甚至可能会变成纯粹的"空中楼阁"。

另外，目前国内外对桑塔格的研究主要集中在她的随笔创作，关注她作为文学批评家、政治活动家和美学家的成就，而少有人专门研究她的小说创作，将她的小说和批评作为一体，研究其总体创作观的著作更是罕见，这显然有悖于桑塔格自己对"作家"身份的期望。在研究桑塔格小说理论方面的论述更是无人提及，是桑塔格研究中人迹鲜至的一个领域。

综观桑塔格的全部作品，虽然表面上看来内容庞杂，形式多样，但她对"文学"问题本身的关注却贯串始终，无论是随笔、戏剧、小说或者电影，她无时无刻不在表达她对文学艺术的功能和实质的看法。"写作是巴特永恒的主题"[1]，这是桑塔格在为《罗兰·巴特文选》英文版写序言时总结到的。我觉得用这句话来总结桑塔格的小说创作、乃至随笔创作也同样十分精辟。因此本课题试图抛弃那种用单一的理论和方法来进行分析的模式，试图将桑塔格对文学艺术本质这一问题的关注纳入到她所生活和创作的时代，尤其是小说发展史中来，分析她本人的文学批评和创作实践，从而试图得出一套相对较为系统的

---

[1]　Susan Sontag, *Where the Stress Falls.* New York: Farrar, Straus, Giroux, 2001. p. 72.

桑塔格小说创作观。

　　桑塔格本人并不认为自己是个理论家，也从来没有对自己的创作进行理论上的归纳。但是这些并不会妨碍我们站在历史的和理论的高度对她的创作理念进行总结。桑塔格理论素养较高，早在读大学时期就曾广泛涉猎哲学和理论著作，与当时的文艺精英们组成各种团体，很多人甚至认为她的丈夫菲利普·里夫在婚后的著作《弗洛伊德：道德主义者的头脑》就是他们二人合作的成果①。桑塔格的小说作品曾遭致众多人的置疑，说它们情节松散、人物性格单一，甚至指责说她前期作品完全是胡言乱语。这样的时候，她完全可以站出来为自己的作品稍加辩护，但是她选择了保持沉默。她认为一部作品的价值只能由后人来评说，在某部作品或某些作品出版了 30 年后，人们才能对它（们）是否真正有价值做出判断。②在第二次世界大战后崛起的法国学术名家中，"我最确信罗兰·巴特的作品将流芳百世。……因为巴特的写作主题虽然浩繁纷杂，最终却都集中到了一个宏大的主题：写作本身。"③显然，两段简单的话背后是桑塔格对于自己文学创作观在总体上的关照，也表明了自己在文学的实质这一问题上的立场。她对罗兰·巴特一生创作生涯的总结实际上是建立在自己对文学实质的理解基础上的。"理解是从不接受世界的表象开始的。理解的所有可能性都根植于说'不'的能力。"④在著名的《论摄影》一书中，桑塔格对摄影艺术的真相做出了这样的概括。其实，这也是她对文学艺术与现实世界关系的总体观念。

　　桑塔格对文学作品内容与形式的论述早已为批评界所熟知，但这还不足以概括她在小说创作方面所要遵循的原则以及她对文学实质的看法。按照亚里士多德的悲剧六要素和艾布拉姆斯的文学四要素之划分，我们至少要关注到桑塔格对如下文学要素的看法：现实、作者、叙述者、情节（故事）、人物（性格）、形式（风格）。当然，关于文学的要素还远远不止这六项，但是结合桑塔格本人的批评和创作特点，本课题着重从以下提到的六个方面考察桑塔格的

---

　　① Carl Rollyson, Lisa Paddock, *Susan Sontag: The Making of an Icon.* New York and London：W. W. Norton & Company, Inc, 2000. p. 40.

　　② Leland Poague, ed., *Conversations with Susan Sontag.* Jackson：University Press of Mississippi, 1995. p. 240.

　　③ Susan Sontag, *Where the Stress Falls.* New York：Farrar, Straus, Giroux, 2001. pp. 63~64.

　　④ Susan Sontag, *On Photography.* New York：Farrar, Straus, Giroux, 1977. p. 23.

小说创作观：桑塔格的文学现实观、小说作者观、叙事主体观、小说情节观、小说人物观及小说形式观。

　　在方法论上，本书主要采用历时的分析模式，以文本细读为基础，将桑塔格在不同时期的批评论文和小说创作结合起来，动态地把握桑塔格前后时期批评观和创作观的变化，分析她文学创作的反思性；同时，采用共时的分析模式，在大的社会、历史和文化语境中分析桑塔格的随笔和小说创作，横向观察桑塔格与形式主义、结构主义及后结构主义思潮的关系，多角度地探讨桑塔格与整个西方文学传统的关系。

第一章

桑塔格的文学现实观

自文学评论诞生的那天起，有关文学与现实之关系的讨论就从未间断。柏拉图（Plato）在《理想国》（*The Republic*）中认为客观现实世界是文艺的蓝本，认为文学是模仿现实世界的。他把画家和诗人比喻成一个拿着镜子的人，向四面八方旋转就能创造出太阳、星辰、大地、自己和其他动物等一切东西。[①]文学在柏拉图笔下被比喻成镜子，能再现出它所照到的一切东西。而亚里士多德（Aristotle）虽然在现实世界是否虚幻的问题上意见与柏拉图迥然不同，但是其主张文学模仿现实的观点却与柏拉图如出一辙。他认为艺术不只是模仿现实世界的现象，更要模仿它的内在本质和规律，所以艺术比现象世界更真实。[②]至于19世纪兴起的现实主义与自然主义，更是把反映人生、模拟现实当作艺术的第一要务。在文学领域里，严格遵循写实主义方法、依照社会意识的批评尺度进行文学创作和批评的人物可以列出一个长长的清单：左拉（Zola）、普希金（Pushkin）、果戈理（Gogol）、屠格涅夫（Turgenev）、陀思妥耶夫斯基（Dostoevsky）、托尔斯泰（Tolstoy）、狄更斯（Dickenson）、亨利·詹姆斯（Henry James）等等。别林斯基（Belinsky）更是明确地申明文学再现客观世界这一经典命题："它（指文学）的显著特色在于对现实的忠实，它不改造生活，而是把生活复制、再现、像凸出的镜子一样，在一种观点之下把生活的复杂多彩的现象反映出来，从这些现象里汲取那构成丰满的、生机勃勃的、统一的图画时所需要的种种东西。"[③]进入20世纪以来，直至冷战结束时期，这种创作和批评的方法依然经久不衰。

---

① 柏拉图：《理想国》，郭斌和、张竹明译，北京：商务印书馆，1986年8月第一版，第389页。
② 关于文艺之美与现实的关系，可参照朱光潜著《西方美学史》，北京：人民文学出版社，1979年。
③ 伍蠡甫主编：《西方文论选》（下卷），上海：上海译文出版社，1979年，第377页。

与上述比喻不同的另一个比喻出现在美国批评家 M. H. 艾布拉姆斯（M. H. Abrams）的《镜与灯》（*The Mirror and Lamp*，1954）中。在这里，艾布拉姆斯借兹里特（William Hazlitt）的话把文学艺术比作灯，通过这盏灯，我们可以窥见平素不宜看见的物质和心灵世界。用哈兹里特的话说：

> 如果仅仅描写自然事物，或者仅仅叙述自然情感，那么无论这描述如何清晰有力，都不足以构成诗的最终目的和宗旨……诗的光线不仅直照，还能折射，它一边为我们照亮事物，一边还将闪耀的光芒照射在周围的一切之上……①

镜子的比喻把文学理解成写实的、再现的，而灯光的比喻则把文学看作是创造的、表现的。弗洛伊德（Sigmund Freud）曾写过《作家与白日梦》（"Creative Writers and Day - dreaming"，1908），专门对作家在写作过程中的心理活动进行过细致的研究。②这些心理活动在多大程度上来源于外部现实或成为外部现实的反映，不同的人可能会给出不同的答案。但是就现实有内外之分，即心理现实与外部现实这一说法，大概多数人都会认同。如伍尔夫（Virginia Woolf）就曾在《论现代小说》（"Modern Fiction"，1919）一文中表述了她对现实的看法。③她认为真实性是由人类感性的无限丰富性所决定的。她特别强调真实的相对性和多元性。对于伍尔夫以及与她类似的现代西方知识分子而言，现实似乎还不如他们对于现实的感受来得重要。再如托尔斯泰，他认为文学艺术就是用来传达情感的一种手段，能够"在自己心里唤起曾经一度体验过的感情，在唤起这种感情之后，用动作、线条、色彩、声音以及言词所表达的形象来传达出这种感情，使别人也能体验到这同样的感情——这就是艺术活动"④。在他看来，区分真正的艺术和虚伪的艺术的标志就是艺术的感染力，就是看作品是否深刻地表现了人物的内心世界。又如卡夫卡，依照我们传统的

① M. H. 艾布拉姆斯：《镜与灯》，郦稚牛等译，王宁校，北京：北京大学出版社，第59页。

② Sigmund Freud, "Creative Writers and Day - dreaming," in David Lodge（ed.），20*th Century Literary Criticism*：*A Reader.* London & New York：Longman，1972. pp. 36～42.

③ Virginia Woolf, "Modern Fiction," from David Lodge（ed.），20*th Century Literary Criticism*：*A Reader.* London & New York：Longman，1972. pp. 86～91.

④ 列夫·托尔斯泰：《艺术论》，丰成宝译，北京：人民文学出版社，1958年版，第47页。

阅读标准，现实主义的全部定义和规定在他那里是完全失效的，但他自己则认为他的写作是现实主义的。他认为自己写的就是自己所想的，而自己的想法本身就是现实的。

但是文学作品毕竟不是现实，传统的小说家和读者其实都是一厢情愿地认为文学是一面镜子，透过这面镜子，我们可以再现事物的本来面目；或者是一盏灯，照亮了我们藉以生存并不断思考的大千世界。但是如果仔细思考一下这个问题，就可以明白，语言毕竟是人为的，自古文人就有"书不尽其言，言不尽其意"的慨叹，更何况不同的读者对现实又有着不同的定义，在解读文学作品的时候，自然会产生一定程度的误读和曲解，就连史书也不能完全道出历史的真相，这在今天的历史和文学研究中，都已是不争的事实。但在 20 世纪 50 年代末、60 年代初，说出这样的事实无异于向平静的湖泊投入石头，一时间惹得文艺界沸沸扬扬，争论不休。桑塔格恰好就是引导这场争论的主要人物之一。

第一节　意义的影子世界

文学作品到底在多大程度上与现实相关，桑塔格本人并没有正面回答过这个问题。但是在她的著名的《反对阐释》一文中，桑塔格谈到了传统风格的阐释和现代风格的阐释之间的不同。她认为传统的阐释是在字面意义之上建起了另外一层意义，是充满敬意的，而现代风格的阐释是侵犯性的、不虔诚的。她特别指出马克思和弗洛伊德的学说，认为这样的阐释是把文本所显示的内容加上括号，目的总是在文本之外，以求发现所谓的真实意义。这样的阐释，在桑塔格看来，是破坏性的，是"智性对艺术的报复"①。言外之意，无论是外部现实还是心理现实，在桑塔格看来都不是艺术所指的对象，艺术既不再现外部世界也不表现内心情感，而是独立的一种呈现。桑塔格在《反对阐释》一文的开篇就引用了王尔德（Oscar Wilde）的书信，"惟浅薄之人才不以外表来判断。世界之隐秘是可见之物，而非不可见之物"②，足见桑塔格当时对固有的文学现实观的不屑。这种文学现实观体现在桑塔格早期的文学作品中，产生

---

① 苏珊·桑塔格：《反对阐释》，程巍译，上海：上海译文出版社，2003 年，第 9 页。
② 苏珊·桑塔格：《反对阐释》，程巍译，上海：上海译文出版社，2003 年，第 3 页。

了《恩主》和《死亡之匣》这样的作品。通过这两部作品，我们可以窥见桑塔格的批评和创作原则在创作实践中的体现，了解其为实现通过形式美学来感知艺术的理想而做出的努力。

《恩主》讲述了一个法国大学生希波赖特在写了一篇哲学论文后退学，并因此被吸纳入一对中年夫妇的社交圈，以及其后发生的近四十年的做梦及释梦的故事。故事由一个 61 岁的第一人称叙述者以追忆往昔的形式展开。男主人公希波赖特被反复出现的梦境所困扰，他想对他的梦做出解释。一个朋友却劝他说对梦最好的解释就是在生活中发现它，要对梦进行超越。希波赖特因此开始在梦境和生活之间穿梭，开始了他一系列的探索之旅。在梦的引导下，希波赖特勾引了安德斯太太，并乘她丈夫在外出差的时机与她私奔。在一座阿拉伯城市尽情玩乐之后，希波赖特将安德斯太太转手卖给了一个阿拉伯商人。又是在梦的指引下，希波赖特在两年后试图将受了虐待后回来的安德斯太太烧死，但没有成功。后来，为躲避她的纠缠，希波赖特按照自己对梦的理解，回老家娶了一位善解人意的妻子，但几年后这位妻子却不幸染疾而终。希波赖特为了补偿自己对安德斯太太犯下的过失，将父亲临终后留给自己的房子送给了她，并跟她在这栋房子里形同路人般地共同生活。令人觉得匪夷所思的是，希波赖特最后不相信自己的记忆，好像他所叙述的"我的生活"才是他做过的最令人迷惑的梦。

乍一看来，这就是庄子"庄周梦蝶"故事的另一个版本。梦里的人物在析梦者的作用下，大摇大摆地走进了生活，而真正的生活瞬间之后就成了模糊不清的梦。如果我们将希波赖特的梦当作一系列的符号，而希波赖特固执地对符号所持意义的追寻最后则以失败者的自我解嘲草草收场。

后结构主义者认为，语言中的意义仅仅是一种差异。如果我们想知道一个词的意义，"字典会用更多的词来解释它，而这更多的词语的意义又使我们继续不断地查阅下去。"①换句话说，意义并不存在于某个符号之内，它总是不断被暂缓，不断被延迟，从一个符号指向另一个符号，另一个符号又指向其它符号，层出不穷，永无终止。如果我们把希波赖特在梦与现实之间的游离视作对自我及意义的追寻，在桑塔格看来，这种追寻是可笑的，至少也是不值得提倡

---

① Terry Eagleton, *Literary Theory*: *An Introduction*, the Second Edition. Shanghai: Foreign Language Teaching and Research Press, 2004. p. 111.

的。桑塔格在写给《恩主》的中文版序言中曾直言："这部小说可视为对'自省工程'的一个讽刺。……从某种意义上讲，我是在拿我自己开涮，取笑自己的严肃认真。"①

在《恩主》发表后一年，桑塔格在《反对阐释》一文中曾对意义与阐释的关系做了明确的说明。她认为现代的阐释就是在挖掘。挖掘就意味着破坏，像汽车和工业废气污染了城市的空气一样，这样的阐释是在毒害我们的感受力。"去阐释，就是去使世界贫瘠，使世界枯竭——为的是另建一个'意义'的影子世界。"②希波赖特就是这样试图在自己的梦中寻找意义，并把他生活中的人也拉进了他的梦中。在与安德斯太太私奔的途中，他让安德斯太太逐一扮演他梦中的角色：穿泳衣的男人、第二个房间里的女人、芭蕾舞演员、牧师、圣母玛利亚、已驾崩的国王，还有他梦中的她自己。生活成了梦的舞台，而当一场场的排练结束之后，新的梦境又开始向他走来。就这样，意义一次次地被排斥在符号之外，而希波赖特却仍然固执地继续他的释梦之旅。

桑塔格在 1981 年接受的一次采访中说："《恩主》是一种探求形式意识以及解脱（disburdenment）和沉默的反向努力。这些是贯穿我的小说和文章的观念。"③桑塔格这里所说的"解脱"和"沉默"就是要力求达到艺术的本体状态，因此，"这类思想自然会导致非连贯性的写作形式以及拼贴装配和清单罗列的技巧。从这个意义上讲，我的作品是我的思想的例证，即形式就是一种内容，内容是形式的一个方面。"④

说到内容和形式的问题，就不能不谈谈传统的道德批评。自柏拉图以来，艺术的道德教诲作用一直是人们关注的主要对象，人们对艺术从来就没有一种纯美学的反映。面对这种局面，桑塔格向美国的现实主义文学流派发起了责难。在《卢卡奇的文学批评》（"The Literary Criticism of Georg Lukacs"）一文中，桑塔格较详尽地阐述了她对马克思主义现实主义文学理论的看法，并对卢卡奇过分注重道德而无视文学自律和形式的观点发起了进攻。卢卡奇的两部批

---

① 苏珊·桑塔格：《恩主》，姚君伟译，南京：译林出版社，2004 年，中文版序，第 9 页。以下来自小说的引文均出自这个版本，只在文中加注页码，不再单独注释。

② 苏珊·桑塔格：《反对阐释》，程巍译，上海：上海译文出版社，2003 年，第 9 页。

③ Carl Rollyson and Lisa Paddock, *Susan Sontag：The Making of an Icon*, New York：W. W. Norton & Company Inc. , 2000. p. 72 , p.68.

④ Roger Copeland, "The Habits of Consciousness," in Leland Poague（ed.）*Conversation with Susan Sontag*, Jackson：University Press of Mississippi, 1995. p. 183.

评著作,《欧洲现实主义研究》(*Studies in European Realism*)和《我们时代的现实主义》(*Realism in Our Time*)被翻译成英文在美国出版时,诸多名家都对这两本书给予了极高的评价。而桑塔格对此则不以为然。她认为当时掀起的卢卡奇热其动机更多的是出于文化上的友好姿态,而不是严格的文学标准。

这种对"内容说"的不以为然也体现在《恩主》中。在希波赖特不断释梦的过程中,他逐渐认识到梦与现实的距离,符号与意义的错位。"实际上,析梦问题已经为另一个问题所取代:我为什么要痴迷于梦。我得出的结论是,这些梦或许是我的注意力的一种掩饰。……为什么不满足于理解这些梦的表面意思呢?也许我根本就用不着'解析'我的梦。……为了从我这些梦中抽绎出最多的东西,最好是永远不要学会解释它们。"(《恩》,第123页)梦是不用解释的,同样,艺术也只有脱离了政治及道德层面的意义,才是本体意义上的艺术。这也就是前面我们曾提到的桑塔格自己所说的艺术所具备的形式意识和解脱功能。

显然,这部小说以淡化姓名、地点、情节等传统叙述手段的方法弱化了内容的因素,并让希波赖特的诸多梦境走到了前台,而这些梦又包含着不可能解决的因素和事件,致使单一确定的阐释成为不可能。其实桑塔格的目的就是要构建一部"反对阐释"的作品,以昭示多元文化和后现代的社会现实。在1979年接受的一次采访中桑塔格说,希波赖特"是一种类型的'老实人',但他寻找的不是可能世界中最好的世界,而是在寻找清晰纯净的意识状态,找一种他可以适当解脱的方法"①。只有让我们的意识卸去道德教化及历史的沉重负担,我们才能直抵审美的救赎之路,才能使我们的感官逃脱工具理性的腐蚀,从而恢复本真的诗意状态。

"我梦故我在。"(《恩》,第1页)桑塔格以一句颇具存在主义意味的话开始了希波赖特的精神之旅。当希波赖特躁动不安的释梦之旅即将结束之时,我们仿佛看到了他安然的姿态:

> 时值冬季。你不妨想象我坐在一间空荡荡的房间里,脚靠着火炉,身上裹了好几件毛衫,黑发变成了灰白,我就坐在那儿,享受着

① Jonathan Cott, "Susan Sontag: The *Rolling Stone* Interview," in Leland Poague (ed.) *Conversation with Susan Sontag*, Jackson: University Press of Mississippi, 1995, p. 132.

主观性带给我的即将结束的苦难，享受着真正的私人空间带给我的一份从容。"（《恩》，第 235 页）

如果说希波赖特的生活和梦至少还相互独立，到了《死亡之匣》中，迪迪的生活和梦则完全无法辨别。这部小说以第三人称的视角讲诉了一个人到中年，对生活逐渐失去热情的迪迪试图自杀后的一段"经历"。在"经历"一词上打上引号，是因为确切地说，这"经历"似乎只是发生在迪迪临死前的意识中，是死亡前的梦魇。迪迪是一家生产显微镜公司负责产品宣传的职员。他的生活每况愈下，健康状况也不如从前。在他眼里，整个世界都在坍塌，没有一件工作是有意义的，没有一块地方是好客的，几乎所有的人都奇形怪状，任何气候都不合季节，任何处境都充满危险。绝望之中，他选择了自杀，但却没有成功。一个穿着干干净净的白色衣服的黑人给他按摩僵硬的尸体，身上散发着呕吐物的气味。三个星期后，迪迪在一次列车旅途中结识了盲女赫斯特，在隧道中停车时误杀了一名修路工人，可是同车厢的赫斯特却认定他根本没下过车。从此迪迪开始了一系列的求证之旅。他通过寻找死者家属、与赫斯特同居并带领赫斯特再次来到同一条黑暗的隧道，又一次杀死同一名修路工人，以此证实自己的意识并非虚幻，结果却是走进了死亡之匣，目光所及尽是各个时代不同形状的尸体和棺材。他在朦胧中看到了那个穿着干干净净的白色衣服的黑人来到他的床边，身上散发着呕吐物的气味。他接着向前走，寻找自己的死亡之所。

全书充斥着这种梦魇的折磨，而这种梦魇的折磨到最后被证实为更荒诞的梦魇。迪迪在走向死亡前所看到的白衣黑人表明他的所有自杀后的经历都是一场梦幻，是迪迪临死前意识中残留的幻觉，是生活的另一种可能。桑塔格在谈到这部作品时坦言它与《恩主》之间的传承性，认为在《恩主》中，引入做梦人这一形象是为了提出在"人物与自身之间实现对话的可能，不是为了伪造现实，而是为了展示几种不同层次的存在……这一技巧在《死亡之匣》中得到了进一步的发挥"①。同希波赖特一样，迪迪也是现实生活中的游客，对

---

① Maurice Levy, "Entevue avec Susan Sontag," interview in Paris, 11 Dec. 1972, Caliban, 10. Quoted from Elizabeth McCaffrey Holdsworth, "Susan Sontag: Writer – Filmmaker," Dis, Ohio University, 1981. p. 83.

幻想世界和真实世界无法辨别。他们都杀过人（或在幻想世界中杀过人），都成功地躲避了惩罚，但却在心理上受到了巨大的影响。他们把自己栩栩如生的梦境和神话故事讲给自己的情人，过着不同于常人的现代生活，而实际上只是现代人的抽象存在。

可以说，《死亡之匣》的情节由死亡的诱惑开始，至死亡结束，前后照应，构成了一个循环的圆。尽管小说的主干情节十分单调，但作者围绕这个情节所插入的大量"闲笔"，却正是小说的重心所在。严格说来，这根本不是一个一般意义上的故事，读到最后，读者难免有些上当受骗的感觉，叙事过程中对于孰真孰假的讨论到最后原来都是主人公在临死前瞬间的幻觉。这样 A 故事之中有 B 故事，B 故事中又有 C 故事，像一组"中国盒子"一样，不断给读者制造惊奇。

首先，这是一个关于迪迪自杀的梦。说它是梦是因为连迪迪自己都觉得他并非活在世上。"活着和有生命可大不一样。有些人就是生命本身，而另有一些人，譬如迪迪，只是寄居在自己的生命里。他们像惴惴不安的房客，从来弄不清哪些东西算是自己的财产，也不知道什么时候住房契约就会到期。他们又像是技术不熟练的绘图员，绘制的异国大陆地图错误百出。于是他们画了又擦，擦了又画。"①总之，现实世界对于迪迪不过是转瞬即醒的梦境，而随着现在变为过去，现在也变得虚无缥缈。同时，迪迪又缺乏足够的信心，觉得自己的世界全被污染了，无法居住了，死亡在诱惑他。于是，在一个遛完狗的深夜，迪迪吞下了一瓶安眠药。

迪迪真的自杀了吗？自杀成功了吗？桑塔格最终也没给读者一个清晰的交代。但是那个穿着干干净净的白色衣服，身上散发着呕吐物的气味的黑人，几次出现在迪迪的幻觉中。第一次是在迪迪吞下安眠药片之后，"他从床上栽下来，头冲下。撞倒了什么坚硬的东西，疼极了。硬硬的地板上，什么东西湿湿的，臭烘烘的。迪迪的狗在狂吠。住在对面的那位百老汇漂亮女演员冲她大喊大叫。他被粗鲁地扔进一辆卡车的后车厢。一个年轻的黑人，看上去干干净净，身穿白色夹克衫，白裤子，身上散发着呕吐物的气味，给他按摩僵硬的肢体，并将一台洗胃泵推到迪迪的新床旁。"（《死》，第 6 页）此时迪迪脑中一

---

① 苏珊·桑塔格：《死亡之匣》，李建波译，南京：译林出版社，2005 年，第 2 页。以下来自小说的引文均出自这个版本，只在文中加注页码，不再单独注释。

片空白，现实与幻觉不知不觉中合而为一。第二次是在他等候英卡多纳葬礼时出现的。虽然已经得知英卡多纳尸体被火化，但他仍然幻想有一天人们会对尸体进行解剖。这场景在他的想象中十分清晰，他甚至闻到了解剖室里的气味，看到了长长的钢台，大大小小的瓶子和泡在瓶子里的人体组织。"迪迪在等待。一个身上散发着呕吐物气味穿白衣白裤的黑人用一架带轮子的担架将尸体推了进来，掀开盖在尸体身上的毯子。"（《死》，第116页）躺在担架上的是谁？英卡多纳？还是迪迪？是迪迪看到了英卡多纳的尸体？还是我们看到了迪迪的尸体？又或者是迪迪看到了自己的尸体？桑塔格这个制造迷宫的能手把现实与幻觉完全混在了一处。第三次是在小说接近尾声之时，迪迪来到死亡隧道，看到了各种各样的房间堆满了各种各样的尸体。

> 更多的房间。更多的死尸。
> 迪迪到达自己的目的地了吗？
> 奄奄一息也令人疲惫。迪迪又听到火车的声音，微弱的叫喊声。一只狗在叫。
> 一个穿着白衣白裤、身材苗条的年轻黑人推着一辆病床车来到他的床边。一股呕吐物味。是从谁身上发出来的？是从迪迪身上。"肮脏的迪迪"。（《死》，第328页）

这是迪迪的噩梦吗？还是噩梦破解的场景？迪迪无法辨别。"……事实上有两种噩梦。两者区别很明显，如果不是相互对立的话。一种噩梦里有两个世界。另一个噩梦里只有一个世界。这里的世界。"（《死》，第326页）世界存于噩梦之中，那么梦醒之后呢？桑塔格有意将迪迪的自杀以较为写实的手法写出，反倒衬出了现实世界的虚幻和梦幻本质。

其次，这是一个关于迪迪杀人的梦。

如果说整部小说都是迪迪自杀后、临死前的幻觉，那么首先进入梦境的应该是迪迪前往本州北部一个城市的旅行。旅行历来被称为是人生的象征，有开始有结束，途中上演各种悲欢离合，结识不同的人，观赏不同的风景，体验不同的风情。在桑塔格看来，迪迪的这次旅行使他有了另一种生活经历，展开了另一种生活的可能，虽然到最后我们看到这种经历也不过是梦中的幻影。至于途中火车停在隧道中，迪迪跳下车去查看情况，并在冲动之下杀死了铁路工人英卡多纳，则是这途中的中心事件，也是整部书籍以围绕的核心。

在各大文化体系中，死亡是一件大事情，它因此也成了各类艺术家笔下经久不衰的话题。死亡是真实的，但是却不可把握。隧道里铁路工人英卡多纳之死，意味着其生命的结束，但对迪迪来说，英卡多纳的存在才刚刚开始。人自死时开始存在，同死亡紧紧相连，桑塔格对死亡和存在的思考是伴随着迪迪自杀和杀人等事件展开的。可是，英卡多纳的死（即存在）是真实的吗？迪迪不断地追问这个问题。他通过参加死者葬礼、探访死者之家、向盲女赫斯特求证等等方法来确定其真实性，最后都无果而终。在疯狂的困惑中，他带领赫斯特再一次来到同一条隧道，再一次与英卡多纳相遇，再一次残忍地杀害了他，可是依然无法证实其真实性。

> "这下你看到了吧，"他喃喃地说道。"这次你都看到了吧。"
> ……
> "没有，我什么也没有看到，"她狠狠地说，"这你是知道的。"停顿了一下。"不过如果这能让你满意的话，我的确相信你了。"
> ……
> ……"那还不够，"他愠怒地坚持道。"你看得见我。"这样一个有残障、注意力不集中的证人又有什么用？没有，什么用也没有。我必须再杀他一次吗？"
> "可是我看不见。"她歇斯底里地喊道。"你知道我看不见。"
> ……"我需要你看到这一切！"他喊道。　（《死》，第 304 ~ 305 页）

两人对真相的认识实现了巧合，而真相就是无法确定。"死亡"的回声就是"活着"，但这种活着并不意味着生命，而是以模棱两可作为托辞，意味着不再死亡，意味着死亡这种可能性的丧失，这才是事实的真相。耐人寻味的是，这种真相转眼又再次成为梦魇，再次坠入混沌，成了梦中之梦。

这种体验是艺术的体验。弗兰茨·卡夫卡（Franz Kafka）在他的作品中多次涉及了这种体验。在《城堡》（The Castle, 1925）中，作为象征人物出现的克拉姆始终是城堡夜色中最黑暗的部分，他是官方、最高权威的代言人，但是人们只能意识到他的存在，无法予以任何现实的证实。人们通过各种渠道接近他、描述他，但是所得到的却仅是覆盖在他身上的一层光环而已。在主人公 K 的意识里，克拉姆的亲笔信无疑是他与城堡官方关系的主要证据，但是村长却认为它不过是一封私人信件而对此不屑于顾。当他在旅馆等候克拉姆出现之时，他与另一位先生的对话道出了事情的真相：这位先生让 K 跟他走，但 K 认为自己若离开就会错过克拉姆。这位先生说："您反正是要错过他的，等和走都一样。"[1]这实际上已经阻断了 K 试图了解真相的道路，真相就是永远无法了解、无法证实，但又无时不在、无处不在。对桑塔格来说，迪迪杀人是个梦境，自杀也是个梦境，当他走进死亡之所，实实在在地触摸死亡时，又何尝不是梦境？他不是又一次看到了那个白衣黑人、闻到了呕吐物的气味吗？

再次，桑塔格在迪迪的体验中，又加进了一个"真实"的梦。迪迪在与赫斯特生活在一起的时候，曾想给她讲一个他过去写的一部小说《狼孩的故事》，但手稿却不知何故不见了。于是他在梦中对狼孩的故事进行了回顾，居然使这个故事大体得到了重现。

这个梦就像一部真正的小说，狼孩是其中的叙述者，也是故事的主人公。迪迪则是其中的听众，也是后来小说的作者。故事始于狼孩的哭泣。他本生于一个受人尊敬的马戏团演员之家，但是父母亲在他十四岁时在一次车祸中双双去世，他则由父母在马戏团里最好的朋友收养了。可是有一天养父突然告诉了他一个惊人的秘密：他根本不是他父母的儿子，甚至都不是人，他是两只大猿的孩子，因生下来时全身无毛，被当成怪物，他的好心的"父母"力排众议收养了他，把他当成自己的孩子。得知了自己的身世不久，狼孩离开了人类社会，开始了流浪生活。接下来的故事则更加悲惨。狼孩在离开人类社会一年以后（十六岁）开始发现了自己的不同。他注意到脸上开始长胡子了，当他把胡子刮掉不到一小时，一层硬毛又长了出来。而且他的整个身体都长出了浓密的毛。他正在变成狼孩。他开始惧怕与人接触，住在远离人类社区的山洞里，靠野餐者剩下的东西得以生存。一天，一个大约十二三岁的女孩儿试图攀爬峭壁，差点儿发现了狼孩，狼孩因此受到了惊吓。他非常害怕被人发现，害怕人看到他非人的样子，差点儿爆发了自己的"动物本性"，想学狮子叫把正在攀爬的女孩吓走，虽然那就意味着女孩摔落悬崖。"他心中善良的天使死掉了，

---

① 卡夫卡：《城堡》，选自叶廷芳主编《卡夫卡全集》第 4 卷，石家庄：河北教育出版社，1996 年，第 114 页。

狼孩准备杀人了。他接受了这位年轻的闯入者即将死去的这一事实，尽管她对他毫无恶意。"（《死》，第276页）千钧一发之际，女孩的父母惊叫着把她劝了下来，狼孩没有被发现，杀人的事也没有发生。

狼孩讲完了故事，可是迪迪的梦（小说）还在继续。在上一部分里，迪迪只是个富有同情心的听众，好像是迪迪正在看一部电影，或是回忆他看过的一本小说，在第二部分里，狼孩的声音消失了，而迪迪的感情则占据了中心的位置。迪迪领着狼孩到达小溪边，给狼孩梳理毛发，抱着他（它），给它爱抚和安慰，试图理解这个动物。迪迪此时的感情时而恐惧、时而同情，令人捉摸不定。

桑塔格真是个处理梦境问题的高手，她通过迪迪的经历把小说等同于梦境，同时又赋予梦"文学"的品质，让它有小说一样的引子、第一部分、第二部分和开放式的结尾。然后让英卡多纳突然闯入了梦境使梦（文学）与迪迪的"现实"取得了联系。正当迪迪疼爱地看着狼孩，他突然意识到他同时也希望对那个受害的工人做出点补偿，这是迪迪认为这场梦最令人满意的部分。他感觉轻松、不再惧怕，而且他希望这种感觉能一直继续下去。他希望赫斯特能分享他的梦，但是却无法向她讲述。"这个梦与他是那样的息息相关。一切的一切都捆绑在梦里。他与自己父母的关系、与玛丽（迪迪童年时的保姆）的关系、与保罗（迪迪的弟弟）的关系、与琼（迪迪的前妻）的关系。最重要的是，与自我的关系。也包括那一闪而过、荒唐却抹杀不掉的与英卡多纳的那一幕。还有他与赫斯特的爱情。"[1]（《死》，第281页）迪迪的一生便浓缩在这个梦里，这个梦本来又是以小说的形式保存的，它以最具隐喻意义的方式展现了文学与梦境的真实关系，或者说文学与真实的梦幻关系。

第二节　对历史的重构

20世纪70年代和80年代对桑塔格来说是相对沉寂的时代，虽然她不乏优秀的作品问世。她在病中写下的《疾病的隐喻》，以及后来对影像艺术的思考《论摄影》都曾经名噪一时，至今仍是相关领域的经典之作。说她沉寂，主要是说在其他的先锋派、新小说家及后现代主义者们举着"反对阐释"的

---

　①　括号中内容为作者所加。

大旗走向极端之时，桑塔格没有被名声淹没，而是又开始了新的思考。

自 60 年代始，文学虚构性被提到了前所未有的高度，以至小说成了为虚构而虚构的游戏之作。在《文学与元语言》（"Literature and Metalanguage"，1959）中，罗兰·巴特就说，文学是"指向自身的面具"①，他认为写作的目的不在于交流，"它既是历史，又是我们在历史中采取的立场。"②巴特反对把文学看作通往内容的手段，希望人们将注意力转向文学作为自身的存在。由此为出发点的解构主义者把文学指涉自身的理念进一步发挥，使文字成了一堆"自我指涉"的符号，而不与外部世界发生任何关系。对他们来说，"文字不是外在实物的反映，而是一系列符号的推迟和差异的永无止境的游戏。"③

那么，文学真的与文本外的世界无关吗？在后期的随笔作品中，桑塔格曾多次对前期的一些观点进行了反思。在《重点所在》、《三十年之后……》等文章中，桑塔格解释了自己在 60 年代所做文章的文化语境，表明了自己真正的立场。一部小说作品中的每一个细节都是曾经观察到的现象，或是一个记忆、一个愿望，或是对独立于自我之外的现实的真诚的敬意。作品不再与现实毫不相关，而是为了揭示、同时也是为了隐瞒现实，为了"使读者偏离轨道"④。在一次采访中，桑塔格被问到"许多人认为斯芬塔尔的作品是纯美学的电影"时，她回答说，"没有'美学的'艺术作品……艺术和美学都不是抽象的。无视意识的象征性，是与我们的经验不相符的。"⑤体现在桑塔格后期的长篇小说中，《火山恋人》和《在美国》分别以历史上的真人真事为蓝本，读者不免会将历史上真实发生的故事与桑塔格写的故事加以对照，揭示也好，隐瞒也罢，总是将现实纳入了视野。桑塔格文学现实观的这一发展主要源于七八十年代大众文化和先锋趣味的普及所带来的负面效应，她开始反对藏在资本主

---

① Roland Barthes, "Literature and Metalanguage, " in *Critical Essays*. Trans. Richard Howard, Evanston: Northwestern UP, 1972. p. 98.

② Roland Barthes, *Writing Degree Zero*. Trans. Annette Lavers and Colin Smith. New York: The Noonday Press, 1968. p. 1.

③ 王泉、朱岩岩：《解构主义》，载于赵一凡等主编，《西方文论关键词》，北京：外语教学与研究出版社，第 265 页。

④ 桑塔格：《重点所在》，选自《重点所在》，陶洁译，上海：上海译文出版社，2004 年，第 37 页。

⑤ Performing Arts Journal, "Interview: Susan Sontag: On Art and Consciousness," in Leland Poague (ed.) *Conversation with Susan Sontag*, Jackson: University Press of Mississippi, 1995. p. 84.

义消费文化背后的轻浮和虚无的情绪，而这些情绪在 60 年代她作《反对阐释》等文章时是并不存在的。

《火山恋人》发表于 1992 年，距上一部小说《死亡之匣》正好相隔二十五年。在 20 世纪 70 年代，桑塔格经常往来于纽约和伦敦之间。一次偶然的机会，她在伦敦的拉舍尔大街上买到了一些画着维苏威火山的古意大利版画，这些画作原本是 18 世纪后半叶英国驻那不勒斯王国的全权公使威廉·汉弥尔顿的收藏品。桑塔格由此联想到幼年时看过的一部由费雯丽主演的电影，影片讲述的就是汉弥尔顿先生、他的第二任妻子埃玛和当时著名的将军纳尔逊三人之间的感情故事。据说，这是二战时期英国首相邱吉尔最喜爱的电影。①

小说开始时，叙述者站在纽约曼哈顿的一家跳蚤市场入口处，一遍遍追问自己进入市场的理由，时间是 1992 年的春天。然后，叙述者走了进去，故事场景旋即转到了 1772 年的秋天，地点是英国伦敦的一家拍卖会现场。当绘画的主人及其外甥走出了拍卖会大厅，叙述者又来到了一个火山口。分不清是哪座火山，也无法辨别哪个时代，似乎桑塔格又要将我们拉入她惯常的梦幻叙事中去，但是一转眼，这个飘忽不定的叙述者不见了，"真正"的故事开始了。

故事共分四个部分：第一部分是关于爵士（在历史上的真名是威廉姆·汉密尔顿）在十八世纪后期任英国派驻那不勒斯王国的大使时，和他第一个妻子凯瑟琳的故事。实际上，他们之间的故事并不是叙述的主要内容，叙述者真正关心的是爵士对于收藏的趣味和攀登维苏威火山并收藏火山岩石的热情。第二部分是关于爵士、他的第二个妻子埃玛以及英雄海军上将（历史上真名是纳尔逊）之间的故事。爵士在妻子病死后不久就把美丽脱俗的风尘女子埃玛和她的母亲接到了那不勒斯，教她趣味高雅的造型表演，这种类似活幻灯的演出所表现出的古典故事和场景，使埃玛成了爵士交际圈的明星，进而成了爵士的妻子。此时法国大革命爆发，英国著名的英雄海军上将来到那不勒斯抵抗拿破仑的进攻，闯入了爵士一家的生活并爱上了埃玛。埃玛的美貌、天赋以及三人之间的感情纠葛是这一部分叙述的重点，其中穿插了大量作者关于收藏、艺术、表演、爱情和革命等问题的论述，集中了故事的大部分情节。第三部分描述了爵士死前的心理境况，用意识流的形式写成，篇幅很短。小说的最后部分是由四个女人构成的独白，先是凯瑟琳，然后是埃玛的妈妈、埃玛，最后是

① Sheppard, R. Z.. "Lava Soap," in *Time*, Vol. 140. No. 7, August 17, 1992. pp. 66~67.

革命家埃莉奥诺拉。她们分别围绕自己的生活，用自己的眼光看待这个光怪陆离的世界。

从上面简单勾勒的故事梗概就可以看出，桑塔格这次是以历史上的真人真事作为自己创作的蓝本。18世纪的欧洲大陆正处在革命与政治斗争的旋涡中，而英国驻那不勒斯王国的大使汉密尔顿及其第二任夫人埃玛与英国海军名将纳尔逊之间的感情纠葛却成了很多历史学家、传记作者争相描写的话题。桑塔格正是选用了这样一个人人皆知的故事作为自己创作的题材，这与其先前两部小说中完全虚构的人物、甚至不提及人物的现实境况是完全不同的。18世纪的那不勒斯王国正处于欧洲政坛的风云变幻之中，其国王与西班牙女王的公主联姻，后又试图挣脱西班牙波旁王朝的控制。当时英国出任那不勒斯王国的大使汉密尔顿（小说中的爵士）是个收藏家，曾收集了大量古意大利的艺术品。他的第二任妻子埃玛则连名字都原封未动地保留在小说中，是当时左右那不勒斯王室命运的风尘女子。在法国大革命爆发之时，那不勒斯不得已向当时拥有强大海军力量的英国求助，导致了18世纪末英法两国旷日持久的对峙。1798年8月，由纳尔逊率领的英国舰队在拿破仑远征埃及的途中击败了法国舰队，成了桑塔格小说中的"英雄"。就连当年德国诗人歌德在那不勒斯的逗留，都在桑塔格的小说中留下了痕迹，做埃玛表演艺术的观众。书中的主要人物都有历史原型，主要事件也都是历史上真实发生过的事件。小说中出现的维苏威火山爆发，在桑塔格笔下气势磅礴，那些冲入天际的黑色气团、涌泉般的红色火焰、以及汩汩而出的桔红色熔岩流，既惊心动魄，又美丽动人。书中描述的革命暴动以及对革命的镇压，在一定程度上都可以称作写实主义的，这场由"平民"发起的法国大革命，在那不勒斯却遭到了平民的疯狂抵制。小说结尾处女革命家埃莉奥诺拉的独白让读者身处刑场，亲身领略革命的残酷，目光凶狠的监狱长、麻木不仁的刑场看客和热情洋溢的革命形成了鲜明的对比，她最后的"让他们统统见鬼去吧"，与其说是诅咒，不如说是一份可悲的判决，正义与鲜血变成了历史的教科书，变成了永远沉默、又不断言说着的文物。

当然，没有人会认为这部小说是历史的直接产物，时代的记忆和作家个人的经验都不可避免地在小说中有所显现。单就创作的意义而言，作者选择了一个历史时空的场景和一些历史人物来构成作品的内容，且不论她所写内容是否与历史真实相符，它本身就有了一定的历史意义，代表了作者对历史的解读和诠释，而这种解读和诠释则会成为后人对历史认知的一部分。因此，桑塔格对这一题材的选择是有着极强的历史和现实意义的。

然而，小说毕竟不同于历史，桑塔格的小说尤其如此。在多数史书和传记中，这段著名的三角恋爱关系都是以埃玛和纳尔逊为主角的，历史上的汉密尔顿是一个被戴了绿帽子的丈夫，而在1941年好莱坞的影片中，汉密尔顿则是一个手持手杖、一身肥肉的好色之徒。在谈到这部小说的创作时，桑塔格谈到："小说实际上是从他（汉密尔顿）开始的，始于他的热情、他的渴望。"①在桑塔格的笔下，汉密尔顿是个外交家、收藏家、业余科学家，还是一个温文尔雅的鉴赏家。虽然小说最后似乎仍然由埃玛做了主角，但桑塔格对汉密尔顿这一人物所倾注的热情和心血则使读者看到了一个别开生面的外交官。读过这部小说的人都会对它的丰富性惊叹不已。评论家加布里埃尔·安南（Gabriele Annan）认为，"它更是一个道德故事，是对很多不同主题的思考……旅游、忧郁、肖像绘画、讲笑话、艺术中新古典主义与现代理想化的对峙、伟大这一概念的变化、对女人态度的变化、环境污染、表演的性质、反讽、革命、暴民、自由知识分子以及他们如何不懂得大众，还有收藏。"②所有这些主题都是现实生活中的桑塔格极为关注的，它们几乎原封不动地被搬进了虚构的舞台，有些甚至变成了其中演员的台词。

在对爵士的一生进行叙述的时候，作者加进了一个女巫的预言。这段历史的真实性已无从可考，但桑塔格别具一格地让一个女巫来预先宣告爵士的命运，并在其命运的关键时刻对他进行一些指示，实在颇具意味。爵士是个业余科学家，对刚刚兴起的近代科技十分着迷，无论从性情上还是从信念上来说都是无神论者，连他自己都对自己频繁拜访女巫感到不可思议。在爵士和他的第一任妻子和谐地生活之时，女巫就曾经"看到"了他多年以后在海上逃亡时所历经的灾难："我看见……我看见水了！她的嗓子哑了。对！海底有很多开口的箱子，里面的宝贝正在往外涌。我看见一只船，一只很大的船。"③这不正是革命来临时，爵士逃亡的经历吗？那些开了口的箱子，装的不正是他在海上

① Paula Span, "Susan Sontag, Hot at Last," in Leland Poague（ed.）*Conversation with Susan Sontag*, Jackson：University Press of Mississippi, 1995, p. 263.

② Gabriele Annan, "A Moral Tale," in *New York Review of Books*, vol. 39, No. 14, August 13, 1992, p. 3.

③ 桑塔格：《火山恋人》，李国林、伍一莎译，南京：译林出版社，2001年，第42页。以下来自小说的引文均出自这个版本，只在文中加注页码，不再单独注释。

丢失了的，后来他曾哀悼了多天的收藏品吗？女巫说"未来存在于现实之中。据她说，未来似乎是现在的误入歧途。"（《火》，第49页）桑塔格绝不是有意故弄玄虚，让她人物的命运这么早就预先注定，似乎也失去了悬念，但这样安排情节却让人平添了几分宿命的意识，爵士忧郁的性格也得到了衬托。而且，谁说未来不可以提前预知呢？

纳博科夫（Vladimir Nabokov）曾就什么是文学作过一个比喻："一个孩子从尼安德特峡谷跑出来大叫'狼来了'，而背后果然紧跟着一只大灰狼——这不成其为文学；孩子大叫'狼来了'，而背后并没有狼——这才是文学。"①对纳博科夫而言，语言文字表现客观事实，那是新闻报道，而文学创作反映的应该是个独特个体眼中的独特世界。桑塔格笔下18世纪的那不勒斯显然不能等同于历史真实，她所叙述的故事也未必真如历史上发生的那样，但是她仍然给了我们厚重的历史维度，给了我们历史想象的空间。虽然面对同样的历史事件，却各自拥有不同的记忆，这才是最真实的现实。

另外，桑塔格在小说中随处可见的评论和阐释，更增加了小说的现实维度。可以看到，桑塔格把厚重的历史世界与个人的直接经验加以混合，那些具有广阔意义和深远影响的历史事件、那些灾难场景和各色人物的心理描写与极为细致的个人经验随时糅合在一起，使叙事更具包容性和立体感。可能是长期撰写评论的缘故，桑塔格的小说叙事是以评论性的片段展开的，她对历史事件的描写，对个人经验中自我意识的表达，经常显得十分透彻。例如在描写到拿破仑的军队攻入那不勒斯，爵士携妻子同国王和王后一起，乘坐"前卫号"船逃往南部城市巴勒莫。爵士怅然于自己将不得不放弃的财产和曾经所有的娱乐，接着又转而开始对"南方"进行评议：

> 那么，暂时，只是在一个短暂的时期之内，他们将住在巴勒莫，南方的南边。
>
> 每一种文化都有它的南方人——尽量逃避劳动、喜欢跳舞、唱歌、饮酒、打架和杀死不忠配偶的南方人；打着更生动的手势，更好色，穿更鲜艳的衣服，乘装饰得更奇特的车，更有节奏感，更迷人，

---

① 纳博科夫：《文学讲稿》，申惠辉等译，上海：生活·读书·新知 上海三联出版社，2005年，第4页。

更动人的南方人；没有雄心大志，不，更懒惰，更无知，更迷信，更
不受约束，从来不准时，显然也更贫穷的南方人……我们比他们优
越，北方人说，明显地比他们优越。我们不逃避责任，通常也不说
谎，我们工作努力，我们准时，我们保持有可靠的银行账户。但是，
南方人比我们有更多的乐趣……那不勒斯尚有巴勒莫这个两西西里王
国的新月状的陪都，这儿更热，更野蛮，更不诚实，更风景如画。
(《火》，第 211～212 页)

这些看似由爵士逃往南方而生的感慨，实际上则是桑塔格针对南北方文化
差异的一种评论，她不经意地扯上"银行账户"，使看似遥远的话题一下子有
了当代意义，也使我们看到了桑塔格本人在小说叙事中的身影。这样的夹叙夹
议在整部小说中可谓俯拾皆是，也曾因此引来众多批评。如理查德·詹金斯
（Richard Jenkyns）认为："桑塔格本人也许有着谦逊的灵魂，但是她的文学形
象却是如此的自以为是。她的人物们被挤到一旁，以便给她自己不连贯的声音
留出空间。"①艾芙琳·屯顿（Evelyn Toynton）也认为整部小说充斥着作者的
意见，读者无法真正了解其中的人物。②但是这正是桑塔格有别于其他小说家
的地方：任何叙述都是经过作者加工选择过的，而桑塔格则根本不屑于戴上一
个客观叙述的帽子，如同拍摄影片的摄影师直接站在镜头前，告诉人们他/她
是如何选景、如何设计光线的，虽然有些扫兴，却是不容争辩的现实。

韦恩·布斯（Wayne Booth）曾在他的《小说修辞学》（The Rhetoric of Fic-
tion，1961）中讲到："在创作过程中，作者塑造的不是一个仅仅理想的、不特
指任何人的'一般人'，恰恰相反，从这个人物身上可以体现出他自己本人的
形象，这和我们在别的作品中读到的那种暗中代表作者的人物完全不同。"③换
句话说，无论作者如何伪装，读者仍然能够从小说中得出撰写人的形象，而这
位撰写人也不会对各种是非观念都持超然的立场。对桑塔格来说，她无非是撕
去了面纱，从各种伪装的背后走到了前台。她并不害怕自己会被混同于小说中

---

① Richard Jenkyns, "Eruptions," in *New Republic*, Vol. 207, Nos. 11～12, September 7～14, 1992, p. 48.

② Evelyn Toynton, "The Critic as Novelist," in *Commentary*, Vol. 94, No. 5, November, 1992, pp. 62～64.

③ Wayne Booth, *The Rhetoric of Fiction*, Chicago: The University of Chicago Press, 1983. pp. 70～71.

的人物，而是要把自己所熟悉和热爱的话题作为原料，再交给她的人物，这样她就可以和她的人物同呼吸、共命运，不管他们是生活在多么不同的两个时代，又遭遇了多么不同的命运。如果说 60 年代的桑塔格有意与现实主义划清界限，现在则似乎故意在作品中试图抹杀这一区别，惟恐别人听不到自己对现实问题的评述，有时甚至来不及换上演员的服装，便直接登上了舞台。

或许是受到了《火山恋人》一路得到好评的鼓励，桑塔格的下一部小说《在美国》也是以历史上的真人真事作为题材，一出版就立刻得到了热烈的反响，并接连获得了 2000 年的美国全国图书奖和 2001 年的耶路撒冷奖。这一次，桑塔格的主角是一个歌剧舞台上的女演员，她集合了桑塔格所有关于艺术的探索，可以说是桑塔格关于艺术思考的巅峰。事实上，几乎所有桑塔格的主要人物都是某种程度上的艺术家，希伯莱特曾做过演员，迪迪写过小说，爵士是个艺术鉴赏家，就连埃玛也在属于自己的舞台上上演属于他人和自己的悲剧。《在美国》中的玛琳娜则是舞台的中心，或者说舞台是她的中心，集中了桑塔格对人生、艺术、历史和社会的思考。

评论界对此部小说的反应褒贬不一。迈克尔·西尔弗布拉特（Michael Silverblatt）认为这部小说使小说这一文体免于更进一步成为碎片。"她开始了建构的旅程——小说是由一系列的微型结构构成的——并用新的方法对传统加以利用，这对后现代感受力来说是不可能的。"[1]卡尔·罗里森（Carl Rollyson）则认为这是一部失败的历史小说。"《在美国》的失败在于其大量的宣言，而没有多少戏剧化的成分。即便是传说中桑塔格能天才般使用的格言警句，在这里也无法找到。"[2] 除此之外，这本书所引起的文化界的反应也与从前迥然相异。南加州"海伦娜·莫德杰斯卡"纪念馆创办人、业余历史学家艾伦·李（Ellen Lee）公开批评桑塔格的小说"抄袭"历史故事，并指出书中多达十二段文字与其他历史书籍或传记文学雷同而没有注明出处，只是在扉页上笼统地说这本小说的灵感来自于何处以及参考了相关书籍。桑塔格反驳道，她的小说是艺术作品，属于一种新的体裁，不像学术著作那样需要注明信息来源和出处，也不像传记文学那样需要大量注脚说明，她从历史中得到灵感，虚构了一个波兰女演员和波兰记者。此事引起文学界的广泛争论，有一种观点认为历史

---

[1] Michael Silverblatt, "For You O Democracy." *Los Angeles Book Review* (February 27, 2000): p. 2.

[2] Carl Rollyson, "The Will & the Way." *New Criterion* 18, no. 8 (April 2000): p. 81.

小说应该忠实历史事件，尽管可以穿插几个虚构人物。另一种观点认为事件可以稍有改动，但语言则要真实，虚构语言和引用语言需要加以区分，如果借用某人的某段话一定要注明出处。桑塔格则认为："有一个更大的问题值得争论，即所有文学都是一系列的引用和引喻。"①

虽然关于桑塔格是否抄袭的讨论很快就偃旗息鼓，艺术界和历史学界对于此事的看法显然并不一致，但是关于历史人物和事件该如何走进小说，以及该怎样看待小说中的历史人物和事件这一话题的讨论却从未停止过。对于桑塔格来说，艺术家手法的同一性和历史性就蕴涵在主体间性（inter - subjectivity）这一事实中。"只不过两个多世纪，代表着解放、开启之门和神圣启蒙的历史意识也已变成自我意识里不可承受的负担。艺术家写文章（或是绘画，抑或表现动作）的时候无法不联想到前人已经取得的成果。"②换句话说，在历史的进程中，关于艺术的观念总是由不同时代的不同艺术家以及他们的每一部作品不断定义的。艺术家的创造不在于抛弃历史，而在于其对于永恒的探索、以及创造性地参与历史的过程。

小说从第 0 章开始。桑塔格别出心裁地设计这一章，其实结构上与《火山恋人》如出一辙，都是故事前的引子，犹如《红楼梦》前加上的"楔子"，只是桑塔格的叙述者更隐蔽，更神秘，无处可寻却又无所不在，像个幽灵。故事中的主人公玛琳娜是以 19 世纪著名的波兰女演员海伦娜·莫德耶斯卡（Helena Modjeska）为原型，作为舞台上的明星风靡全国，人称"波兰的舞台皇后"、"民族的希望"，从而备受人们的瞩目，可是她却对自己的生活和艺术充满迷惑，感觉迷失了自己，因此决心与丈夫、儿子，还有一群崇拜她的朋友移居美国，试图按照傅立叶的理想建立一个乌托邦社区，试图重建自我。这群理想主义者购置田地，开辟了自己的葡萄园，但由于缺乏经营的经验，再加上内部出现矛盾，几个月后宣布不欢而散。一些人返回波兰，另一些人转到美国的其他地区继续定居。玛琳娜在几乎用光了所有积蓄后，决定重返舞台，美国的舞台。在经历了语言的障碍、文化的差异和诸多实际困难之后，她终于在美国开始了她的演员生涯。一次次的巡回演出，一场场爆满的观众，玛琳娜在美

---

① Margalit Fox, "Susan Sontag, Social Critic With Verve, Dies at 71." *New York Times* （December 28, 2004）.

② 桑塔格：《激进意志的样式》，何宁等译，上海：上海译文出版社，2007 年，第 16 页。

国的演艺生涯虽然如日中天，但她却又一次迷失了自己。在诗人朋友朗费罗的葬礼上，她朗诵了一首诗，称其为"美国最伟大的诗人"，事后却对此不敢认同。她无法区分舞台内外的生活，甚至分不清哪些是她自己讲的话。做了一生的演员，哪一次是真正的自己？

到底这部小说在多大程度上有着作者的影子，评论家们可谓众说纷纭。可以肯定的是，桑塔格并没有有意拉开自己与主人公的距离，像她在《恩主》和《死亡之匣》中做的那样。她自己在接受采访时就曾说过："我自己就是一个演员，一个秘密的演员……我一直就想写一部关于女演员的小说，我理解表演的实质，我知道这一职业的内情。"[1]在叙述者描述自己十八岁时第一次看小说《米德尔马奇》（*Middlemarch*）时嚎啕痛哭，因为她不仅意识到自己就是其中的女主人公，而且结婚刚刚几个月。她承认自己的冲动，了解自己的丈夫不过十天。九年以后她决定与丈夫离婚。我们无意将小说与桑塔格的私生活强拉硬扯，但这些细节确实与她本人的生活十分相似。再如，主人公居无定所的生活、从一种文化到另一种文化的跨越（对桑塔格来说是从美国文化跨到欧洲文化，与主人公正好相反）、对家庭责任与自我成就的思考等等，都是与桑塔格本人的生活现实不谋而合。就连桑塔格本人也对写书的自己和真正的自己不再加以区分。"想要逃避作为单一整体而存在的负担是不可能的。我和我的书是有区别的。然而写书的人和生活的人是同一个。"[2]

这部小说创作于 90 年代后期，用桑塔格的话来说，正是"一切理想终结"的时期，也是"一切文化终结的时期"。"日益甚嚣尘上的消费资本主义价值观鼓吹——其实是在强制推行——文化的混杂和倨傲的姿态以及对享乐的拥护。"[3]随着经济全球化和科学技术全球化的到来，文化全球化似乎已经不可避免，90 年代正是这一姿态在美国和世界其他国家大肆流行的时节。美国人历来把自己国家发生的事当作是具有世界意义的大事，这在经济和政治生活中倒也无可厚非，但是"文化全球化"是否就意味着将美国的文化推向全球，

---

[1] Carl Rollyson, Lisa Paddock, *Susan Sontag: The Making of an Icon.* New York and London: W. W. Norton & Company, Inc, 2000, p. 300。

[2] 桑塔格：《单一性》，选自《重点所在》，黄梅译，上海：上海译文出版社，2004 年，第311 页。

[3] 桑塔格：《三十年后……》，选自《重点所在》，黄梅译，上海：上海译文出版社，2004 年，第323 页。

对此，桑塔格是有着充分的警觉的。《在美国》中的玛琳娜（Maryna）从波兰的舞台来到美国的舞台，成功当然归因于她的艺术魅力和个人艰苦的努力，但是那些她开始时不能接受而渐渐习以为常的附加条件恐怕才是真正使她在美国的舞台上如鱼得水的原因。她屈服于美国观众对俗文化的需求，从而改变原剧的结局。"我差不多是美国人了，我越来越偏爱皆大欢喜的结局。"①她听从了经纪人巴顿的建议，将自己的名字改为俄国名字玛菱娜（Marina），就是为了使自己的名字更易于被观众记住，虽然俄国当时正将波兰划入自己的版图，是波兰人的压迫者。她又在名字后面加上贵族的封号扎温斯卡伯爵夫人，也是为了迎合观众对异域名字的好奇，虽然扎温斯卡是她第一个丈夫的姓，而伯爵则是她现在丈夫的爵位。为了增加利润，她和她的演出团在每个城市只演一场，配备自己专门的列车，以吸引媒体的关注。美国的消费文化已经在各个角落渗入了她尚且称之为艺术的东西，而面对这种文化上的侵袭，玛琳娜又怎能不再次迷惑呢？桑塔格借玛琳娜被美国同化的经历，实际上影射的正是20世纪90年代美国的文化帝国主义形象，是这个"实实在在的虚无主义"②的时代。"三十年后，最易辨识、最有说服力的价值观念是从娱乐工业中产生的，随着这样一种文化渐占上风，严肃认真的标准几乎已经被破坏殆尽。"③六七十年代反主流文化干将们借"解构"的东风大声呼吁，为少数族裔、女性主义、通俗小说、流行电影、同性恋等边缘文化团体正名，而如今现代传媒和在娱乐工业中产生的通俗文化却将严肃文学和我们曾奉为经典的文本推到了边缘位置，成了需要挽救的濒危物种。正是在这个意义上，桑塔格将现实融入了她所谓的历史小说，让曾被"解构"了的历史一次次在现代人面前重演。

玛琳娜等人来到了美国，而美国这个宣称没有历史的国度就是用这热热闹闹的"静默"吞噬了这群理想主义者。玛琳娜的儿子皮奥特首先宣布改名为彼得，不久，波格丹（玛琳娜的丈夫）将名字改为鲍勃丹；雅各布（一个画家，玛琳娜的朋友）改名为杰克；里夏德改名为理查德。最晚更名的倒是玛

---

① 桑塔格：《在美国》，廖七一、李小均译，南京：译林出版社，2003年，第347页。以下来自小说的引文均出自这个版本，只在文中加注页码，不再单独注释。

② 桑塔格：《三十年后……》，选自《重点所在》，黄梅译，上海：上海译文出版社，2004年，第323页。

③ 桑塔格：《三十年后……》，选自《重点所在》，黄梅译，上海：上海译文出版社，2004年，第324页。

琳娜自己，这源于她重返舞台的决心。玛琳娜想要站在美国的舞台上，首先面临的，是一种"失语"的局面。在波兰，她理所当然是用波兰语演出。但是到了美国，她必须用这个国家的语言才能演出，而语言天然地包含了意识形态的范畴，决定了我们看待世界的方式。当玛琳娜及其身边的人学习英语，他们从沉默无语到能够发出自己的声音，看似因声音的复苏而获得了进入公共领域的通行证，事实上却是永远地臣服于所属国的意识形态。美国，以她特有的天真和俗气的妩媚掳获了这群乌托邦主义者，继而让他们变成了有着迷人外国口音的美国人。美国，成了他们新的祖国。

美国的舞台就是美国的社会。在这里没有纯粹的艺术。表演是为了吸引观众，是为了让他们流下廉价的泪水，是为了争取更多的利润。在这样的前提下，任何艺术都要屈服于消费经济的需要。剧本可以更改，谎言可以信手拈来，而表演本身，则可以放松要求。这种为迎合大众而生、被观众低级的审美趣味所污染的艺术，对桑塔格来说，到底意味着什么呢？在小说最后一章里，第0章的现代叙述者换成了与玛琳娜同台演出的布斯，在最后一幕以近乎独白的形式揭穿了玛琳娜虚荣的面纱。人人都说布斯像莎士比亚剧中的哈姆雷特，但是哈姆雷特又是谁？

> 哈姆雷特使我注意到我身上的某些特征。也许那是因为哈姆雷特是个演员。他在演戏。他表面看起来是一回事，但在表面之下又藏着什么？虚无。虚无。虚无。……只要不当演员，哈姆雷特愿意放弃一切，一切。不过，他命中注定如此。命中注定要成为演员！他一直等待时机，要挣脱"好像"与表演的束缚，达到存在的境界，但是在"好像"的背面是虚无，玛琳娜。除了虚无只有死亡，死亡。（《在》，第398页）

艺术试图突破各种"陈规陋习"，达到"自我指涉"的境界，如同哈姆雷特试图脱去表演者的外衣，达到存在的境界。但是这样的努力只能走向死亡，走向虚无，如同浩浩荡荡"静默美学"的大军。"还是让我们用尼采的词汇吧：我们进入了，实实在在地进入了，虚无主义的时代。"①多年以后，桑塔格回顾六七十年代的那场声势浩大的文化运动时，不免感慨万千。"你多么希望那时的勇敢精神、乐观主义和对商业的鄙视或多或少被保留下来。"②但是如今，艺术不过是在宣扬虚荣和谎言，提倡艺术价值先于商业价值的理念在美国根本行不通。"怎么能把演员当真呢？他们说的全是谎言，虚荣和自夸。"（《在》，第402页）艺术家靠出卖灵魂才能时刻想到自己很幸福。艺术的出路何在？

令人欣慰的是，在小说最后，桑塔格安排布斯对玛琳娜说："在这里我不完全反对创新。我不是抱住传统顽固不化的人。我也讨厌空洞的重复。但是，我不喜欢临场发挥。演员不能只是虚构。此时此地我们能否彼此承诺，要创新的时候，首先告诉对方？我们的旅途还很漫长。"（《在》，第413页）桑塔格重归社会，重构历史，意义正在于此。虚构是当然的，创新也是必要的，但艺术是否必须摈弃传统，我想，桑塔格已经给我们做出了回答。

小结

文学艺术，在所谓"现实"的阴影下亦步亦趋了上千年，在"新批评"和以特里林（Lionel Trilling）为首的"纽约文人"一统批评界天下的五六十年代，桑塔格的声音显然是对当时文坛情景的一种深刻反思。在《论风格》中，她引用罗伯－格里耶的话对艺术的功用问题进行了论述："如果艺术是任何一样东西，那它就是一切东西；在这种情况下，它必是自足的，在它之外别无他物。"③和其他活跃在当时文坛上的新小说派主将们一起，桑塔格通过她的批评和小说实践重新思考了文学与现实的关系。过去的再现说和表现说至少都承认社会历史现实和经验世界是一种客观存在，虚构的艺术世界必须在总体上、或至少是部分地与这种客观现实相统一，但是桑塔格等人却根本怀疑这种存在的

---

① 桑塔格：《三十年后……》，选自《重点所在》，黄梅译，上海：上海译文出版社，2004年，第323页。

② 桑塔格：《三十年后……》，选自《重点所在》，黄梅译，上海：上海译文出版社，2004年，第323页。

③ 桑塔格：《论风格》，选自《反对阐释》，程巍译，上海：上海译文出版社，2003年，第33页。

真实性。现实世界的存在总是时过境迁、不可重复的一种虚幻，如同希波赖特试图对梦的再现，以及迪迪对现实真相的疯狂找寻，最终都以令人更加迷惑的幻象收场。既然是虚幻，就无所谓客观，就必然有主观意识的介入，因此这些一旦形成文学作品，就能自行产生意义，完全可以独立于客观现实而存在。俄国著名的文艺理论家雅各布森（Roman Jakobson）曾经说过："诗性表现在哪里？表现在词使人感觉到它作为词而存在，而不是作为所指物的表示或情绪的爆发而存在，表现在词、词的组合、词义及其外部和内部形式自身获得分量和价值，而不是直接指涉外部现实。"①显然，文学文本一旦形成，就将限定并影响人们对现实世界的认识，从而塑造出一个让人信以为真的现实。它与我们通常意义上说的现实不同，其目的不是成为真理的助手，也不必去意指什么，"它本身就是一个生气盎然、充满魔力、堪称典范的物品，它使我们以某种更开阔、更丰富的方式重返世界。"②

海德格尔也曾说过："诗人——假如他是一个诗人——并不仅仅描绘天空和大地的显像。诗人在对天空进行观察时所呼唤的，是一种东西，它在自我揭示中遮蔽自身的显现，并且的确就是那遮蔽自身者。"③诗意不是一种飘忽浪漫的状态，而是人类本真生存的光辉。海德格尔提出的"歌声即生存"，意义就在于此。在他看来，一件艺术品便建立了一个世界，它摧毁了世俗的外部世界，建立了一个诗意的世界，而这个诗意的世界才是我们本来的生存面目。正如《死亡之匣》中的迪迪在死亡隧道中所思索的那样"人生 = 世界。死亡 = 完全进入自己的头脑。"（《死》，第 327 页）死亡摧毁的是这个世界，可却在头脑中建立了另一个世界，文学作品所要呈现的便是这个艺术的、诗意的世界。

时过境迁，当诸神隐去，原有的意义大厦被解体，新小说和通俗文化的拥护者们赤手空拳地面对未来的时候，人们惊恐地发现，那个艺术的、诗意的世界已随同汇入历史长河中的过去一起消失了。我们既然抛弃了传统，传统就会抛弃我们，就像玛琳娜远隔重洋来到美国，为的就是忘记过去，重新开始一

①　Roman Jakobson, "What is Poetry?" in Ladislav Matejka and Irwin R. Titunik (eds.), *Semiotics of Art.* Cambridge：The MIT Press, 1976. p. 174.

②　桑塔格：《论风格》，选自《反对阐释》，程巍译，上海：上海译文出版社，2003 年，第33 页。

③　海德格尔：《……人，诗意地栖居……》，选自《海德格尔诗学文集》，成穷等译，上海：华中师范大学出版社，1992 年，第 203 页。

样，她的艺术随即成了一种媚俗。在历史的碎片中，人们丧失了把握整体的能力，于是，人们开始不知所措。桑塔格及时把握了这个瞬间，艰难地，却是认真地，开始了又一次旅行。用批判的眼光回顾自己过去的信念和理想，需要很大的勇气，但是桑塔格义无反顾，就像她 1982 年在波兰华沙市政大厅的讲话中对自己政治理念进行的反思一样。不是说当年她所提倡的"反对阐释"和"静默美学"本身有错，而是说那些产生这些话语和思想的语境已经不存在了，因而再提倡它们显然已经不合时宜。现在该做的，是应该补上历史这一课，像《火山恋人》中的爵士一样，收集过去，欣赏传统，因为谁知道呢？过去的，可能还会再来。桑塔格躲在 19 世纪波兰那家宾馆的私人餐厅里观察那群试图摆脱过去的理想主义者时就知道了，"过去也将成为现在"。(《在》，第 23 页)

第二章

桑塔格的小说作者观

虽然关于作者、文本和读者之关系的问题在二十世纪被批评界炒得沸沸扬扬，各种理论之间的批评之声不绝于耳，但是作品是由作者写成，并通过文本由读者阅读，这一点，大概不会引起任何争议。西摩·查特曼（Seymour Chatman）在《故事与话语》（*Story and Discourse*, 1978）中为我们提供了一幅叙事交流图表，可以帮助我们更清楚地洞悉叙事交流的过程：①

叙事文本

真正作者→ 隐含作者→（叙述者）→（叙述接收者）→ 隐含读者 → 真正读者

在这一过程中，真正的作者和真正的读者都是处在叙事文本之外的，一旦作品完成，叙事文本就不能更改，但是作者和读者的情形却在不断发生着变化。

自从亚里士多德的时代起，作者就被赋予了对于作品绝对的权威："演说者要使人信服，须具有三种品质，因为使他们信服的品质有三种，这三种他们都不需要证明的帮助，它们是见识、美德和好意。……任何一个显然具有这三种品质的人，必然能使听众信服。"②也就是说，作者对文本具有决定性的作用，他的"见识、美德和好意"左右着读者对文本的认识。在现代主义文学之前，这种观点几乎垄断了人们对于文学的认识。作者相对于作品来说，就是上帝，不仅创造了作品，而且对它的意义拥有绝对的发言权。因此，多少年来，作者的生平、事迹、道德准则和理想等会被当作理解文本的必经途径。这种方法在现代小说修辞理论中的延续可以在韦恩·布斯的《小说修辞学》中

① Seymour Chatman, *Story and Discourse*. Ithaca: Cornell University Press, 1978. p. 267.
② 亚里士多德：《修辞学》，罗念生译。北京：三联书店，1991 年，第 24 页。

得以窥见。和亚里士多德一样，布斯也认为小说作者的道德立场左右着读者对于小说的接受，写小说本身就是一种体现作者道德立场的行为。他还指出，现代小说家经常使用的"非人格化叙述技巧"（impersonal narration）实际上很容易迷惑读者，因为它"经常带给我们道德上的难题，以至于我们实在没法将道德问题视为与技巧毫不相关的问题而悬置不论"①。与之相类似的，英国小说理论家戴维·洛奇也认为，"我们在阅读过程中，小说家'劝说'我们与他同持某种观点；如果成功，读者会沉浸在那种虚构的现实中，如痴如醉。"②在这些人眼里，小说被视为一种修辞的艺术，作者通过各种体现主观意愿和态度的手段，试图说服读者接受通过作品而传达的立场和观点，从而实现作者与读者之间的交流。

随着现代主义文学作品的诞生，关于作者地位的讨论也开始逐渐升温。亨利·詹姆斯（Henry James）在论及现代小说理论时盛赞福楼拜提出的"非人格化叙述"，认为艺术的真实性必须通过艺术品内部的结构以及其展示过程直接得以实现。换句话说，詹姆斯认为作品不需要作者介入，可以直接同读者对话，作家应该最大限度地隐去自己的声音，让作品直接呈现在读者面前。③实际上这里的所谓作者引退，实际上只是退出文本叙事之外，并不意味着与作品无关，"小说家反映在小说中的强烈个性……无意之中或多或少地体现在作品之中。……这是小说家的天性——反映了他的精神、历史；它源于作家在小说中的影子，精神上的在场，它与技巧和方法无关。"④ 作家还在那里，仍然是叙事交流的一个部分，只不过他已经由一个菲尔丁式的引导者变成了一个乔伊斯式的旁观者，"永远停留在他的艺术品之内之后或之外，人们看不见他，他已使自己升华而失去了存在，毫不在意，在一旁修剪着自己的指甲。"⑤

与詹姆斯的作者观相类似的是米哈伊尔·巴赫金（Mikhail Bakhtin）的"对话体"小说理论。巴赫金认为，应该让作品中的人物充分展开对话，由人

---

① Wayne Booth, *The Rhetoric of Fiction*, Chicago: Pengiun Books Ltd, 1961. p. 378.

② 戴维·洛奇：《小说的艺术》，王俊岩译，北京：作家出版社，1998 年，"序言"，第 9 页。

③ 关于詹姆斯对作者引退的讨论，读者可参照申丹教授等著《英美小说叙事理论》上编第五章，其中有关于小说戏剧性和客观性的详细论述。

④ Henry James, "The Lesson of Balzac," *Theory of Fiction*: *Henry James*, (ed.) James E. Miller, Jr. Lincoln and London: University of Nebraska Press, 1972. pp. 178~9.

⑤ 詹姆斯·乔伊斯：《一个青年艺术家的画像》，黄雨石译，北京：外国文学出版社，1983 年，第 246 页。

物承担过去由作者所承担的"思想"，只有强调小说的对话性，才能将人物从作者的控制下解脱出来。在巴赫金看来，小说应该是个杂语的世界，"小说正是通过社会性杂语现象以及以此为基础的个人独特的多声现象，来驾驭所有的题材。……不同话语和不同语言得以展开，主题可以分解为社会杂语的涓涓细流，主题的对话——这些便是小说修辞的基本特点。"①小说不应该成为作者一个人的独白，而应该让他的人物有同样的发言权，这些人物与作者地位相当，有时还要高于作者。巴赫金将自己的对话理论应用于陀思妥耶夫斯基的小说分析中，认为陀氏的小说是真正的"复调"小说，"陀思妥耶夫斯基恰似歌德的普罗米修斯，他所创造出来的不是无声的奴隶（如宙斯的创造），而是自由的人，这自由的人能够同自己的创造者并肩而立，能够不同意创造者的意见，甚至反抗他的意见。"②作者不再是高高在上的上帝，他低下头来，倾听人物的对话，旁观人物对他的批评与不满，同时人物的地位和主体性被提高了，作者的主体地位就此消解了。

消失了主体地位的作者不再具有绝对的权威，但是至少还有一席之地，我们至少还可以看到"在一旁修剪指甲"的乔伊斯和与人物"对话"的陀思妥耶夫斯基，但是到了很多后结构主义者那里，作者写完了作品就撒手而去，几乎完全消失在了读者的视线之外。作品成了"文本"，"可读性文本"转换为"可写性文本"，文学研究也从单一研究时期进入到多学科互动时期，甚至读者也参与了创作，正所谓，"有一千个读者，就有一千个莎士比亚"。文本永远都呈现未完成状态，它要求读者不断改写、再生产，从而使其产生新的意义。任何文本在其出现以后，都割裂了与作者的关系，变成了一个"孤儿"。就这样，在作者消失之后，读者获得了支配文本的权力，他们不再受作者意向性的制约，而是直接与文本相接触，从而使文本产生出无穷多的意义。在此基础上，接受美学和读者反应批评的理论家们又进一步推进，认为离开了读者的阅读和体验，文学文本根本无法变成生动有趣的艺术世界。"读者是本质。没

---

① 钱钟文主编：《巴赫金全集》第 3 卷，白春仁等译，石家庄：河北教育出版社，1998 年。第41 页。

② 巴赫金：《陀思妥耶夫斯基诗学问题》，白春仁等译，北京：三联书店，1982 年，第 28～29 页。

有读者不可能有叙事。"①一直处在奴役地位的读者第一次有了自己的发言权，被推到了叙事交流的中心。

桑塔格没有直接参与这场叙事交流的讨论，但是她关于"阐释"问题的阐述，以及她对疾病以及疾病的隐喻问题所作的分析，让我们看到了她在这一问题上的看法。同样地，在她前后期的小说创作中，作者和文本以不同的面目出现，读者也分别在不同程度上受到了邀请，这使我们对于她的小说叙事交流观有了直接的认识，看到了她对传统的及后结构主义叙事交流观的反思。

第一节　作者之死

法国批评家罗兰·巴特提出的"作者死了"，是 20 世纪语言学转向的产物，针对的是 19 世纪以人为中心的理性中心主义。传统的理性主义者认为，作者是文学作品的源泉，从而也是为作品提供解释的惟一权威。这种做法在巴特和桑塔格等人看来，无异于对艺术的破坏，是对艺术作品的穷尽。"对于那些将被阐释的作品而言，艺术家本人的意图无关紧要。"②对于结构主义者们来说，语言是一种符号系统，而意义就产生在不同能指符号之间的差异。这一理论性的革命彻底改变了人们对语言和文学的看法，因为它直接导致了语言决定论：语言决定意义，语言产生意义，从而否定了作者在文学作品生产中的权威地位。到了后结构主义者那里，甚至语言这种符号系统都没有了确定的结构，它成了像网一样不断变化的话语，任何权威和中心都化解在话语这张大网之中。作品不再具有固定的意义，而是成了可以不断被添加意义、不断被重写的"文本"，它是"可写型"的，不断呼唤读者的积极参与，永远没有终极的意义。巴特说："文本是这样一种空间，在这里没有任何一种语言可以操纵别的语言，文本是语言的循环。"③

关于"作者之死"，评论界一直有很多误解，认为巴特宣告作者死亡，是完全切断了作者和作品之间的联系，抹煞了作者的存在。实际上，仔细读巴特

---

① Mickeal Kearns, *Rhetoric Narratology*, Lincoln and London: University of Nebraska Press, 1999. p. 47.

② 桑塔格：《反对阐释》，程巍译，上海：上海译文出版社，2003 年，第 11 页。

③ Roland Barthes, "From Work to Text", in *Modern Literary Theory: A Reader*. Ed. P. Rice & P. Waugh. London: Edward Arnold: 1989. p. 171.

的原著，我们会发现"作者之死"代表的是一种世界观、文学观的转向。"作者"并不是经验世界中的作者个体，而是非人格化的先验结构，是一种固有经验模式和权威的象征。说"死亡"，其实也仍然是个比喻，是对作者的绝对权威性提出的质疑，是对理性世界固有意识形态的挑战。在 60 年代之前的美国，虽然新小说等试验形式已经开始，但传统的小说创作形式及理性主义的批评观仍然占据着主要的地位，深受欧陆思潮影响的桑塔格此时对结构主义的作者观发出了最早的呼应。在小说《恩主》和《死亡之匣》里，桑塔格借人物之口对作者的地位同样提出了挑战。

从结构的观点看，作者永远处在作品之外，对此，我们在查特曼为我们绘制的叙事交流表中可以一览无余。作者与作品虽然有联系，但两者却不是一回事，分别属于两种不同层面上的现实，我们永远也不可能在作品中直接面对现实中的作者。在《恩主》中，桑塔格采用的是第一人称的叙事角度，这位叙事者与桑塔格截然不同。他是个上了年纪的法国男人，回顾的是自己不断做梦的人生。除了爱思考这一特征外，看不出桑塔格与这里的人物有丝毫共通之处。桑塔格有意夸大这种与人物之间的区别，大概也是避免读者做无谓的联想，阻止那种自传式的解读。就连希波赖特这个自命不凡的人物，也不坚持自己作者的权威，对自己能否打动读者不以为然。"读者是自由的，他有权发表与作者相左的观点，也有权做出其他选择。因此，要是我试图说服读者接受本书的观点，那是不合适的。"（《恩》，第 10 页）在《死亡之匣》中，作者采用的是第三人称的叙事角度，主人公迪迪是一个在生产显微镜的工厂从事宣传工作的中年美国人，他从一个死亡到另一个死亡的历程本身就与当时的桑塔格毫不相关。迪迪对事实真相失败的追问本身又是一个隐喻，暗示了人类寻找确切意义的徒劳。"杀死工人一事是幻觉，还是事实，迪迪除了想象之外（现在）无从得知了。过去必须重新想象；记忆不像家具，不是你可以拥有、看得见摸得着的东西。"（《死》，第 38 页）所做的事情，所写的文章，都是无法还原的，它们有待行动者和读者的重新想象和解读，从而构建一个与原有"事实"无法同一的空间。"写作就是模拟别人。就算是写真正发生在我生活里的事件，如《朝圣之途》和《中国旅行计划》中所叙述的那个我，也不是真正的我。"①

---

① 桑塔格：《苏珊·桑塔格文选》，陈耀成编，台北：一方出版有限公司，2006 年，第 46 页。

充斥两部小说的那种不确定性为寻找确切意义的尝试又一次敲响了丧钟。《恩主》开篇就向我们交待了这是一个61岁的老人不可靠的回忆，这种回忆又因梦境的变化无常而显得更为复杂多变。在梦的指引下，希波赖特把安德斯太太卖给了阿拉伯商人，两年后，安德斯太太伤痕累累地回来了。希波赖特曾要谋杀她，但是没有成功。为了对自己曾做出的罪恶勾当做出补偿，希波赖特把自己从过世的父亲那里继承来的大房子送给安德斯太太，并在战争期间帮她躲过追查。希波赖特的妻子去世后，战争也结束了，希波赖特住进了那所送给安德斯太太的房子，与她形同陌路般地在同一所房子里度过了六年时间。但是，"读者诸君，我跟你们谈论确定性，甚而跟你们吹嘘自己已经获得了确定性。但是，我隐瞒了某种尽管说出来会让人尴尬或者根本就无法解释清楚，但我又必须承认的东西。就在我谈论确定性的当口，有件重要的事情我却仍然不能确定！"（《恩》，第214页）因为，在希波赖特住进那所大房子第六个年头的时候，管家（希波赖特并不记得这个管家是谁，希望她不是安德斯太太）告诉他有客人来访。当希波赖特走下楼来，客厅里赫然坐着安德斯太太。她不是一直跟他住在同一所房子吗？怎么突然又出来一个安德斯太太？希波赖特被自己的记忆搞糊涂了。但是他明确地记得自己有些其他记忆与过去叙述的情况不符。"我清楚地记得自己被逐出这栋房子，赶我走的是一个从未在那儿住过的名叫安德斯太太的人。"（《恩》，第215页）在希波赖特记忆的另一个版本中，安德斯太太与阿拉伯商人共同生活了三年，不断受到虐待并被转卖给骆驼贩子，左眼被打瞎，最后被丢给沙漠小村庄的运水人。安德斯太太在那个小村庄幸福地生活了十多年。她被封为村长，跟政府谈判，把耕作引进了村庄。她创建了日托所、妓院、法院、戏院、甚至还组建了一支军队。对她来说，生活逐渐远离了美，剩下的不过是个生存问题。为了保持权威，她选择了退位，回来找希波赖特，并把他逐出了父亲留给他的房子。希波赖特无法确定哪个记忆是真实的，也许两者都是，但是他无法确定。一方面，记忆告诉他一个故事，另一方面，另外一部分记忆和信函、日记又彻底否定了他记忆的准确性。希波赖特拿出当年的笔记本，试图寻找确切的依据，可是找到的东西令他自己都怀疑起来。也许这是一部小说，他给它起的名字叫《你读的东西别全信》，书中记录的是另一个版本的希波赖特事迹。然后他又发现了一封信函形式写成的个人小传，信未署日期，也没有称呼，看起来是希波赖特给法院的一封陈词。他因为自己的梦而被关押，并请求赦免或假释，"我敢保证，我再也不做梦了。"

（《恩》，第 232 页）即便在希波赖特看来，这封信也只能证明他的错觉和迷糊，真实和确定性遥不可及。

在《死亡之匣》中，迪迪（Diddy）的名字来源于"Did he"，它首先就是一个不确定性的代言人。迪迪不能确定自己是不是活着，因为"活着和有生命可不一样。有些人就是生命本身。而另有一些人，譬如迪迪，只是寄居在自己的生命里。"（《死》，第 1～2 页）他感觉生命毫无意义，于是实施自杀，但是他无法肯定自己是否被救，就像读者到最后也无法得出一致的结论一样。他感觉自己被送进了医院，洗了胃，看到那个穿白衣的黑人，还闻到了令人呕吐的气味。他三天之后出了院，但是，我们在小说结尾处又一次看到迪迪躺在病床上，又看到了那个穿白衣的黑人，又闻到了令人呕吐的气味。迪迪也许一直就没有走出过医院，他所有关于杀人和与赫斯特相遇的事件也许不过是他弥留前的想象。说到杀人，这是小说中的另一个中心环节。迪迪出差（他感觉中的出差）的途中，觉得自己曾在隧道里下了火车，并在冲动之下杀了人。可是当他返回车厢，试图将这一切告诉赫斯特时，后者一口咬定他根本就不曾离开过车厢。那么他到底杀过人没有？迪迪到达自己出差的目的地后又试图通过当地报纸来核实此事，但是报纸的报道说火车在穿过隧道时确实撞死了一个人，但是火车中途不曾停留。这虽然与他的记忆相去甚远，但是迪迪还是感觉到了胜利："这种乱麻般的、令人感到羞辱的不确定性结束了。报纸的报道尽管冗长枯燥但却给不确定性画上了句号。"（《死》，第 67 页）可是事情还没有结束，现在需要查清的是这个铁路工人的死因，只要能够找到他的尸体，就可以证实报纸的谎言：火车明明在隧道停车，而且死者的头部应该有明显的伤痕。可是当迪迪急冲冲地赶往殡仪馆，却得知死者的尸体已经火化了。他苦苦追查的确定性又一次被悬置起来。最后，他领着赫斯特再次回到隧道，重新上演杀人的一幕，希望得到赫斯特的证实，但是赫斯特却以自己什么都看不见为由，又一次将他的努力击得粉碎。

罗伯·格里耶在论述自己的小说时说，"在我的小说中，描述事物的不仅是一个人，而且这还是所有人当中最不中立、最不不偏不倚的人；不仅如此，他还永远是一个卷入无休止的热烈探索中的人，他的视象经常变形，他的想象甚至进入接近疯狂的境地。"①与罗伯·格里耶的人物相类似，希波赖特和迪迪也远不是什么客观的叙述者，希波赖特不信任自己的记忆和判断，而他的目的，似乎也正是要摧毁这种对唯一性和确切性的执着。他是自己梦的"作者"，但是这个"作者"却连到底哪个是梦、哪个是生活都弄不清。迪迪更是一个不可靠的叙述者，他的整篇叙述就像是他临死前对某个幻境的描述。他与赫斯特的相遇，在死亡隧道里的所见所闻，完全像是一场梦境。

与贯穿全篇的不确定性相对应的是，这两部小说都有着开放式的结尾，这种结尾自然抵制了单一的、固定的阅读模式。桑塔格从来就对那种挖掘式、破坏式的阐释深恶痛绝，她有意在自己的小说结尾处设置悬念，使单一的阐释成为不可能。《恩主》结束的时候，希波赖特坐在一间空荡荡的房间里，表现出一种圆满的姿态。"满足的意义并非被填满，而是被倒空。梦填满我的心灵，我把它们统统倒出来。"（《恩》，第234页）确定的东西终归有限，只有无限的东西才是圆满。就像空空的杯子才能装水，满了的杯子只能成为负担一样。到底哪个版本的希波赖特才是真实的，希波赖特希望读者自己判断。桑塔格把希波赖特的梦倒空，端给读者一个空空的杯子，装什么，就请读者自便了。《死亡之匣》是以迪迪在死亡隧道里遭遇死亡而结束，可是迪迪明明是到这里寻找和证实别人的死亡的。这一次的死亡是否就是上一次的自杀，也只能请读者自行判断。

哈桑在他的《归于沉寂的文学》（"The Literature of Silence"）中把这种自我质疑、无法确定的文学称为"沉寂的文学"，与巴特所说的"作者之死"有异曲同工之意。这种文学实质上已变成了一种行动，或者说变成了一种游戏，它所呈现的，就是毫无秩序的随意陈列，或者是一片空白，任读者在想象的画布上随意勾抹。"在这种情况下，不确定性是主要原则。这样的文学拒绝一切秩序，因此也排斥目的性。所以它的形式是无目的的，它的世界是永恒的现在。读这类作品使我们感到原始的质朴和天真，一切错误和修正都无关紧要，不再存在。"②在读《恩主》和《死亡之匣》时，如果执拗的读者一定要像希波赖特和迪迪一样寻找确定意义的话，那他一定会大失所望。如果读者更进一

---

① 罗伯·格里耶：《新小说》，董友宁译，选自崔道怡等编写的《"冰山"理论：对话与潜对话》，下册，北京：工人出版社，1987年，第522页。

② 伊哈布·哈山（桑）：《后现代的转向：后现代理论与文化论文集》，刘象愚译，台北：时报文化，1993年，第30页。

步要求作者给出"公道"，那就更让桑塔格为难了。姚君伟在《恩主》的译后记中提到，桑塔格"反对讨论作者的创作意图，拒绝提供作者的背景资料，讨厌评论家自以为是地把作品的意义阐释得那样透明"①。虽然桑塔格不见得说过这样的原话，但从她前期的两部小说中透出的有关作者权威消逝的情况来看，这样的判断应该说十分中肯。作者之死带来文本狂欢，正如我们在阅读这两部小说时所遭遇的那样。

第二节　作者不死

时过境迁，六七十年代盛行的后结构主义和解构思潮把原本井井有条、条理分明的结构推到了边缘：语言陷入了一个消解一切中心与权威、无始无终的意指过程之中，文本是意义永远延期的在场，是意义的无穷无尽的扩散和延伸。在后结构主义者们眼里，作者不单是被"悬置"了，而且是被读者和批评家们用以读代写（reading as writing）的方式彻底解构了。巴特的"作者之死"动摇了以作家为主体的话语体系，主张主体的完全分散，强调存在的不真实性，结果却陷入了拒绝以真理为前提的普遍相对论。就连巴特自己，也意识到了这种倾向的危险，在 70 年代中期及时改变了自己的立场。1975 年，他写了一部关于自己的书《罗兰·巴特》（*Roland Barthes on Roland Barthes*），从演绎别人的文本转向演绎自己的观点。在这部书里，作者即评论者本人，"在这种跨范畴的写作实践中，不仅自传与小说之间的界限模糊了，散文与小说之间的界限亦是如此……写作变成了写作冲动和制约的记录（依此观点延伸看来，写作本身成了作家的主题）。"②托多洛夫在谈到巴特后期的作品时也说："他在作品中呈现的不再是一篇纯粹的话语，而是表现一个人，他本人。"③

同样的转折也体现在桑塔格后期的两部小说作品里。《火山恋人》是继《死亡之匣》出版 25 年后的第一部小说，受到了批评界和读者普遍的好评，

---

① 桑塔格：《恩主》，姚君伟译，南京：译林出版社，2004 年，译后记，第 238 页。
② 桑塔格：《写作本身：论罗兰·巴特》，选自《重点所在》，张媛译，沈弘校，上海：上海译文出版社，2004 年，第 88 页。
③ 茨维坦·托多洛夫：《批评的批评》，王东亮、王晨阳译，北京：生活·读书·新知三联书店，1988 年，第 71 页。

就连桑塔格自己也承认它是"自己目前最为满意的作品"①。《在美国》获得了 2000 年全美图书奖,可见评论界对改头换面后的桑塔格持认可态度。单从"作者死后复出"这个层面来看这两部小说,我们可以发现桑塔格一反当年将自己远离作品人物的写法,大大方方地把自己写进后期的两部小说,试图重建作者在创作中不可替代的作用。这种重建远非理性主义时代的全面回归,而是在人们抛弃了理性之后对启蒙主义知识分子严肃立场的重建。

首先,作者直接走进了叙事作品,成了文本有机的组成部分。这两部小说都是以第三人称的叙述为主线,在这个主框架之外加上了作者的第一人称叙述。用查特曼的叙事交流表来分析的话,就是某一部分的作者也进入了叙事交流程序,与隐含作者合二为一,或者说作者以某种真实的身份参与了叙述交流的过程,如下图所示:

叙事文本

真正作者≈隐含作者→(叙述者)→(叙述接收者)→隐含读者 →真正读者

《火山恋人》开始时,第一人称叙述者漫步在 1992 年纽约的一个跳蚤市场入口处,到处是衣衫褴褛、熙熙攘攘的人群。"我"是故事的隐含作者,其实就是作者桑塔格。在一次接受记者采访的过程中,桑塔格说这部小说的灵感始于她浏览大英博物馆的印品店,无意中看到了一些关于火山的风景画片,后来才知道这些画片源自于 18 世纪后半叶英国驻那不勒斯大使威廉·汉密尔顿的作品。②"我想审视世间的一切。看什么东西被留下来,什么东西被抛弃了。什么东西不再受到人们的珍视,什么东西不得不亏本出售。"(《火》。第 1 页)很显然,桑塔格在刻意营造一幅历史景观。"我"站在通往历史的通道处遥望过去,试图从中"淘出宝贝"。其实也未必是什么真的宝贝,不过是些自己所珍视的东西而已。忐忑不安的叙述者很快就从 1992 年的"跳蚤市场"来到了 1772 年伦敦的一次拍卖会。此时,一老一少两个绅士模样的人出现了,他们

① Paula Span, "Susan Sontag: Hot at Last", in Leland Poague (ed.) *Conversation with Susan Sontag*, Jackson: University Press of Mississippi, 1995. p. 261.

② 苏珊·桑塔格:《苏珊·桑塔格文选》,陈耀成编,台北:一方出版有限公司,2006 年,第 51 页。

就是小说中的主人公爵士和他的外甥查尔斯。真正的故事自此开始。当爵士正准备把大量珍贵的收藏品运往英国之时，作者笔锋一转，叙述者跳到了历史故事之外："佛罗里达南部的一位不知疲倦的收藏者经常乘坐美国最后一列私人火车去采购，他已经在热那亚搞到一个大城堡，专门用来存放大量的装饰品；中国国民党一九四九年用稻草和棉花把当时在地上存放的所有可以运走的中国艺术大师作品，包装好运往台湾……"（《火》，第187页）而随后作者借叙述者之口又对收藏发表了议论。这段精辟的论述中列举了许多19、20世纪才出现的物品：电影、汽车、美国50个州首府的名字、激光唱碟等。书中有关收藏、忧郁气质等的讨论，如果单独列出，无疑是桑塔格关于上诉问题的专题论述。作者的声音和权威在这部小说中卷土重来，对此，桑塔格也供认不讳。"小说是一条大船，我不是藉此拯救我身上日渐被放逐的文章作家（essayist），而是在释放出小说家（novelist）的自我，让文章作家成为小说家的一部分。"①《火山恋人》中，桑塔格俨然是个电影导演，同时又客串剧中的叙事人角色，不停地对剧中情景指指点点。

与此相类似，《在美国》也采用了相同的叙述模式。第0章中，那个当代叙述者躲在十九世纪波兰的一家宾馆，偷听故事中人物的对话，给故事中的人物起名字，安排他们的位置，设计人物之间的关系，这完全就是桑塔格构思此书的写照。在为桑塔格所写的传记中，作者这样写道："叙述者一望即知是桑塔格本人，不仅对19世纪的故事发表高论，而且谈到了她在萨拉热窝的遭遇、自己的童年和祖父母、她与菲利普·里夫的婚姻、她对波兰诗人蔡斯洛·米洛茨（Czeslaw Milosc）的钟情以及她对欧洲的喜爱。小说中被奥地利、普鲁士和俄罗斯所瓜分的波兰，就是她所热爱的波斯尼亚的先驱，其时正遭受塞尔维亚和克罗地亚的肢解。"②可见，桑塔格直接将现实搬进所谓历史的舞台，显示了她构建小说蓝图时的从容与自信。故事中的场景似乎距离我们十分遥远，然而，又与我们的世界有着惊人的相似之处，仿佛通过作者几句不相干的话语，我们就可以经由自己的世界，到达人物的世界。在故事的开展过程中，叙事者不断插话，对所发生的事件给予超越时空的评价。这个叙事者在故事时间与叙

---

① 苏珊·桑塔格：《苏珊·桑塔格文选》，陈耀成编，台北：一方出版有限公司，2006年，第64页。

② Carl Rollyson and Lisa Paddock, *Susan Sontag：The Making of an Icon*, New York：W. W. Norton & Company Inc. , 2000, pp. 299 ~ 300.

事时间之间来回穿梭，用"自我"的声音随意打断故事，自由穿行于历史与现实之间，使过去和现在连成一片。

其次，虽然两部小说都以历史上的人物作为蓝本，而且也确实用大量的笔墨描绘了当时的背景和发生的历史事件，但是，"叙事的声调是非常后二十世纪的，其关怀也是后二十世纪的。"①很多论者都提到了《火山恋人》中爵士身上有很多本雅明（Walter Benjamin）的气质，诸如他的忧郁、他的收藏、他对废墟和被毁坏之物的热爱。桑塔格说："我一直有个念头，即我的第三部作品应该取名为《忧郁的剖析》（The Anatomy of Melancholy）。……一本在这样一个书名庇护下写的书，等于是换一种方式说出《在土星的标志下》。"②爵士钟情于收藏各种艺术品和火山废墟，这些都与本雅明的藏书和对废墟和碎片的热爱极为相似。本雅明认为，忧郁症患者与外部世界的深切交往，往往发生在与物之间，而不是与人之间；这是一种真正的交往，能够揭示出意义来。越是没有生命力的事物，就越需要更加有力、更加敏锐的头脑去思索它们。"收藏就是抢救。抢救珍贵的、被人忽略、被人遗忘的东西，或者仅仅把别人的收藏品拿过来，让它们摆脱卑微的命运。"（《火》，第16页）因为忧郁的人对人缺乏信念，因此他有充分的理由对物保持信念。忠诚是通过不断累积的物品建立起来的，因此，这些物品就呈现为残片或废墟的形式。本雅明在情感上深刻地认同巴罗克和超现实主义，二者都视现实为物，并洞察到，现代虚无主义的激情把一切都变为废墟或碎片——因而可以收藏。同本雅明相类似，小说中的爵士除了收藏艺术品，还经常光顾火山废墟，因为"在那些石头、碎片、那些微微发黑的大理石、白银和玻璃藏品中蕴含着某种寓意：完美与和谐的典型。那种并不优雅却能展示魅力的古代遗留物的价值，是那些先前的收藏者大都认识不了的"。（《火》，第47页）在火山喷发现场，爵士完完全全沉浸在火山所带来的毁灭和相应产生的壮美之中：

　　对于这位珍品收藏家来说，有什么东西比收藏火山这一毁灭的原则更合适的呢？收藏家们的意识是割裂的。没有人会不与社会上从事

---

① 苏珊·桑塔格：《苏珊·桑塔格文选》，陈耀成编，台北：一方出版有限公司，2006年，第65页。

② 同上，第63页。《在土星的标志下》是桑塔格为本雅明《单向街》的英文版所写的导言，后来收在同名文集中，是桑塔格为本雅明所作的一幅思想画像。

保护和保存的力量为伍，这是最自然不过的事了。但是每一个收藏者也是搞破坏的理想的同谋。…… 每一个收藏者的热情本身都包含废除自我的狂想。一方面收藏者需要理想化；另一方面在对美好东西和辉煌过去的纪念物的热爱中，又有着一切卑鄙和纯粹实利主义的成分。……

也许每一个收藏者都曾幻想有一场浩劫能将自己从收藏中解脱出来——把一切都化为灰烬，或被埋在熔岩下面。毁灭是放弃收藏惟一的最有力的形式。收藏者对自己的生活感到如此失望，以致希望自己背离自我。正像有本小说中说的那样。这本小说描写了一位对书达到痴迷的隐居学者，他奇迹般地拥有两万五千卷必不可少，且又不可取代的藏书。可他竟然用他最心爱的藏书生起一堆火，然后自己跳进了火堆。（《火》，第172～173页）

这几乎就是本雅明的写照。本雅明也认为现代存在着一种独特的自杀诱惑。在《波德莱尔笔下的第二帝国时代的巴黎》中，本雅明写道，"现代性所产生的对人类自然性繁衍的抗拒，大大超出了人的自然力量。如果一个人疲惫不堪而用死亡作庇护所，是很可以理解的。自杀是一种封闭英雄意志的行动，已成为现代性的符号……。"[1]把现实情绪写进历史，再从历史中生发出现代关怀，是桑塔格在《火山恋人》中的一个中心技巧。她在虚构作品中不仅以历史人物为蓝本，同时还掺进了对她所欣赏的现代人物的想象，使这部小说与传记小说有了本质的区别。

在下一部《在美国》中，历史人物身上晃动的，甚至就是桑塔格本人的身影。在集中了舞蹈、音乐、演唱、戏剧表演等艺术形式为一身的歌剧女演员玛琳娜身上，桑塔格倾注了自己大部分的艺术思索。她甚至在小说中特意安排了对疾病、摄影、民族主义、以及同性恋等主题的探讨。桑塔格本人承认这种小说参杂了议论型散文（essay）的成分，并对此津津乐道。"作为一个作家，我感到与之有最深刻牵连的是虚构文学，只是因为它是一种更广泛的形式，你

---

① 转引自桑塔格：《在土星的标志下》，姚君伟译，上海：上海译文出版社，2006年，第131页。读者可以参考此书第107～132页有关桑塔格对本雅明的描述。

可以把议论型散文的成分放在虚构文学里，就像巴尔扎克和托尔斯泰所作的那样。"①因此，桑塔格借玛琳娜的眼睛观察，借她的头脑思考，把这个人物变成桑塔格式的，也就顺理成章了。在离开波兰之前，玛琳娜曾经与一个戏剧评论家讨论她的表演，玛琳娜说："我一直需要与自己扮演的悲剧女主人公取得认同。和她们一起伤心难过，痛苦流涕，自己常常在帷幕落下之后还不能自持，木然地躺在化妆室里直到体力恢复。"（《在》，第50~51页）桑塔格作为作者在自己小说中的位置几乎等同于玛琳娜在自己表演的歌剧里的位置，这种作者与角色之间的认同感使得玛琳娜认为"既保持原来的我，又能扮演我喜爱的角色，这是不可能的"。（《在》，第53页）那么，桑塔格对自己的角色又在多大程度上有这种认同感呢？在接受香港电影艺术家陈耀成采访时，陈问道："有些批评家认为，《在美国》中的玛琳娜是某种虚构的自画像。你能否告诉我们，当你以第三人称的叙述，让读者看她最后一眼的时候，你在多大程度上认同你在小说中对她的描写？'玛琳娜坐下，凝视着化妆镜。她当然是因为太幸福了而哭泣——如果幸福的人生是可能的话；常人能够指望的莫过于英雄般的生活。幸福有多种形式，但是能够为艺术献身是一种荣幸，是上帝的恩赐。'"桑塔格回答说："我完全认同这段话。"② 说桑塔格写了一个关于玛琳娜的故事，不如说桑塔格通过她的人物写了一个自己的故事。而这个关于自己的故事由于有了伪装，从而更加自由；又由于有了经过处理的时间感，从而成了历史的一部分。

如果我们采用女性主义的视角来审视这两部小说的话，就会为我们在其中寻找作者声音提供又一个有力依据。"女性主义者"是少数几个桑塔格颇为满意的标签，这两部小说要么采用多重的女性视角或以女性人物为主角，体现了桑塔格的女性关怀和与众不同的女性主义意识。在1978年的一次采访中，桑塔格直言自己反对那种将女性与男性截然分开的做法，认为女性非得有一套自己的"词汇"和写作方式这种说法纯属无稽之谈。"我看不出为何女性不能写

---

① 苏珊·桑塔格：《苏珊·桑塔格文选》，陈耀成编，台北：一方出版有限公司，2006年，第99页。

② 苏珊·桑塔格：《苏珊·桑塔格文选》，陈耀成编，台北：一方出版有限公司，2006年，第130~131页，译文略有改动。

男性所写的东西，或者男性为何不能写女性所写的东西。"①在《火山恋人》中，埃玛虽然出身卑微，年轻时经常是男人们手上的玩物，但是她以自己的热情和努力赢得了爵士的爱情，并在那不勒斯皇室取得了一席之地，"俘虏"了英军上将的感情，在一定程度上左右了19世纪那不勒斯王朝的历史。她不是一个道德上的完美人物，就像绝大多数男性人物一样，但是她面临男性世界时的勇气至少是令人钦佩的。小说的最后一章以四个女人死后的独白构成，表达她们对这个世界的愤怒。爵士的温柔贤淑的第一任妻子说：

> 女人的弱点让我把自己绑在他身上。我的灵魂依附于他的灵魂之上。我不够尊重自己。我吃惊地发现我身上有很多值得抱怨的东西，因为我的信念是，妻子的作用就是原谅，就是宽恕，就是忍受一切。我能向谁吐露我的苦恼呢？……
>
> 女人先当女儿，然后为人妻室，我被人，也被我自己首先描写为嫁给他的人。（《火》，第356~357页）

埃玛的母亲谈到自己的女儿时说：

> 她认识那些男人使我很高兴，因为没有男人，女人会成为什么样子呢？特别是她那样的女人，总是想提高自己，希望爬高望上，可别的方法又都不成。然而有时我又希望这个世界倒个个儿。我的意思是，如果女人是像我家闺女那样又聪明、又有胆识，她就不一定非要讨好男人。但这只是我自己的想法。（《火》，第369页）

埃玛在回忆自己的一生时说：

> 作为一个表演者我很有才华。但那不光是因为我有才华。我既聪明，又有好奇心，又敏感。尽管男人不希望女人聪明，但如果你真的聪明，他们常常会欣赏你，把你的大脑用在他们感兴趣的事情上时尤

---

① Jonathan Cott, "Susan Sontag: *The Rolling Stone* Interview", in Leland Poague（ed.）*Conversation with Susan Sontag*, Jackson: University Press of Mississippi, 1995, p. 119.

其如此。但是聪明的女人有许许多多。不要以为我低估了美的力量
——当我失去了往昔的美色之后，我就受到轻视，我怎么可能低估美
的力量呢？……

　　人们在谈论我的时候那么无情，他们将来会非常难过。总有一天
他们会看见，他们正在毁谤的是一个悲剧性人物。（《火》，第 381、
385 页）

最后，奔赴刑场前的女革命家埃莉奥诺拉说：

　　我是独立的。我没有为女人的某种浅薄的想法去放弃我自己的思
想。确实，我并不认为我首先是个女人。我所想到的是我们的正义事
业。我很高兴的是，我忘记了自己只是一个女人。在许多集会上，我
很容易就忘了我只是一个女人。我想成为一团纯洁的火焰。
　　……有时为了竭尽全力去完成一项任务，我不得不忘记自己是个
女人。至于当个女人有多复杂，我会去哄骗自己。所有的女人都会如
此，包括这本书的作者在内。（《火》，第 393、395 页）

来自冥界的声音使她们迫切的、伤心的独白更加令人信服，"她们终于可
以表白自己。"虽然她们的观点不一定非要被称为"女性的"观点，但是她们
通过不同的方式知道：这个世界被男人所操纵，女人没有选择的权利。"对于
那些与他们自身相关的事务，她们提供了一种次等公民特有的洞察力。"①
　　《在美国》延续了这样一种意识。和桑塔格一样，玛琳娜是艺术舞台上的
公众人物，但是身为女性，她承受了非凡的压力并为此付出了巨大的代价。虽
然在波兰的舞台上大获成功，但是玛琳娜面临评论家和观众越来越刻薄的评
判。"不错，公众生活不适合女人。最适合女人的地方在家里。……如果一个
女人敢于鹤立鸡群，敢于伸出渴望的手去摘取桂冠，敢于毫不犹豫地将自己的
灵魂，将自己的热情和失望袒露在大众面前，她无异于授权给公众，让他们对
自己最隐秘的个人生活刨根问底。"（《在》，第 56～57 页）难怪在剧本《床上

---

　　① 苏珊·桑塔格：《苏珊·桑塔格文选》，陈耀成编，台北：一方出版有限公司，2006 年，第
61 页。

的爱丽斯》（*Alice in Bed*，1993）中，桑塔格把伍尔夫在七十多年前为妇女坚持的一间屋，变成爱丽斯自困其中的一张床，让这个美国大名鼎鼎的作家亨利·詹姆斯以及同样知名的大心理学家威廉·詹姆斯两兄弟聪明的妹妹爱丽斯以平淡的语言讲述女性可怜且可悲的境遇。男女两性在职业上的竞争，男女两性对家庭责任的分担不均，女性因此而在精神和体力上所受到的伤害，完全超出了传统女性要求性别平等与平权的范畴。桑塔格本人在面临事业与家庭的两难境地时也曾付出巨大的代价，她为了自己独立的事业，在与丈夫结婚八年后离婚并独自抚养那时刚刚六岁的儿子。"我认为多数婚姻都是压迫人的——对男人来说也是如此，但对女性来说更为明显。"①男女两性因此而产生的紧张与失衡状态，所影响的范围也不可能只是家庭，而必然要扩大到社会的各个方面。"家庭治疗师是否谈论那种被文化定义了的男女及老幼之间内在的不平等？在这个社会说男女平等意味着什么呢？大多数人会对根本不平等的东西感到心满意足。你谈到'真正有头脑的人的婚姻，'但是其中一个头脑待在家里，而另一个头脑则去了办公室。…… 我确实想过要过几种不同的生活，但是在这同时又有一位丈夫，这是很难办到的事……这就是我为什么说人必须在生活和事业之间做出选择。"②玛琳娜在舞台上多数时候都是扮演女演员和王后，但是她真心喜欢的却是《维莱特》中的女性。"我喜欢女英雄，等待某个剧作家来描写现代生活中妇女的英雄事迹，描写相貌并不漂亮、出身并不高贵，但是努力奋斗、争取独立的女性。……我非常清楚我很容易屈服，很容易被他人左右，亦步亦趋，因此十分珍视自己反抗的性格。我有强烈的失败感，渴望服从，由于我是女人，从小养成奴颜婢膝的性格，这种失败感和渴求服从的倾向就更加激烈，我是多么顽强地在进行斗争。这是我选择舞台生涯的一个原因。我所扮演的角色培养了我的自信心，使我敢于挑战。表演能克服我身上的奴性。"（《在》，第 138、140 页）这简直就是桑塔格温柔的女性主义宣言，是她借自己的人物为受困于一张床上的女性所发出的积极的呐喊。

---

① Victoria Schultz, "Susan Sontag on Film," in Leland Poague（ed.）*Conversation with Susan Sontag*, Jackson：University Press of Mississippi, 1995, p. 32.

② Jonathan Cott, "Susan Sontag：*The Rolling Stone* Interview", in Leland Poague（ed.）*Conversation with Susan Sontag*, Jackson：University Press of Mississippi, 1995, pp. 128~129.

小结

在《帷幕》(*Le rideau*) 中，米兰·昆德拉讲述了一次他十九岁时听讲座的经历。在那次讲座中，一个年轻的大学教师讲到了艺术的社会责任。之后，诗人约瑟夫·凯纳尔也讲了一个故事作为对年轻大学教师的回应。这个故事是这样的：一个小男孩带着他双目失明的老祖母在外面散步。他们在一条街上走着，小男孩时不时地说："祖母，当心，有树根！"老太太以为是在森林里走，就不时地跳一下。路人纷纷责备小男孩不该这样对待自己的祖母。小男孩则回答说："她是我的祖母！我想怎么待她就怎么待她！"凯纳尔认为，他和他的诗歌就像这个小男孩和他的祖母。昆德拉最后说："我永远都不会忘记这一年轻的革命蔑视的目光之下宣布作者权利的示范。"①的确，作者对于作品的绝对拥有权和支配权是毋庸置疑的。说作者"死了"是从读者的角度，从阐释的角度来说的。如果从作者的层面说，作者就是作品的一部分，作品也是作者的一部分，就像博尔赫斯自己也无法分辨在布宜诺斯艾利斯街上散步的他和书店里印着他名字、作为作品主人的他。

从刻意隐身到刻意现身，桑塔格作为作者在她自己的小说中的地位表明了她对小说作者观的变化。仔细看来，这种变化是基于不同时代的文学风气，也基于她自己关于包括作者在内的各种文学要素的看法之上的，决不是什么空穴来风。贯穿其中的，仍是她不变的反思精神，哪怕反思的对象是自己。

---

① 米兰·昆德拉：《帷幕》，董强译，上海：上海译文出版社，2006 年，第 127 页。

第三章

桑塔格叙述主体观

　　叙述者是指叙事文本中"陈述行为的主体"①，是叙事学中最核心的概念之一。关于叙述者的概念、分类和功能等问题，理论界一直莫衷一是，但是没有人能够否认叙述者作为叙事交流过程中的中心环节地位。没有叙述者的小说是不存在的，因为文本不可能自我展现，它总是被什么人叙述出来的。这个人不可能是作者，因为从结构的观点看，作者永远处于叙事交流之外，他是现实世界中生活着的真实的人，是文学作品的署名人、版权作者，是小说虚构世界的创造者。沃尔夫冈·凯瑟（Wolfgang Kayser）在其著名的《谁是小说叙事人?》一文中用了一个比喻来使这种区别显而易见。"所有做父母的都知道，在给孩子讲故事的时候必须改变自己的身份。他们必须放弃成年人的理智，使得他们眼里诗的世界和奇迹都是真实的。叙事人必须相信这一点，哪怕他讲的故事通篇都是谎话。……父母给孩子们讲故事是体验的这种变化就是作者开始叙述时必须经历的变化。"②凯瑟进而得出结论说"'叙事人'（narrator）指的就是一个在讲故事的人。"③在桑塔格的作品里，这个讲故事的人有时以单一聚焦的形式出现（叙述由一个声音来完成，如《恩主》和《死亡之匣》），有时又以多重聚焦的形式出现（如《火山恋人》和《在美国》，由貌似作者的叙述者分别聚焦于不同的人物进行叙述，有时讲述的是同一个故事的不同侧面）；有时以男性的面貌出现（如《恩主》和《死亡之匣》），有时又以女性的面貌

---

　　① 托多洛夫：《文学作品分析》，选自王泰来等编译《叙事美学》，重庆：重庆出版社，1987年，第34页。

　　② 沃尔夫冈·凯瑟：《谁是小说叙事人?》，选自王泰来等编译《叙事美学》，重庆：重庆出版社，1987年，第111页。

　　③ 沃尔夫冈·凯瑟：《谁是小说叙事人?》，选自王泰来等编译《叙事美学》，重庆：重庆出版社，1987年，第112页。

出现（如《火山恋人》和《在美国》）。

叙述者不等同于作者，也不等同于人物，即便他/她有时以人物的面目出现。"小说叙事人既不是作者，也不是那个虚构的，常常一上来就亲切感人的人物。在这个面具后面，是小说自己在叙述，是无所不知、无所不在的精神在创造世界。这种精神通过其本身的形成、叙说，运用创造性的词汇，构造并展现了一个绝无仅有的新世界，也正是在这个世界中，它才是全知全在的。小说叙事人，从明显的类比角度看，就是这个世界的神秘的创造者。"①我们站在外面，看叙述者对人物进行描述，哪怕是人物自称是"我"，实际上也不是人物自己在描述，而只能通过叙述者的叙述得以实现。

在虚构的世界里，叙述者代替作者行使造物主的权利。那么这个造物主自己是如何出现的呢？赵毅衡先生在《当说者被说的时候——比较叙述学导论》中专门谈到了叙述者身份的尴尬。文本是通过叙述者的叙述行为来完成的，叙述者现在的身份是讲故事的人，是"说者"。可是叙述者又是作者的一个虚构，而且是在叙述者的叙述过程中形成的，在这里，叙述者成了"被说者"，这种双重身份表明：叙述者创造了自己。②于是又让人产生了类似于我们对造物主的疑问：上帝创造了世间万物，又同时创造了自己？因此，围绕在叙述者身上产生的疑问越来越多，小说家对叙述者的选择也越来越费尽心机。

从结构方面来说，叙述者是作者由实际世界进入虚构世界的中转站，作者通过这一中转站同读者建立联系；从功能方面看，叙述者试图将作者自己对社会人生的态度与评价作为一种价值准绳而介绍给读者。对于这个叙事文本分析中最中心的概念，很多叙事学家曾做过各种研究，对不同类型的叙述者进行过很多区分，典型的有布斯的参与情节叙事者和不参与情节叙事者，可靠叙述者和不可靠叙述者，里蒙·凯南的故事内叙述者和故事外叙述者，查特曼的缺席叙述者、隐蔽叙述者和公开叙述者，普林斯的干预型、自我意识型、可靠型和距离型四种叙述者，热奈特的文本叙述者和故事层叙述者和托多洛夫的大于、等于及小于人物的三种叙述者。其实不论采用哪种人称、是否参与情节、与人物关系怎样，或是距离角度如何，叙述者总是与作者并肩前行，两者从不曾真

---

① 沃尔夫冈·凯瑟：《谁是小说叙事人？》，选自王泰来等编译《叙事美学》，重庆：重庆出版社，1987年，第120页。

② 赵毅衡：《当说者被说的时候——比较叙述学导论》，北京：中国人民出版社，1998年，第1页。

正分开过。难怪博尔赫斯分辨不清哪个是自己的意见，哪个是那个叫博尔赫斯的人的高论。①本章结合桑塔格前后四部长篇小说的特点，将她的小说叙述主体分为两类：单一聚焦叙述者和多重聚焦叙述者，以期彰显桑塔格前后四部小说造就的不同艺术景观。

第一节　单一聚焦叙述者

聚焦（focalization）这个概念自从热奈特提出以来就备受理论界的关注，几乎每个叙述学家都对它发表过高论，而且争论与辩解声不绝于耳。我们无意参与这场关于聚焦理论的辩论，只是借用热奈特关于"谁说"的聚焦概念，分析桑塔格在小说写作过程中对叙述者声音的选取，以及对小说本身所产生的影响。

热奈特在分析聚焦的概念和种类时，提出以"聚焦"代替"视点"、"视角"、"视野"等术语，并画出聚焦形态图。他用三种聚焦来描述三种视角类型：1. 叙述者 > 人物，即零（无）聚焦（zero – focalization or non – focalization），2. 叙述者 = 人物，即内聚焦（internal focalization）3. 叙述者 < 人物，即外聚焦（external focalization），其中，内聚焦包括固定内聚焦（fixed internal focalization）、变动内聚焦（variable internal focalization）、多重内聚焦（multiple internal focalization）。②具体到桑塔格的小说中，叙述者绝大多数时候都是以人物的角度来感知的，即叙述者 = 人物，因此，基本属于内聚焦叙述者（在《火山恋人》和《在美国》两部小说中最开始部分的序章中，叙述者的意识明显大于人物，因此属于热奈特所说的无聚焦或零聚焦）。

在前两部小说中，桑塔格总是以一个主要人物的内心意识来叙事，在《恩主》中，是以第一人称有限叙事的形式（叙述者为"我"，主人公也是"我"），展示希波赖特的内心变化，在《死亡之匣》中，是以第三人称有限叙事结合复数第一人称全知叙事的形式（主人公为"他"，叙述者则是"我们"），突出迪迪内心的冲突和矛盾。这时叙述者的视线聚焦于单一的人物，

① 博尔赫斯：《博尔赫斯和我》，选自崔道怡等编写的《"冰山"理论：对话与潜对话》，下册，北京：工人出版社，1987年，第734~735页。

② 关于热奈特聚焦概念的详细论述，请参阅 Gerard Genette, *Narrative Discourse*: *An Essay in Method*. trans. Jane E. Lewin. Cornell University Press, 1980. pp. 189~194.

贯穿整部小说的是一个单一的视角，桑塔格通过这个单一聚焦模式有序地展现了一个人物的内心旅程，时间基本按顺序展开。如果说作者依托叙述者表达自身，那么桑塔格在前两部小说中各自依托在一个人身上，表达的是一种单数的、有限的认知模式和范畴。小说事件的发展，都被叙述者从一个固定的角度加以回溯式观察。无论这种观察如何变化，最终则以一定的形式形成了一种线性的时间感和平面的故事景观。

在《恩主》中，作者采用了第一人称内视角的模式，从一个人物的角度叙述发生在过去三十多年的故事，叙述者的聚焦对象始终是作为主人公的"我"。虽然貌似小说中的一个人物，叙述者"我"与人物"我"是不同的：前者作为聚焦主体，拥有对叙述内容的绝对取舍权，具体在《恩主》中，就是六十多岁的，对自己做梦的一生进行回顾的希波赖特；而后者则是聚焦对象，是不断做梦，在自己精神之旅中不断体验的希波赖特。桑塔格让六十多岁的主人公回头审视三十年前的自己，意义不同寻常。用桑塔格的话说："这部小说可视为对'自省工程'的一个讽刺。"①看看希波赖特是怎样出场的：

> 多么希望能跟你解释一下那些日子以来我身上所发生的变化啊！我变了，可又还是老样子，不过，我现在能冷静地看待我以前那些痴迷的想法了。在过去的三十年间，这一痴迷的形式改变了，不妨说是倒了个个儿。（《恩》，第1页）

这个出场相当精彩。这个叫作"我"的叙述者一出现就把整个故事的叙述基调定了下来："我"想告诉"你"关于我过去的事。小说第一句话就表明了叙述者所处的位置，聚焦主体是现在的"我"，聚焦对象是过去的"我"，"我"虽然变了，可是依然是"我"，这多少有些中国佛教里禅的意味。"冷静地看待我以前"和"过去的三十年间"等字眼使小说时空具有了回溯性，我们从而知道这是个第一人称叙述者于30年后聚焦于过去自己身上的故事。接下来叙述者又交待了自己目前的叙述情景：

> 有几年冬天，我连暖气都不开。我就呆在一个房间里，身上裹着

---

① 桑塔格：《恩主》，姚君伟译，南京：译林出版社，2004年，中文版序，第9页。

暖暖的皮衣，里面套了件羊毛衫，脚蹬靴子，戴着手套，坐在那儿，回忆着过去那些焦虑不安的日子。我现在成了个相当古怪的老头儿，就爱做些无关紧要的慈善捐款一类的事情。（《恩》，第 1 页）

不仅过去的"三十年间"和"有几年冬天"，就连"现在"也成了叙述者聚焦的内容，这个叙述时空一下子就在我们面前伸展开来。"我"虽然还是原来的"老样子"，但是从"现在"看回去，那已经是一个不同的"我"了。在第一章的结尾处，叙述者说：

> 我现在与我的回忆为伴，生活比较安稳，也不奢望得到任何人的安慰。你能把我想像成这个样子，就够了。同样，你如果能把我想像成一名作家，在纪录年轻时代的自我，并能接受我已经变了，不同于以前了这一点，也就够了。（《恩》，第 11 页）

不仅聚焦的对象清晰可见，就连叙述的对象也就在眼前。这种叙述的自我指涉性，即叙述者在叙述的过程中不断提醒读者自己是如何叙事的，在这篇小说的过程中还有多处，在桑塔格其他的小说中也频频出现，目的就是提醒读者不要把小说当成真人真事来读。虽然书中出现的情景都是虚构的情景，但过滤下来的则是个别事实背后的真相：

> 我发现，写这本书，任务很艰巨，这倒不是因为我在诚实地报告"发生了什么事"或者我"发生了什么事"的意义上讲出关于我自己的真实情况在我看来是多么困难，而因为要在更自命不凡的意义上讲出真相，我感到困难，我是指说出劝别人一定要怎么样，唤醒别人，说服别人或者是改变别人这一意义上的真相。（《恩》，第 10 页）

叙述的基调定下来了，接下来的叙述就顺理成章了。由于内聚焦叙述者的视角和声音受到限制，"我"不能自由出入其他人物的内心世界，也不能在其他人物的过去和现实世界中自由穿行，因此只能叙述"我"的所见所为、所思所感。即便是自己过去的故事，也只能通过回忆（追忆性视角）来实现。这种单一的聚焦模式使叙述远离了所谓的客观真实，因为所有的叙述都是通过希波赖特之口，经过他的思维过滤过后才来到读者眼前的。虽然希波赖特极具理性，过着极其严肃的生活，但是他所依据的"跟梦走"的原则却使他的生活格外地具有讽刺意味，同时又因为这种讽刺来源于叙述者内在视角，从而显得更加细腻，更加真实。但是读到最后，我们发现这样一个追忆性视角又因为叙述者的不可靠，而给读者带来了极大的不确定性。

在《重点所在》一文中，桑塔格谈到格兰维·韦斯科特（Glenway Wescott）在《游隼》这篇小说的叙述者时说："通过一个不稳定一致的第一人称叙述者的观点来展示人物的复杂性，还有什么办法比这个更巧妙更经济呢？"①从某种程度看，《恩主》中的叙述者正是这样一个不稳定一致的第一人称叙述者。在不断做梦和与梦纠缠之后，希波赖特终于明白，梦之所以不断重复是因为以前做的梦不够圆满，就像仪式的精髓就在于重复一样，梦也是因为包括了需要不断重复做出的行为，才得以一次次地做下去，"而我要完成的惟一任务就是在醒着时执行梦中接到的命令。"（《恩》，第212页）梦成了生活的主导，而生活则需依循梦的指示。看到这样一个叙述者，不仅让读者对读到的东西心生疑惑，而且对叙述本身感到怀疑。接下来叙述者说：

> 还记得吗，本书开篇，我便将自我研究设想成对确定性的一种考察。一位大哲学家——也是将此作为考察对象的始作俑者——发现，他绝对敢肯定的也就是他存在，如此而已。他肯定自己存在，因为他思考；否认这一点，本身就是一种思考。我考察下来，却得出了相反的结论。出现确定性的问题的惟一原因就在于我存在，也即我思考。一个人要达到某种确定性就是去发现他不存在。（《恩》，第213～214页）

这样的思考在东方哲学里屡见不鲜，如佛教《心经》所讲的："色不异空，空不异色。色即是空，空即是色。"只有当发现自己不存在了，才达到某种确定性。但是叙述者笔锋一转又回到了这个具体的常识世界。"读者诸君，我跟你们谈论确定性，甚而跟你们吹嘘自己已经获得了确定性。但是，我隐瞒

---

① 桑塔格：《重点所在》，选自《重点所在》，陶洁译，上海：上海译文出版社，2004年，第20页。

了某种尽管说出来会让人尴尬或者根本就无法解释清楚，但我又必须承认的东西。就在我谈论确定性的当口，有件重要的事情我却仍然不能确定！"（《恩》，第214页）关于安德斯太太的行程和去向，希波赖特自己都无法确定。他有几个不同版本的记忆，而他自己又无法确定哪一个版本的记忆是真实的。一方面，记忆告诉他一个故事，另一方面，另外一部分记忆和信函、日记又彻底否定了他记忆的准确性。希波赖特拿出当年的笔记本，试图寻找确切的依据，可是找到的东西令他自己都怀疑起来。这种不确定性又因为单一聚焦叙述者的阐述更加强了虚构的特征。

罗兰·巴特曾提出作者在写作时要"零度"介入，要求作者遮蔽自己的主体性。体现在《恩主》中的价值观和意义判断都来源于这个单一聚焦叙述者，而且稍纵即逝，不断自我推翻，作者从一个单一叙述者的角度叙述整个故事，然后又让这一叙述者的前后视角扑朔迷离，为读者营造了一个特殊的阅读空间。"高度压缩的第一人称叙述并不讲述任何一种故事；他们往往营造一些很明确的情绪。……这些情绪影响整个叙述过程，它们可以使叙述变得黯淡但严格说来并不会显露出来。"[1]这正是《恩主》中的单一聚焦叙述者希波赖特之所以不断推翻自己先前记忆的原因。在一定程度上说，这正是"零度写作"的实践。

与此相类似的是，《死亡之匣》也采用了这种叙述者单一聚焦的方式。一般说来，位于故事外的叙述者多数时候是全知全能的，根据热奈特的划分，是属于零聚焦或无聚焦的。这样的叙述者知道主人公的过去、现在和未来，不仅如此，他还对故事中其他人物的过去、现在和未来十分清楚。他不仅叙述、描写看得见的事物和情境，而且还可以自由出入各个人物的内心世界，对他们各种行为的动机了解分明。但是《死亡之匣》中的叙述者则是一个单一聚焦叙述者，将关注的对象只集中于迪迪一人身上，透过迪迪的眼光和心理来描述这个世界和世界上发生的事件，借迪迪的心理意识的"屏幕"展示他对"真实性"的迷惑和不断追求，读来令人身临其境。对于其他人物的心理，叙述者要么避而不谈，要么通过迪迪进行猜测，因此读者也需要依赖迪迪的智力和思维才能洞悉他周围的世界。而迪迪的智力和思维到底是否可信呢？答案当然是

---

[1] 桑塔格：《重点所在》，选自《重点所在》，陶洁译，上海：上海译文出版社，2004年，第30页。

否定的。这种不可靠为我们理解他周围的世界造成了困难，从而也使我们透过文本得出确定意义的尝试成为不可能。

迪迪的出场看似寻常。"好人儿迪迪正在出差。"（《死》，第1页）翻译成中文的开场白比起英文原文来失去了原有的时间性。"Diddy the Good was taking a business trip."（*DK*, 1）很显然，这是叙述者在叙述主人公迪迪过去的一次经历。是谁在告诉我们迪迪在出差的事？是谁看到他正坐在火车上，充满思虑？接下来的叙述则从这次经历离开，转而叙述迪迪的童年及一些一般事件。"The Diddy, his family nickname, was used（now）only by his brother and a few friends left over from schooldays. …… Dalton Harron, in full：a mild fellow, gently reared in a middle - sized city in Pennsylvania and expensively educated. A good - natured child, the older son of civilized parents who had quietly died.（Now）a rather handsome man of thirty - three."（*DK*, 2）原文多次出现的表示现在时的"now"在彰显叙述视角上起到了至关重要的作用。叙述有时聚焦于现在，有时聚焦于过去，有时又会是关于迪迪一般常态的讲述。比起《恩主》的叙述者来，这里的叙述者位于故事之外，完全是一个全知全能叙述者的姿态。

在对迪迪的一般情况以及他的一次不成功的自杀经历进行了一番描述之后，叙述者才又一次将话题转到这次出差。"公司在本州北部的总厂召开了一个为时一周的会议。……迪迪这位广告部副主任应邀全程参加一周的会议。"（《死》，第9页）此时叙述者仍然没有出场，读者看到的仍然是一个隐藏在故事背后的一个全知叙述者的形象。接下来，叙述者交待了迪迪如何为这次出差做了准备，叫了出租车直奔火车站，上了小说中重要的事件发生地："私掠船"号火车。"火车正点发车。我们离开了这座城市，向西北方向驶去。"（《死》，第10页）读到这里，不仅叫人愕然：从哪里又来了个"我们"？"我们"是谁？迪迪在旅途中开始感到厌烦。窗外没有什么吸引人的景色，应当思索的公务也都整整齐齐地印在稿纸上，无需再想了。"报纸看完了。肚子饿了。坐火车迪迪总会感到饿。烦躁不安。乘务员过来收票。谁的票？我们的票。"（《死》，第11页）如此看来，"我们"应该是与迪迪同行的旅伴，或者是他公司的同事，跟他一同出差。顺着这个"我们"的目光，读者观察到了坐在迪迪身边的几位旅客。"灰白头发的妇女首先开了腔，她问是否有人介意她打开车窗。天气不错。很暖和。'好人儿迪迪'替她开了车窗，弄脏了自己的手指肚。'不要把头伸到窗外。'我们谈论起这条线路的服务情况，自从换了新火车之后，服务有所改善，旅行条件好多了。"（《死》，第 12 页）"我们"好像就在火车上，参与迪迪和周围人的谈话。那么，这里的聚焦叙述者就应该是"我们"了，不仅能看到迪迪，而且也能观察到其他人的举动。但是，叙述者的聚焦中心始终围绕在迪迪身上，对于其他人物的言语和行动也基本上是从迪迪的角度进行观察的。在整篇小说中，"我们"并没有始终与迪迪同在，只有在迪迪旅行或是开会的过程中，这位神秘的"我们"才浮出水面。"我们从西北部离开了这座城市……我们行进在寂静的住宅区昂贵的平坦柏油路上……我们在一个铁路岔口停下片刻……我们来到了工厂的正门。……吉姆正在同从我们后面的轿车上下来的几个人打招呼。……我们站在电梯门口，迪迪认为电梯是垂直钻透楼中心的钻孔。"（《死》，第 76～81 页）如此看来，这个"我们"与迪迪如影随形，仿佛附在他身上的精灵一般，用他的眼睛去观察观察他人的一言一行，同时又能跳将出来，观察迪迪自身。这样一个复数人称的叙述者乍看起来是多数，但当我们仔细考察过原文，尤其当我们读到小说最后，所有故事原来都是迪迪临死前的幻觉时，就会明白其实所谓的复数叙述者仍然是单数，是暂时离开迪迪身体的那个灵魂在迪迪躺在医院的病床上之时在想象的世界所作的遨游。他时而与迪迪合为一体，借迪迪的经验和意识观察周围的事物，但大多时候他都跳离了迪迪的身体，将迪迪作为聚焦的对象。这种奇特的叙述者在桑塔格的笔下呈现了独特的魅力。

正如我们前面谈到的，60 年代的桑塔格极力反对传记式、心理分析式的批评模式，不仅撰文批驳，而且在自己的小说中亲身予以实践。在《恩主》和《死亡之匣》中，作者的视野缩小到了单一人物的视野，结果是，她的全知能力受到了限制，叙述者不再是全知的叙述者。单一聚焦的叙述使故事更加戏剧化，使读者更加深入地了解主要人物的内心世界，但同时读者也只能通过叙述者有限的视角观察和猜测其他的人和事物。作者从故事的现场退出，完全置身于故事之外，使我们无从推测作者的意图和来历，"反对阐释"有了现实的依据。

第二节　多重聚焦叙述者

《火山恋人》打开了桑塔格叙述作品的新篇章，其中一个主要的因素即体现在她对叙述者以及叙述方式的选取上。在接受《巴黎评论》的著名记者爱德华·霍斯克（Edward Hirsch）的采访时，桑塔格说到《火山恋人》的创作灵感：不仅书中一些故事来自于歌剧，还有那些歌剧式的激情也同样来自于歌剧。在剧本中，"我能听到各种声音。"①"《火山恋人》向我打开了一扇门，让我的文笔投入之处更加宽阔。这就是写作的巨大的搏斗，争取更多的渠道，更丰富的表达力。"②很显然，桑塔格在《火山恋人》以及后来的《在美国》中对叙述者和叙述方式的选择上都受到了这种试图采取"更多渠道"，利用"更丰富的表达力"的尝试的影响，无论如何都不能与从前的两部小说同日而语了。

最鲜明的特点首先当然是这个不同反响的叙述者了。序言开篇这样写道：

> 跳蚤市场的入口处。免费，不收入场费。熙熙攘攘的人群，神情狡黠地嬉戏着。为什么要进去？你想进去看什么？我想去瞧一瞧。我想审视世间的一切。看什么东西被留下来，什么东西被抛弃了。什么东西不再受到人们的珍视，什么东西不得不亏本出售。（《火》，第1页）

短短几句话，出现了"我"，即作者，出现了对"我"提问的人，即读者，两者间甚至进行了想象中的对话，作者对她要做的事进行了言简意赅的概括。如同那些伟大的小说家在他们作品开头所做的判断一样，这样一个开头无疑同样具有无可辩驳的热情和中肯。"《傲慢与偏见》和《安娜·卡列尼娜》著名的第一句话的权威在于它们并不出自任何一个具体的人，而是自由流动的，仿佛智慧的本性就是客观的、神谕似的、无名无姓而又专横的。"③桑塔格在评论到这两部伟大的小说开头时如是说。桑塔格虽然没有在她作品开头处做出任何判断，但她先知式的语言和将过去、现在和未来尽收眼底的姿态，让人读来不亚于上述两位大作家的真理似的判断。现代的叙述者在过去通向未来的入口处指指点点，显然无所不知、无所不晓。她在过去与现在之间自由穿梭，仿佛时间根本拘她不住，又在不同人物的内心来回往返，简直就是上帝的

① 桑塔格，《苏珊·桑塔格文选》，陈耀成编，台北：一方出版有限公司，2006年，第67页。
② 同上，第63~64页。
③ 桑塔格，《重点所在》，选自《重点所在》，陶洁译，上海：上海译文出版社，2004年，第23页。

化身。

这种无限的能力体现在叙述者本人在故事中的作用上，则是多重聚焦的使用。具体说来，小说聚焦了多个人物，一个人物的言语行为和内心活动经常与接下来另外人物的言语行为和内心活动互相矛盾，甚至截然相反，如同人们对于灾难的看法。桑塔格在序言结束之时说出的对于灾难的两种截然不同的看法似乎就是她对世事，包括艺术，所持的看法：

> 对于灾难，一种观点认为：它已经发生了，而事先谁曾料到？从来就没有，绝对不会料到。没有谁料到了，这才是最坏的，而且就因为它最坏，它才是独特的。也就是说它不可能重复，让我们把它抛在后面，咱们都不要去当那个算命先生。
>
> 另一种看法认为：现在是独特的、已经发生过的事情有可能再次发生。你会看到的。等着吧。当然，你还得等很长很长的一段时间。（《火》，第6页）

到底灾难会不会重复？历史会不会再来？这个问题显然属于仁者见仁、智者见智的范畴，桑塔格也没有直接回答。读完小说，我们会发现，两种说法都是对的。过去曾是某个历史长河的一部分，它把人们的目光引向曾经发生的事件，我们可以从这些曾经发生的事情身上看到历史分崩离析的过程。小说第三部分通篇都是爵士病危时的混乱、迷离、恍惚的自言自语。在生命的尽头，爵士过去的生活和记忆交叠出现，意识随着地点而变幻：扑朔迷离的维苏威火山、梦幻般的那不勒斯和惊心动魄的战舰。在这些记忆的片断里，凯瑟琳、埃玛、纳尔逊等人都只是短暂的、影子般的存在物。作家借爵士死前的意识流动清晰地解释了隐含在这种时间转换为无序片断下的隐喻：灾难是独特的，但是灾难又会不断再来，它们都是历史长河中不断重复的独特瞬间。

在叙述的过程中，叙述者并没有直接参与行动的进程，而是一直躲在事件的背后，仿佛来到空中，俯视整个事件的来龙去脉。她一会儿将焦点对准爵士，一会儿又对准凯瑟琳、埃玛，在第四章中甚至将话语权直接交给了四位不同的女性。这样一来，叙述在整体上即是由不同视点所观察到的内容的综合，而不是简单的并置。叙述者这样一种位置和这种多重聚焦的使用使得小说中所有人物的想法和情感都可以被接受。首先，叙述者对准的是爵士，这个忧郁的艺术家。他对一切都有兴趣,孤芳自赏,热爱各种各样的收藏。作为英国驻那不勒斯国的大使,一个"谄媚者",他对粗俗的那不勒斯国王低声下气的态度令人叫绝,但是"他既不能表示气愤,也不能满不在乎。表示气愤本身就是粗俗的,是软弱和缺乏教养的标志。"(《火》,第27页)他是一个科学家,但是他却一而再、再而三地去拜访当地著名的女巫。他鄙视一切迷信、幻术、狂热、无理性,无论从性情还是从信念来说都是一个无神论者,可是他却同时认为对这种占卜行为表示嘲笑本身就是愚蠢的举动。"只要他的一次又一次拜访女巫的事未被报道,这种经历就将在他的脑子里悬着。真真假假。既令人信服,又没有说服力。"(《火》,第49页)各种矛盾的念头和行动体现在同一个人身上,却并不令人觉得突兀和反常。其实这就是我们生活中和艺术中所经历的常态。

在对爵士进行了一番透视之后,聚焦的中心暂时短时间移到了他的妻子凯瑟琳身上。女巫纸牌上出现的"杯子骗子"威廉现身那不勒斯,并且如女巫所言,俘获了脆弱敏感的凯瑟琳的心。这时我们才得以从内部对凯瑟琳的内心进行观察,理解并同情她的感受。"哎,凯瑟琳叹了一口气,并注意到自己居然这么长的时间都生活得不幸福,可又没有任何权利去认同,所以她至今还是感谢爵士娶了自己。"(《火》,第81页)她和威廉彼此心灵相通,但是却"显得与人格格不入,因为他们都爱上了彼此不能相互拥有的人。"(《火》,第82页)在这样绝望的情感困境中,凯瑟琳终日郁郁寡欢,在威廉离开那不勒斯之后健康不济,经常显得疲惫不堪。在接到威廉抱怨她没有回他最后两封信之时,凯瑟琳心力交瘁到了极处:

> 事实上她正在开始结束这种伤心的日子。威廉开始显得遥远。我都感觉到了吗?到此为止吗?像声音消失得听不见,像陶醉的感觉变得麻木不仁;这一切常常是无法预料的,疲惫的感情会减弱,会被时间消磨掉,要想再回到威廉在时的感觉已经不那么容易了。那种如胶似漆似乎像,像一个……她现在甚至可以用一个"梦"字来形容。(《火》,第91页)

凯瑟琳的病逝几乎是人人都可以预见的。她和爵士名存实亡的婚姻以及她和威廉实存名不在的爱情一刻不停地折磨着她,而她的信仰又要求她对丈夫保有无限的忠诚。当春天来临，年轻的威廉在信中欢天喜地而又刺耳地说到未来的时候，凯瑟琳却知道自己没有未来可言。小说第四部分的最开头，桑塔格就把焦点直接对准凯瑟琳的内心，让这个已经到了冥界的苦难女人首先表达自己。这个在历史上被大多数人忽略的人物同样有着敏感、善良的心，同样对幸福和未来有过期待，但是如果叙述者不这样运用她多重聚焦的镜头，谁会发现她呢？

爵士和凯瑟琳的命运是值得同情的，然而他们至少在生前都尽享富贵，受人尊敬，可是美丽纯真的埃玛却在人世间几次大起大落，历尽了磨难。小说的第二部分是埃玛的部分，在篇幅上最长，也最动人心弦。埃玛被爵士的外甥查尔斯当作换取继承权的筹码送给了爵士，成了爵士最独特的收藏品。叙述者在这一部分频繁变换聚焦中心，一会儿是爵士，一会儿是埃玛，有时甚至是英雄，或者是那不勒斯王后、斯卡皮亚男爵等人。凯瑟琳和英雄的故事是和整个大的历史进程不可分割的，"他们都感到自己是一出伟大的历史剧中的演员；他们在剧中挽救了英国和欧洲，使它们免于被法国人征服，避免了实行共和制度。"（《火》，第193页）因此，叙述者的聚焦镜头在不同人物间转换，每一个场面都是由某一个位置出发得以描写。叙述者在每一次聚焦的时候仿佛都化身为那个人物，加入到他/她的视点之中，似乎在参与行动，然后又随时得以脱身，在需要的时候用自己的声音说话。用热奈特的分法，该属于非聚焦型的叙述者。她可以从任何一个角度观察所发生的事件，而且可以任意从一个位置转到另一个位置上来。这样的例子在第二部分的叙述中比比皆是。

多重聚焦叙述者擅长描写宏大的、线索繁杂、人物众多的作品，《火山恋人》的第二部分恰好就是这样一个例子。如果仅仅聚焦于一个人物则无法将法国革命在那不勒斯所造成的影响如此淋漓尽致地描绘出来，也无法在叙述的进程中对整个故事进行预言和回顾。热奈特认为，预叙就是对未来事件的暗示或预期，是"事先讲述或提及以后事件的一切叙述活动"[1]，在《火山恋人》中，当爵士正准备把大量珍贵的收藏品运往英国之时，作者笔锋一转，叙述者跳到了历史故事之外："佛罗里达南部的一位不知疲倦的收藏者经常乘坐美国最后一列私人火车去采购，他已经在热那亚搞到一个大城堡，专门用来存放大

---

[1] 热拉尔·热奈特：《叙事话语·新叙事话语》，王文融译，北京：中国社会科学出版社，1990年，第17页。

量的装饰品；中国国民党一九四九年用稻草和棉花把当时在地上存放的所有可以运走的中国艺术大师作品，包装好运往台湾……"（《火》，第 187 页）而随后作者借叙述者之口又对收藏发表了议论。这段精辟的论述中列举了许多 19、20 世纪才出现的物品：电影、汽车、美国五十个州首府的名字、激光唱碟等。在第二部分第七章中，爵士和妻子、将军等人前往参观威廉的收藏。"东西会腐烂，会坠毁，会消失，爵士认为，这是世界的法则。这是长者之见。少数值得重建和维修的将永远留下破坏的痕迹。"（《火》，第 324 页）仿佛是为了证实或说明爵士的这段关于收藏的见解，桑塔格转而预先叙述了四十多年后发生在爵士曾经收藏的"波特兰花瓶"的命运。1845 年 2 月的一个下午，一个 19 岁的小伙子径直走到没人看护的花瓶前，伸手将花瓶摔成碎片。后来，这花瓶又被专家复原，重新放在玻璃橱柜里展出。对这只花瓶最高水平的修复发生在 1989 年。"现在这只花瓶将永远不会坏，啊，至少还可再维持几百年。"（《火》，第 327 页）显然，这些叙述是处在叙述者所讲述的历史故事之外的，桑塔格让她的叙述者不经意地置身事外，仿佛历史中的人物提前看到了自己无法经历的未来。

回顾性的叙述在叙述学里被称为倒叙。用热奈特的定义来说，倒叙是"对故事发展到现阶段以前的事件的一切事后叙述"[1]。《火山恋人》中叙述的故事总的来说就是一个现代叙述者对 19 世纪发生在那不勒斯的历史故事的大倒叙，其中又穿插了各种形式的小倒叙。例如，第一部分第二章刚开始处，在叙述了"他们已经结婚十六年了，没有孩子"（《火》，第 11 页）之后，叙述者转而用大量的篇幅追述他们的婚姻及他们刚到那不勒斯以后的生活，显然，这些事情都发生在他们第一次探亲假（第一叙事的起点）之前，但是却一直延续下去，严格地说，是终止在爵士的第一个妻子死之后。我们无法找出叙述者的倒叙何时停止，因为桑塔格有意把倒叙和倒叙完了以后的故事混杂在一起，时间的流动因此不落痕迹。

无论是预言性的预叙、还是回顾性的倒叙，体现的都是叙述者灵活多变的聚焦中心。在此，叙述者的位置是非现实性的，采取的是全知、全见的观察者视点；同时她的位置又是现实性的，她像孙悟空一样变化万端，可以化为其中

① 热拉尔·热奈特：《叙事话语·新叙事话语》，王文融译，北京：中国社会科学出版社，1990 年，第 17 页。

的任何一个人物，用人物的眼光透视周围的世界。

在小说的第三和第四部分，原先无处不在的叙述者突然彻底隐身，她把戏剧的前台留给一群演员，让他们在即将退场时为自己的表演做最后的陈词。关于第四部分中四个死亡过后的女子的表述，桑塔格自己有过精彩的论述："她们每个人都以自己的观点重述一遍已为读者听过梗概的故事（或部分的故事）。她们都各自讲出了一些真相。"①这正是这种多重聚焦叙述者的用意所在，从多个侧面、多个角度看待同一个问题，使我们有很多意外的收获。

与《火山恋人》十分相似，《在美国》也是以一个现代叙述者的声音开始，自称"我战战兢兢地闯进一家宾馆的私人餐厅"，然后躲在历史造成的帷幕背后对她所观察到的人物和事件进行揣度和评价。第一章和第二章的聚焦中心显然是女主角玛琳娜，第三章的聚焦对象则是里夏德，暗恋玛琳娜的年轻艺术家。从第四章开始，桑塔格用书信体、日记体和内心独白的形式频繁地将叙述的话筒直接交给人物。这样，叙述就出现了两个层次：一个是以全景、全知和客观性为前提的宽广的叙事角度；另一个则是坚持主观性、局限于个人感受和体验的狭隘的叙事角度，两种层次交相辉映，构成了小说在叙述手法上既宏伟又细腻的篇章。

首先，在第0章中，叙述者仿佛一个幽灵，在一个不属于她的世界里东奔西走，而且乐此不疲。和《火山恋人》的叙述者一样，她具有天然的全知全能的能力，但是她一直很小心地使用它。叙述者的观察限于外部观察，即便是做了判断，也是在猜测的基础上进行的。例如，在小说一开始，叙述者来到波兰一家私人餐厅，晚上十点过后，一些客人开始聚在窗边巨大的餐具柜周围。

> 我半转过身，开始留心他们的谈话。他们的语言我大多听不懂（我只到这个国家来过一次，那还是十三年前的事），但是从他们的谈话中我多少琢磨出一些意思，是什么原因我也不知道。人们似乎在热烈地议论一个女人和一个男人，根据片言只语我立刻推断这两个人是夫妇。随后他们又议论起一个女人和两个男人，情绪同样热烈，所以我怀疑女人还是原来的那个女人。我想，如果第一个男人是她的丈夫，那么，第二个男人必定是她的情人。"（《在》，第1~2页）

---

① 桑塔格：《苏珊·桑塔格文选》，陈耀成编，台北：一方出版有限公司，2006年，第61页。

这里的"我"，显然是化身为叙述者的作者，括号中的话所表明的情形与桑塔格的实际情形完全一致。应该说，桑塔格设计这样一个场景是有意把叙述者的声音陌生化了，因为玛琳娜的故事在美国知识界和艺术界可谓尽人皆知，把叙述者的声音陌生化就可以使读者获得与叙述者同样的感受，好像这个故事我们从来不曾听过，今天要来开始认识一下。文中多次出现的"琢磨"、"推断"、"怀疑"、"必定"等词表明叙述者其实和读者一样，在对所见到的人物和事件进行猜测和判断，一下子拉近了叙述者和读者的心理距离。同时，她又不断地强化自己作为叙述者的职能，好像拍电影的人把电影脚本拿给我们，让我们看到了哪处如何布景，哪些人物如何出场、如何命名，甚至告诉我们为何如此。在给玛琳娜和她的丈夫波格丹命名之后，她旋即解释了给波格丹起名字的原因，并继续给其他人物命名：

> 我明白，在我创作的语言中，这个名字没有卡罗尔动听。但我会慢慢习惯，希望这个名字能变得顺耳。随后我开始思忖另一位男子，此刻他正坐在皮沙发上，在笔记本上写着什么（他写得很长，似乎不像是在给那位女佣写便条）。我肯定还没听出他的名字，既然一点暗示也没有，不管是正确的也好错误的也好，我便随心所欲，决定叫他里查德；里查德在他们的语言里叫里夏德。我现在必须叙述得快一些，我叫穿黄背心的替角塔德乌斯。现在我倒觉得他对我意义不大，至少在这个角色中没用；既然我取名的兴致正浓，眼下给他取个名也不费力。（《在》，第4页）

叙述者在自己叙述的故事中既表明自己创作者的身份，同时又小心翼翼地不把自己的权利一下子行使出来，而是耐心地和读者一道，充分领略猜疑、迷惑和判断的过程，既知道该在什么时候介入，也知道该在什么时候隐退，体现了桑塔格在叙事手法上长足的进步。

在第一章和第二章中，叙述者不再故作无知，仍然以全能全知的姿态叙述玛琳娜和在波兰与玛琳娜相关的人物、事件。虽然此时叙述者叙述形式比较单一，但是仍不乏新奇之处。如在最开始叙述玛琳娜在化妆间准备演出之时，几乎所有场景都用"她"做主语，叙述者显然主要聚焦于玛琳娜，但是当凶狠的舞台竞争对手突然冲进房间并给了她一个耳光之后，玛琳娜开始了自我反省。这时叙述者似乎进入了玛琳娜内心，而且换作玛琳娜的声音与自己对话：

> 人有时真需要挨一记耳光，这会使自己的感觉变得更加真切。
> 当生活给你几巴掌，你会说，这就是生活。
> 你感到坚强。你希望感到坚强。重要的是要一往无前。
> ……
> 她喜欢当演员，因为剧场对她而言就是真理。更高的真理。表演，表演一出伟大的戏剧让人变得更加完美。从你口中说出的全是经过千锤百炼、非常必要而又能净化灵魂的语言。有了化妆技巧，在你现在的年龄，你总是显得非常漂亮。你的每一个动作都具有宏大和丰富的意义。在舞台上，你会感到自己受到角色的感染，得到完善。当她穿着雍荣华贵的服装在舞台上转身，表现出各种姿态，高声朗诵敬爱的莎士比亚、席勒或斯罗瓦基等人崇高激烈的长篇台词，感觉到观众为她的艺术所折服的时候，她会觉得自己已经不再是原来的我。
> （《在》，第 30 ~ 31 页）

这里频繁变换的"她"和"你"指的都是玛琳娜一人。叙述者一会儿置身事外，从外部观察玛琳娜，一会儿又化身为玛琳娜，从内部观察所发生的事件，而且两种叙述方法灵活转换，像电影中广角镜头和特写镜头的更替使用。在《形象的乐趣》（"The Pleasure of the Image"，1987）一文中，桑塔格论述了胡克盖斯特绘画中所体现的公共空间与独立空间之间所形成的张力。她认为胡克盖斯特的绘画在构图和采光上都拒绝了视觉上的封闭，使看画的人意识到，一个比画面四边范围内所描绘的大得多的空间是超越画面继续向外延伸的。"这正是摄影（无论是静态的摄影还是动态的摄影）美学中一个核心的表现方法：使看不到的、存在于视觉范围之外的东西以戏剧化的、符合逻辑的方式成为我们可以看到的东西的一个组成部分。"①桑塔格把这种绘画和摄影艺术中表现公共空间和私人空间的技巧出色地运用在《在美国》这部小说里，使

---

① 桑塔格：《形象的乐趣》，选自《重点所在》，吴刚译，上海：上海译文出版社，2004 年，第 173 页。

读者在读到玛琳娜内心与自我的对话时，内心感到不同寻常的充实。如果没有这样的内部对自我的聚焦，整个对场景和事件的描绘就会显得平面化，而且被限定于一定的空间之内，但是当叙述者的聚焦从内部出发，就像一束光照在她自己和她周围的事物身上，场景和事件更加立体，人物有了更加鲜活的生命。

从第四章开始，桑塔格频繁使用书信体、日记体和内心独白等形式，叙述进入由以多个人物为聚焦主体的阶段。布斯在《小说修辞学》中把这种聚焦模式称为内聚焦，即聚焦者存在于故事内部，通常是一个或几个人物。聚焦者虽然多了，但叙述者却仍然是一个。在每一个聚焦者的文本中，所发生的事件和内心事件、所处环境都严格限制在焦点人物所知的范围之内，而且这类文本的叙述基本按照焦点人物的意识流动的自然顺序展开，较少作者干预的人工痕迹。"它把作者绝对地束缚在他的人物所体验的事件过程中。他必须被动地传递给我们一切细节，不管它们多么琐细，只要是体验的真正部分。"①此时，叙述者仿佛消失了，叙述的任务全部由人物承担，声音都换成了聚焦者的声音，所有聚焦者的情绪和直观感受都精确显现于读者眼前。

还远不止此。桑塔格所用到的书信、日记及内心独白等形式更准确的说是对话形式的另一种变体。第四章就是由玛琳娜写给她留在波兰的医生朋友亨利克的几封信组成的，不论从内容上还是形式上都是一种对话。从书信的外部形式看，玛琳娜的信只有一个书信作者，只有发信没有复信，这表明信息发出后没有实际的反馈。但是玛琳娜在写信的过程中不断想象与亨利克的对话，仿佛亨利克就坐在她的对面。在书信一开始处，玛琳娜写道：

> 亲爱的朋友：
> 对了，一封信。你一定在想她已经被美洲大陆吞噬了。这封信我在脑海里构思了好些天，一路上所见所闻太多了，我没法一一回忆起来。我首先想到的是什么呢？是在华沙的最后一段时光。是在火车站上你那闷闷不乐的脸。（《在》，第 127 页）

第一句"对了，一封信。"肯定不是写给亨利克的，因为当亨利克接到这封信的时候当然知道它是一封信，这句话应该是叙述者写给读者的。然后连转

---

① W. C. 布斯：《小说修辞学》，华明等译，北京：北京大学出版社，1987 年，第 56 页。

折都没有，桑塔格把笔直接交到了玛琳娜的手上，用她给亨利克写信的形式抒发她内心对于旧世界的看法、对于即将开始的新生活的展望。从第二句开始，玛琳娜展开了她与亨利克的对话。这种对话虽然看似由玛琳娜一人主宰，但是玛琳娜用了许多设问句、自答句，使对话惟妙惟肖。例如，在叙述了自己离开旧世界是为了改变自己的生活后，玛琳娜试图安慰她的朋友可能会受伤的心灵：

> 我离开以后你是不是又去喝得烂醉？你肯定去喝酒了。你是不是对自己说我的玛琳娜永远抛弃了我？你肯定说过。不过，虽然谁也不知道我们何时才能见面，但我并没有永远抛弃你。我离开波兰你感到沮丧，觉得更加离不开我。在记忆中你会夸大我的魅力，忘记我的存在给你带来的痛苦，忘记可怜的爱慕带给你的痛苦。你的思念一直跟着我：她上了火车，她上了轮船，现在到了美国，她已经在无法想像的景致中开始新的生活，她把我给忘了。不久，你会感到气愤。也许你现在就很生气。你会感到衰老，然后想到，她也要衰老。要不了多久，她就会人老珠黄。这样想你会高兴一些。（《在》，第 128 页）

前两句的一问一答就是鲜明的对话形式，而其中的"你是不是对自己说我的玛琳娜永远抛弃了我？"中的"你"和"我"实际上都是亨利克，玛琳娜在这里用亨利克的语气说话，把书信中的对话形式演绎到了极致。余下的书信中这样的例子可为俯拾皆是，上文所引的段落中就有几处。"她上了火车"、"她把我给忘了"、"她也要衰老"、"她就会人老珠黄"等句中的"她"都是指玛琳娜自己。玛琳娜换用亨利克的声音，把自己称作"她"，不仅仅有着形式上的意义，也使亨利克这个从来没有正面出场的人物更加鲜活，从而有了除去外部情境描述之外的内心情绪。

从书信的内容来看，玛琳娜用第一人称叙述自己的所见所闻、所思所感，表面上是写给某个人读的，但因一向缺少反馈，即另一个聚焦者叙述声音的介入，所以，在某种程度上，书信内容成了个人的自我交流。在去往美国的船上，玛琳娜等人同船的一个年轻人跳海自杀这一事件，而且这一事件就发生在玛琳娜也冒出同样的想法之后不久，这给了玛琳娜很深的感触。在写给亨利克的信中，她这样描述她的感受：

也许他并非有意为之。也许他只是出去，在安宁的夜空下换一换环境，心里也没什么特别的事，虽说生活中多少有些遗憾，有一种不祥之兆，但那都是常有的事，可以承受。随即，就像我一样，在大海的魅力面前昏昏欲睡。……他为什么对生活失去希望，竟愿意葬身大海？他为什么这样年轻就如此绝望？然而，我们一直都不由自主，被冷漠地左右驱使。船在纽约靠岸的时候，会有谁，会有什么在等待他呢？他不愿参与的家庭事务？他不想娶的未婚妻？或者是溺爱他的母亲，担心又会沦为她的奴隶？我多么希望能向他解释，用不着像这样了此一生。难道那不是一个人想结束自己生命的理由？（《在》，第134页）

除了具有书信形式的书信，桑塔格还经常在玛琳娜进行内心剖析的时候突然加进书信的语气，使这种叙述和内心剖析更具实质感。在玛琳娜也不得不接受自己被更改了的名字"玛菱娜"之后，她深深感慨于自己完全被支配了的命运。"一切都安排好了，亨利克。演出日期、角色、不菲的报酬，还有我残缺不全的名字。"（《在》，第266页）在这句话的前面没有任何形式或暗示表明这是写给亨利克的信，但是从内容来看却是如此。这样的情形在我们日常生活中也很常见。想与某人的交谈，或想写给某人的书信，经常会在完全没有预料的情形下出现，可见桑塔格自由运用各种叙述形式的能力。同样的例子在接下来的一段中也可见到。玛琳娜化好妆，准备演出之前，拿起镜子看自己已经苍老了一些的面容。"稍稍经过化妆，加上舞台上灯光产生的效果，她在舞台上看上去也不过二十四五岁。我知道，她在给亨利克的信中说，我现在已经不是轻松活泼、精力充沛的小姑娘了，但是我的欢乐和激情一点未变。"（《在》，第267页）叙述者在"她"和"我"之间自由灵活的转换，在这部小说中还有多处。

除了书信形式的自我言说，日记这种形式也在桑塔格这部小说中几次被使用。和书信不同，日记的读者只能是写日记的人，以及小说的读者，而书信的读者一定首先是一个接收信件的人物。日记这种形式偏于对人物心理层面的追问以及人物对自我灵魂的拷问，具有心理开掘的文体功能，日记不仅是人物内心活动的记录，而且在其文本内部经常出现一种对话——人物与自我的对话。

这种对话并不以对白形式出现，而是以人物独白方式表现的，使这些以日记体形式出现的文本具有了对话性特征。《在美国》这部小说中，日记的记录者主要是玛琳娜的丈夫波格丹，由于他一直处于玛琳娜的巨大成功的阴影之下，在玛琳娜的舞台上根本没有他立足的地方，即便是在玛琳娜的社交生活中，他也多数时候被挡在玛琳娜的身后。他家世显赫，但是在个人成就方面却并不如意。他在感情上依赖玛琳娜，同时又痴迷于很多年轻貌美的男孩子，是个痛苦的同性恋者。桑塔格用日记的形式挖掘他的心理，使波格丹聚焦的部分充满着他清醒的自省、自审和自我拷问。在同自我、同自我被压抑的欲望的对话中最终发现他与玛琳娜的婚姻、以及整个社会构成的方式都不过是个谎言，给读者以心灵深处的震撼。透过他用日记形式展示的独白，我们可以真切地体会到他对人生、婚姻、欲望以及社会历史的心理感受和对缭绕在他脑海中对乌托邦理想社区的不懈追求。正如他在日记中说："我们不是第一批，肯定也不是最后一批憧憬美好生活的人。缺少理想主义激情的人会对我们百般嘲弄。但是，为实现完美的天性而进行尝试虽败犹荣。如果缺少了像我们这样的人，世界将黯然失色。"（《在》，第238页）

小说的最后一章最别具一格。叙述者此时又换了一个全新的叙述角度，采用著名的美国演员艾德温·布斯的声音，与玛琳娜开始了一场关于艺术与人生的对话。虽然玛琳娜的声音只在最后几行中才真正显现，但这场对话的实质在最初几句话中就得到了显现。他用称呼玛琳娜的美国名字开始他美国式的对话："亲爱的玛菱娜……既然我们俩私下在一起，不如省些麻烦，直呼其名好了。我已经精疲力竭，厌倦了掌声，酒也喝得差不多了……我要对你说，今晚你走下台来抚摸我，我不敢苟同。"（《在》，第394页）布斯与玛琳娜来自于不同的社会背景，有着完全不同的人生经验，但他们同为演员，关于艺术的思考为两人的对话提供了最好的主题。这种与从前的各种声音截然不同的语调就和《火山恋人》的最后一章一样，是作者有意提供的另外一个视角。这个视角不是叙述者的，也不是故事中任何一个主要人物的。而是在故事中无关紧要的人物的另一种主观视角。无论桑塔格提供了多少了聚焦者，无论叙述者化作多少个声音，这些聚焦和声音都在一定程度上带有主观性，对此，桑塔格并不讳言。"叙述就是再叙述。如果再叙述和证明的过程是紧张而不自在的，那总是有错误的可能——不，是极有可能出错。"①叙述者最初使用的第三人称频繁更换为人物聚焦者的第一人称更说明了叙述的主观性，同时使多样化的解读成为必然。

巴赫金在《长篇小说的话语》中论述了叙述的主观性问题。他认为小说语言与语言学所研究的客观纯正的语言不同，它可以被分解为不同社会集团的语言：职业语言、体裁语言、几代人的语言等等。这些社会集团的语言"并不是用规范的形式组织起来的抽象的系统，而是用杂语表现关于世界的具体见解。所有的词语，无不散发着职业、体裁、流派、党派、特定作品、特定人物、某一代人、某种年龄、某日某时等等的气味；所有词语和形式，全充满了各种意向。"②认识到了叙述者总是不可避免地会带有主观化的价值取向之后，桑塔格已经完全放弃了早期作品中试图客观、中立、非人格化的叙述声音，转而强调叙述的主观性和多样性。她毫不回避外部叙述者的存在，甚至在这两部小说中单独为她们另辟一章（《火山恋人》中的序和《在美国》中的第0章），让叙述者单独和大家见面，使作品更富感染力。

小结

在桑塔格的四部长篇小说中，叙述者先是以第一人称的形式聚焦于其主要人物（希波赖特），接下来又以第三人称的形式聚焦于主要人物（迪迪）。这样写实际上是与强化叙述者的主体性有关。这种主体性体现在叙述者将聚焦对象集中于一个人身上，从而使全知全能的叙述成为不可能，目的是为了使作者置身事外。桑塔格甚至在谈及《恩主》时特别强调了自己与作品中的叙述者人物的巨大差别。在同时期出版的《反对阐释》等文中，她也为各种寻找原初意义或终极意义的阅读敲响了丧钟。她认为传统意义上的阐释是在字面意义之上建立起另一层含义，是令人尊敬的；而现代的阐释则是挖掘。挖掘就意味着破坏，像汽车和工业废气污染了城市的空气一样，这样的阐释是在毒害我们的感受力。她主张用一种新感受力来代替现代意义上的阐释，可以说，这是对

---

① 桑塔格：《重点所在》，选自《重点所在》，陶洁译，上海：上海译文出版社，2004年，第24页。

② 巴赫金：《小说理论》，白春仁等译，石家庄：河北教育出版社，1998年，第74页。

黑格尔以来的理性哲学传统的彻底反叛，它完全摒弃了知性和理性，把形式和感性推到了意义的前台。在《恩主》和《死亡之匣》中，桑塔格就是这样要求她的读者，将注意力放在感性的体验上，而不需要为寻找某种终极意义费心劳神。

到了 90 年代，桑塔格所一度提倡的新感受力已经蔓延开来，而她当年提出这一方法所依据的价值观却没有得到提倡。这一担忧在 1978 年出版的《疾病的隐喻》（1989 年又出版了《艾滋病及其隐喻》，两本书于 1990 年结集再次出版）一书中就有所体现。读者的地位被无限地提高，以至到了侵吞文本的地步，如同人们从疾病身上看到的，是对疾病的恐惧，而不是疾病本身。在后期的《火山恋人》和《在美国》中，桑塔格则完全以作者的身份出现，作为观察者叙述者引导读者在历史故事和现实生活中来回穿梭。她非但没有尽力掩盖作者的存在，反而把作者的言语直接穿插在文本之中，意味着对现代主义"非个人化思想"的修正。① 虽然叙述者全知全能，但是她并不滥用自己的权力，而是有选择地运用人物内部聚焦的方法，避免对文本的任意干预。很显然，桑塔格放弃了对形式的刻意雕琢，而是采用了自然而然的叙述，其结果是一种浑然天成的形式，较之从前，既是反思，也是超越。

---

① 巴赫金：《小说理论》，白春仁等译，石家庄：河北教育出版社，1998 年，第 79 页。

第四章

桑塔格的小说情节观

　　故事是小说的基本层面。英国小说家兼批评家 E. M. 福斯特在《小说面面观》中曾指出："故事本是文学肌体中最简陋的成分，而今却成了像小说这种非常复杂肌体中的最高要素。"[①]当故事走进小说时，它就变成了情节，在关于叙事的理论中，情节的概念又经常惹得各方力量争执不休。最早提出"情节"概念的是古希腊的亚里士多德。在《诗学》中，亚里士多德将"情节"定义为"事件的安排"，并认为它是悲剧六大成分中最重要的东西。贯穿于事件安排之中的是一种"序"（order），没有"序"就不可能有统一性。所谓"序"，其实不仅仅指事件发生的时间顺序，还包括事件之间的因果关系。福斯特就用故事和情节两个概念来区分这两层关系。他认为故事是按时间安排的事情，但情节则更重视事件之间的因果关系。他著名的"国王死了，后来王后也死了"是故事、"国王死了，后来王后因悲伤也死了"便是情节的论述已经成了小说理论界家喻户晓的论题。[②]在福斯特看来，情节具有比故事更高的逻辑，它属于更高形式的有机体。故事仅是条冗长的时间绦虫，它只能满足人们类似原始人的好奇心，而情节的接受则需要智慧和记忆力，它是对人们根据因果关系进行推理能力的考验。美国"芝加哥学派"的克莱恩（Ronald Salmon Crane）秉承亚里士多德的传统，进一步把"情节就是序"的概念引申为"行为、人物和思想"在小说中的顺序和结构，将情节的概念进一步扩展开来，大大地开阔了批评的视野。克莱恩认为这种行为、人物和思想的情节综合体不仅仅是作者写作时所取材料的综合，而且还综合了读者阅读时的情感，因此赋予了作品一种影响读者观点和感情的力量。换句话说，情节又是作者与读

[①] E. M. 福斯特：《小说面面观》，苏炳文译，广州：花城出版社，1984 年，第 24 页。
[②] E. M. 福斯特：《小说面面观》，苏炳文译，广州：花城出版社，1984 年，第 75 页。

者共同构建的综合体。在《汤姆·琼斯》这部小说中，菲尔丁的叙述者既严密地筹划了故事本身的情节，又通过与读者越来越密切的关系指导着读者的"阅读情节"。因此与其说情节是一种手段，更不如说它本身就是目的。读者正是在菲尔丁的叙述者的引导下，穿过他精心设计的情节，感受到了作者的声音。优秀的作品总是"使我们情不自禁地在感情上有所投入"，[1]读者在阅读时获得的知识与其对作为道德上不同个体的人物的期待交织在一起，这类情节的特殊力量正源于此。这种引导读者感情朝某一方向发展的力量，"从艺术的角度来看，正是任何戏剧或小说最重要的美德"[2]。克莱恩的批评观念"影响了芝加哥学派的其他成员……成了布思的著名论著《小说修辞学》的理论前提之一"。[3]

对于上述传统情节论者，情节是对一切偶然性、非理性和混乱的挑战，"从混乱到有序，从杂多到统一，从复杂到简明：这就是情节所完成的工作。"[4] 但是情节这些理性动作的目的在于为作品的艺术性服务，情节是作者得以施展才华的脚手架，是引导读者阅读的一条线索。申丹曾这样总结："至于传统批评中的情节总结或概要，虽然有时也非常抽象，但由于涉及故事中的具体人名、地名、遭遇等，只能看作是对故事表层内容的总结。……他们（传统批评家）特别注重情节发展过程中的审美和心理效果，关注单个情节的独特性（而非不同叙事作品共有的情节结构），着力于探讨情节展开过程是否丰富新颖、曲折动人，是否能引起悬念和好奇心、富于戏剧性，事件对人物塑造起何作用，冲突有何特点等等。"[5]可见，传统情节观和表层结构情节观在研究对象的实际所指上是相通的，即从文本中抽象出来的按某种逻辑顺序排列的事件。这种研究是以作家为中心，情节之目的在于为作品的艺术性、审美性和人物性格的塑造服务。

与传统情节论者不同的是俄国形式主义者关于情节的看法。他们倾向于将情节视为独立于叙事作品的内容，是形式的组成部分。"故事"（fabula）指的

---

① R. S. Crane, "The Concept of Plot." From *Critics and Criticism*. Chicago & London：The University of Chicago Press, 1952. p. 67.

② Ibid. p. 68.

③ 程锡麟等著：《当代美国小说理论》，北京：外语教学与研究出版社，2001 年，第 5 页。

④ 利昂·塞米利安：《现代小说美学》，宋协立译，西安：陕西人民出版社，1987 年 4 月，第 82 页。

⑤ 申丹：《叙述学与小说文体学研究》，北京：北京大学出版社，1998 年 7 月，第 50 页。

是作品叙述的按实际时间顺序排列的所有事件。而"情节"（sjuzet）指的则是对这些事件进行的艺术处理或形式上的加工。在俄国形式主义者看来，"只有'情节'才是严格意义上关于文学的，而'故事'仅仅是等待作者艺术组织之手的原材料。正如什克洛夫斯基关于斯特恩的论文所提示的，形式主义者拥有一个较之亚里士多德更具革命性的情节概念。《项狄传》的情节不仅仅是故事事件的安排，更是用来打断和延宕叙事的手法。……在某种意义上，'情节'在这里实际上是打破事件正常组合的技巧。"① "情节"在这里成了"陌生化"效果的一种手段，一个理由，其目的在于暴露情节事件自身的进程，在于苦心积虑地将文本运用的手法、技巧、编排规则通过变形而公之于众。正是什克洛夫斯基的这一情节观念，使传统的情节观受到了挑战，形式不再是作为内容的外壳，也不再是可以随意倾倒内容之液体的理想容器，而是具有独立的意义的小说元素。情节，便是在这种"离经叛道"的理论背景之下被理解为打破事件正常组合的技巧和手法。情节的所有离奇行动，都是要"把形式艰深化，从而增加感受的难度和时间的手法，"是"为了恢复对生活的体验，感觉到事物的存在，为了使石头成其为石头，"②其终极目的在于实现形式主义那个著名的概念——陌生化效果，这种陌生化的感受是对被自动化所吞没从而化为乌有的生活的拯救。"情节"就是实现这一效果的试金石。故事作为原材料，可以是生活上、历史上的任何事件，可以跨越任何时间跨度，而情节则需要沿着倒叙、插叙、拖延、绕弯的路线展开。在形式主义者眼里，故事只不过是一些可以呼之即来、挥之即去的材料，情节则通过不断变换外衣，将故事装扮成不同的样式，为作品设置起承转合。什克洛夫斯基对自己的情节研究做出了如下总结："童话、小说、长篇小说——是各种动机的综合；歌曲——是各种风格动机的综合。所以，情节与情节性是与韵脚一样的形式。在分析艺术作品时，从情节性的观点而言，'内容'这个概念是不需要的。"③这可视为对俄国形式主义情节观最为根本的总结。

---

① 塞尔登（Selden, R.）等：《当代文学理论导读》（英文版第4版），北京：外语教学与研究出版社，2004年5月，第35~36页。

② 巴赫金：《文艺学中的形式主义方法》，李辉凡、张捷译，桂林：漓江出版社，1989年1月，第151页。

③ 维·什克洛夫斯基：《散文理论》，刘宗次译，南昌：百花州文艺出版社，1994年10月，第64页。

形式主义的情节观在一部分结构主义者那里又得到了进一步的阐释。例如，查特曼就将每一部叙事作品都分为两部分："故事"（Story），即作品的内容，"话语"（discourse），即表达方式或传达内容的方法，①情节就处在"话语"层面，是对故事事件的重新组合。"每一种组合都会产生一种不同的情节，而很多不同的情节可以源于同一个故事。"②查特曼进而将这种理论的渊源追溯到亚里士多德，认为亚氏在《诗学》中所说"情节是对行动的模仿——我的意思是说情节是对事件的安排"表达的正是结构主义者所说的话语这一层次的内容。关于查特曼的这种解释，评论界颇有微词，认为是查特曼曲解了亚氏，从而造成了一种混乱。③

在大部分结构主义者眼里，情节研究所分析的仍然是故事事件这一层面。结构主义者们的研究是以文本为中心，重视的是作为最小叙事单位的事件在整个文本中的功能和地位，目的在于发现事件之间的逻辑关系以及结合的具体原则。以普洛普（Vladimir Propp）为代表的在表层结构中对"情节本身"进行研究的理论家们"试图对一个有限实体的表层——故事中实际发生了什么——做出描述和分类"④。"情节"在这里意味着文本横向组合层面的事件序列，情节研究就是考察事件在整个叙事网络中的区别性功能，事件是什么，以及它们之间的关系和组合原则。普洛普的《民间故事形态学》（*Morphology of the Folktale*, 1968）就是典型的研究案例。另外，弗莱（Northrop Frye）、列维－斯特劳斯（Levi - Strauss）、格雷马斯（A. J. Greimas）等人展开了对于深层结构中的情节起源的研究。弗莱的神话批评力图在世界上所有故事中找到一个具有无限生产能力的深层情节，我们所见到的一切故事不过是它的次生变体。斯特劳斯则以神话研究为跳板，对发现人类文化的普遍结构和人类思维的秘密充满信心。格雷马斯所力图发现的却是一种计算机程序般的语义生成模式，注

---

① Seymour Chatman, *Story and Discourse*: *Narrative Structure in Fiction and Film.* Ithaca and London: Cornell University Press, 1978. p. 19.

② O. B. Hardison, Jr., "A Commentary on Aristotle's Poetics," *Aristotle's Poetics* (Englewood Cliffs, 1968), p. 123. Cited from Seymour Chatman, *Story and Discourse*: *Narrative Structure in Fiction and Film.* Ithaca and London: Cornell University Press, 1978. p. 43.

③ 参见申丹：《叙述学与小说文体学研究》，北京：北京大学出版社，1998 年 7 月，第 47 ~ 49 页。

④ 华莱士·马丁：《当代叙事学》，伍晓明译，北京：北京大学出版社，2005 年 3 月第 2 版，第 84 页。

重"故事深层结构中的逻辑关系，而不是表层事件体现的一连串行为功能"[①]。

这样，我们就已经基本掌握了关于"情节"的谱系。鉴于桑塔格本人小说情节结构的特点，这里我们主要依据克莱恩在《情节的概念》一文中对情节的归类方法，将桑塔格小说的情节分为"有关行为的情节"和"有关思想的情节"，逐一讨论桑塔格的四部长篇小说的情节特点。

第一节 行为情节

自从第一次世界大战以来，越来越多的小说作品在情节上偏离了具有因果关系的事件组成的情节传统，而是更多地展现事件之间的偶然性和时间上的不关联性，彰显了现代社会的荒诞特征。另外，在弗洛伊德精神分析学的影响下，很多作家在作品中着重展现人物的内心世界，他们截取日常生活的某些片断，或者将历史经验中的某些经历变形，其中的事件只是引发人物心理活动和意识流动的载体，从而使传统意义上情节的完整性和戏剧性受到了极大的挑战。桑塔格前期的小说以淡化姓名、地点、时间等传统叙述手段，或者故意突出情节的荒诞不经等方法弱化了内容和故事的因素，实际上就是秉承了现代小说的这一传统。

从故事的层面看，《恩主》的主人公希波赖特身份不明，我们只能从他断断续续的叙述中得知他是一个六十多岁的老人，独自一人回忆他自年青以来被梦困扰的经历。他似乎没有工作，除了不断的做梦和解梦之外，似乎也终日无所事事。他按照梦的指引安排自己的人生，这种逻辑对常人来说简直不可思议。这是一部无法用传统的"行动的情节"加以审视的小说，因为希波赖特自追忆开始，所做的惟一的事就是做梦和释梦。我们甚至看不出人物性格在三十多年的故事进程中的发展和变化，希波赖特自始自终都是一个生活在自我世界当中的思想的游魂。小说中的人物塑造和情节安排始终处于次要地位，展现在我们面前的是一个个概念和问题及由此引发的思考，所有具有现实意义的情节都被作者描绘得荒诞不经。

但是，不能因此就断定《恩主》是一篇没有情节的小说。相反，小说的情节紧紧围绕人物的内心活动展开，展现了一幅各种思想不断交锋的巨大场

[①] 申丹：《叙述学与小说文体学研究》，北京：北京大学出版社，1998 年 7 月，第 41 页。

面。正如桑塔格自己所说，"《恩主》讲述了一个旅行的故事。这是一次生命之旅、精神之旅。"①它的题材是事件的形式，这种形式与事件内容无关。同时，它也是意识的形式，与意识的内容无关。它包含了一系列引人注目的设计因素，如希波赖特如何开始了梦境，如何开始按照梦的指示生活，如何与安德斯太太私奔，又将其遗弃。多年后安德斯太太又重返他的身边，他又如何试图补偿等等。但是，当读者看到这些所谓情节的突变与转折时，又不免心生疑惑：这些真的曾经发生或者可能发生吗？亚里士多德曾在《诗学》中对诗人和历史学家做过这样的比较：诗人的职责"不是去描述那些发生过的事，而是去描述可能发生的事，即在一定条件下可能发生或必然发生的事。"②可是在这部小说中，传统情节观中的事件之间的因果关系几乎不起任何作用，取而代之的是事件按照顺序铺陈展开，事件逐一发生，但是它们之间并没有必然的因果关系，哪怕是叙述者强调了这些事件之间的因果关系，在我们常人看来，也是极其荒谬的。

希波赖特探索的范围异常宽广，包括同性恋、谋杀、爱情、婚姻、性、死亡、宗教、罪恶等等。而在希波赖特的身旁站着指指点点的桑塔格，她通过他向我们说话。桑塔格在序言里说："我思考的是对许许多多的真理，尤其是对现代的，所谓民主的社会里多数人以为不言而喻的真理提出质疑意味着什么。"③通过把梦当作现实的希波赖特，桑塔格颠覆了上述观念的原有内涵，让希波赖特在现世之外消解了它们的意义，提供了另外的视角。这些视角以梦幻的形式提出，因此又有着"反对阐释"的意义。《恩主》最大的意义，就在于它不解释任何事情，或者说拒绝任何形式的解释，因此它也拒绝任何因果性。小说中的因果秩序因情节的荒诞而被任意地分隔成十七章，这些章节不是因果对应，而是顺次相连。小说并不是关于梦境的，也不是关于释梦的，当然也不是关于人如何在梦的折磨下，变得神志不清的（希波赖特在最后甚至记不起自己究竟做过了什么）。小说没有说明希波赖特是如何获得平静的，也没有说明"故事"中的安德斯太太怎样逃脱了他的谋杀，为何又在多年以后找上门来，结果又怎样等等。桑塔格只是把希波赖特最后的姿态展示给我们：

---

① 桑塔格：《恩主》，姚君伟译，南京：译林出版社，2004 年，中文版序，第 9 页。
② 亚里士多德、贺拉斯：《诗学·诗艺》，郝久新译，北京：九州出版社，2006 年，第 35 页。
③ 桑塔格：《恩主》，姚君伟译，南京：译林出版社，2004 年，中文版序，第 9 页。

既然我必须结束，也就不该努力去说服什么人，上帝、大自然从来就不想说服我们，让我们相信死期到了；信与不信，我们总是要死的。我不准备描写一个行为，或者描述我最偏爱的某种思想来结束，我想在结束时表现一种姿态。不是用语言，而是以沉默。用我自己的一张照片，一张我写完这一页以后坐在这儿的照片来结束。（《恩》，第235页）

在大约同时代发表的一系列批评论文中，桑塔格多次谈及她对现代阐释的反感。除了著名的《反对阐释》和《论风格》等文外，她在一篇论及戈达尔的电影《随心所欲》时也谈到了对形式的偏爱。"一切艺术皆趋向于形式，倾向于形式的圆满而不是实质的圆满——结尾部分展示出优雅的场面和巧妙的构思，但从心理动机和社会力量的角度看，却不是那么令人信服。在伟大的艺术中，形式才是真正重要的。是形式使艺术作品收场。"[1]同样地，在她自己的第一部长篇小说中，桑塔格在结尾处所展现的优雅和安然使整个荒诞的故事嘎然收场，为读者构建了一部"反对阐释"的作品，也因此预示了多元文化和后现代的社会现实。

从情节结构来看，桑塔格的叙述者既严密地筹划了故事本身的情节，又通过与读者的关系指导着读者的"阅读情节"。"多么希望能跟你解释一下那些日子以来我身上所发生的变化啊！"（《恩》，第1页）很显然，读者"你"在小说一开始就被拉到了第一人称叙述者的对面，听他讲述自己三十年间的思想经历。"我要提醒读者，从现在开始，我将尽力不去想像这个别人是谁，也不去想他/她在不在看我写的东西。""要是我试图说服读者接受本书的观点，那是不合适的。我现在与我的回忆为伴，生活比较安稳，也不奢望得到任何人的安慰。你能把我相像成这个样子，就够了。同样，你如果能把我相像成一名作家，在记录年轻时代的自我，并能接受我已经变了，不同于以前了这一点，也就够了。"（《恩》，第10~11页）文中反复出现的"你"、"读者"等字眼，在小说结尾处也同样惹人注目。"读者知道，这封信所呈现的我的生活我并不认同。""时值冬季。你不妨想象我坐在一间空荡荡的房间里，脚靠着火炉，身上裹了好几件毛衫，黑发变成了灰白，我就坐在那儿，享受着主观性带给我的

---

[1] Susan Sontag, *Against Interpretation*. New York: Farrar, Straus, Giroux, 1966. p.198.

即将结束的苦难，享受着真正的私人空间带给我的一份从容。"（《恩》，第233、235 页）

在最不可能的地方发现可能性，在最没有关系的事物之间建立联系，是小说艺术最迷人的秘诀之一。这样的例子在桑塔格小说中可谓比比皆是。在桑塔格的第二部长篇小说《死亡之匣》中，桑塔格的情节设计更加独具匠心。一个自杀未遂的青年迪迪在一次列车旅途中，停车时下到黑暗隧道中探视，误杀一名修路工人。火车继续前行，可是他自己却无法确定这件隐匿平静谋杀的虚实，负罪感的重压促使他逃离真相，转向一个偶遇的美丽盲女赫斯特寻求爱情，也曾试着和被杀工人遗孀谈话以求转嫁心灵的负荷。但是真相始终像一个影子一个与他紧紧相随。为了证实自己的杀人罪行，迪迪首先曾向赫斯特坦白。但是赫斯特却肯定地说迪迪根本就没有离开过车厢，他所谓的杀人行为不过使他头脑中的臆想。就在他几乎已经认可了赫斯特的说法时，报纸上关于铁路维修工在隧道内撞车身亡的报道又使他萌发了继续探索事实真相的念头。他似乎对自己杀人的罪行了然于心，又好像对他是否真的下了车并杀了人茫然无知。当他最终领着赫斯特"重回"隧道，并再一次上演了杀人的一幕时，他渴望赫斯特能对这一事件的真实性予以肯定，但赫斯特的回答则是："我什么也没有看到，这你是知道的。"（《死》，第 304 页）迪迪无法肯定自己的行为是否真实，甚至连自己是否存在都加以怀疑，看得见他的人不了解他的内心，而唯一了解他内心世界的人恰好又是个盲人。读者也许会对桑塔格这样的安排感到迷惑，实际上，这正是桑塔格想要追求的效果：内心世界是个大迷宫，每当你感到柳暗花明之时，总会又风云突变，又把人丢进了一片混沌。在这样的意识描述之中，主人公和读者的心理承受力都被推到了极致。

可以说，《死亡之匣》的情节由死亡后的一次旅行开始，至死亡结束，前后照应，构成了一个循环的圆。乍看起来，这好像是一个普通的惊悚小说的情节，事件环环相扣，悬念层出不穷。但是转念细想：这情节实在是太不可思议了。这是一个亦真亦假的故事，宛如在黑色梦境中的孤独旅行，呼吸到的是有关时间凝固的厚重的灰尘，它使人窒息，让人紧张，使人辗转，让人生疑。或许迪迪从未经历过全书故事中的任何情节，或许一切都是迪迪幻觉中的不安与彷徨，他只是在逃避着生的沉重，妄图在死亡中寻找平静。结果是，生死的界限愈发变得模糊起来。《波士顿环球报》评论说："《死亡之匣》是苏珊·桑塔格写的一部令人毛骨悚然的黑色小说，卡夫卡式的寓言给人以强烈的冲击，令人心神不安。"①这种令人毛骨悚然的效果体现在小说结尾处对各种形式的死亡几乎白描式的描写中。迪迪在幻觉中来到了一连串的墓室。墓室里处处都堆满了尸体，而迪迪却"达到了一种几乎无情无欲的境界，沐浴在这样一种朦胧的彩虹般的心境中"（《死》，第325页），获得了精神上的解救。死亡像经过锤炼敲打修补过的明亮而纯净的网，过滤掉了他的焦灼与失意，使他达到了幻觉中的平衡。小说以自杀未遂后的迪迪一次出差开始，经历了两次杀人过程，到最后却无法证实这些杀人事件的真假，最终回到了当初自杀后的余波：终点又回到了起点，情节成了一种展示。

米兰·昆德拉曾说："小说家有三种基本可能性：讲述一个故事（菲尔丁），描写一个故事（福楼拜），思考一个故事（穆齐尔）。19世纪的小说描写跟那个时代的精神（实证的、科学的）是和谐一致的。将一部小说建立在不断的沉思之上，这在20世纪是跟这个根本不再喜欢思考的时代的精神相违背的。"②桑塔格笔下的迪迪就是这样一个在现实世界中缺乏行动能力的人。在现实世界里，他与世无争。"难说他活在这世上，但却有其生命。"（《死》，第1页）他不知道自己究竟为何要活在世上，于是试图自杀。虽然自杀还没有成功，我们却因此窥见了他幽灵般的精神世界。他一次次在自己和别人的死亡世界中穿梭，在死亡隧道里，向未知的世界提问。"有人会穿着本不属于他的运动装下葬、入殓——或者就这样摆在这里吗？……他真的那么健壮吗？……但是为什么这些死者要假装是运动员呢？难道不辞劳苦为尸体化妆者还大有人在？"（《死》，第323~324页）迪迪感觉自己是个朝圣者，从前辈那里了解到了所有新奇的事物。他不断地思索着这些新奇事物对他来说意味着什么，又觉得自己根本不能对所发生的事情做任何评判。"死亡的意义就在这里。人们都被集中在这里，有罪的，无罪的，努力过的不曾努力过的。"（《死》，第326页）迪迪的思考跨越了生与死的界限，到达了生命本真的状态。

克莱恩认为，"任何小说和戏剧，只要不是建立在说教的原则上，它的情节都是三种因素的综合体，这三者共同决定了这部作品的质量及其影响……构成作家创作内容的因素有三：行为、人物和思想，而情节这一综合体正是受了

---

① 转引自桑塔格：《死亡之匣》，李建波译，南京：译林出版社，2005年，译者序，第2页。
② 米兰·昆德拉：《小说的艺术》，董强译，上海译文出版社，2004年。第155页。

这三个因素的影响。"①思想情节的变化导致小说中人物行动情节的发展，这是我们读《恩主》和《死亡之匣》这两部小说时的一个明显的感受。

第二节　思想情节

在后两部小说中，桑塔格虽然以真实的历史人物为模型，并且基本遵循传统小说的情节模式，有具体姓名、地点，大部分甚至是历史上的真人真事，但是读者可以明显感到行动情节因素的次要地位。传统意义上的转折和突变在这两部小说中几乎没有出现，事件的先后顺序也几乎按照历史史实的顺序展开。从故事的层面来看，这两部小说几乎没有任何新奇之处。使它们有别于历史纪录的则是桑塔格在"关于行动的情节"之外架构的"关于思想的情节"。

《火山恋人》的故事取材于历史上著名的英国驻那不勒斯王国大使及其第二任妻子和一位海军上将的真实故事。可以说，很多人对此并不陌生，而且桑塔格也没有就故事内容本身做很大的改动。使这部小说出众的完全是桑塔格对思想性和审美性的刻意突出，从而使读者在众人皆知的历史故事之外获得了审美和精神上的愉悦。米兰·昆德拉谈到在小说中处理历史时认为："历史记录写的是社会的历史，而非人的历史。"②从小说一开始，桑塔格就把读者的注意力引向了她人物的内心。爵士对现实世界漠不关心：那不勒斯王国的国王和王后被描绘成小丑般的角色，在有着很高艺术修养和审美情趣的爵士眼里，王宫内发生的一切不过是为他提供很多故事的源泉，他虽然对国王的粗鄙和残酷了然于心，但是仍然对国王毕恭毕敬。与这种冷漠相对应的是爵士对各种艺术活动的热情，例如收藏。童年时他收集硬币，后来收集电动玩偶，再后来又收集乐器。他的收藏品种无奇不有：绘画、花瓶、古董、火山石等等。虽然小说的副标题为："一个浪漫故事"（*A Romance*），但是读者在读完小说后却很难将其与普通的浪漫故事相提并论。有评论认为，"与其说它是个浪漫故事，我倒更愿意称它为道德故事，是对许多不同主题的思考，这些主题涵盖范围很广，就像戏剧卡通片中的气球一样源源冒出：旅游、忧郁、肖像画、讲笑话、艺术

---

① R. S. Crane, "The Concept of Plot." in *Critics and Criticism*. Chicago & London: The University of Chicago Press, 1952. p. 67.

② 米兰·昆德拉：《小说的艺术》，董强译，上海译文出版社，2004年。第47页。

中新古典主义与现代理想化的对峙、伟大观念的变化、对女人态度的变化、环境污染、表演的性质、反讽、革命、暴民、自由知识分子以及他们如何不懂得大众，还有收藏。"[1] 爵士的收藏品中不仅包含固定不变的东西，他还把埃玛由一个对艺术完全无知的普通女子调教成了一个活的艺术雕像，让她扮演古典艺术中各种造型的形象。而埃玛的艺术形象最终消亡在她不断肥胖的身躯中，也暗示了爵士艺术理想的破灭。在死亡的床上，他感到"他已经逃出了思想的牢笼。他感到高兴。他在爬，爬得很费劲。但此时这座山已不必去爬了，他爬过了。用飘浮的形式。他很久以来一直在仰望，而现在他可以从这个高的地方往下看了。"（《火》，第 336 页）死亡既是对一个时代的终结，同时也是另一个时代的开始，在爵士最后的弥留时刻，思想又开始了另一次旅行。

小说中的另外一个重要的主题——关于女性——是通过与埃玛有关的思想情节的不断发展而逐渐得以深入的。埃玛最初被轻描淡写地描绘成一个不同男人的手中的玩物，后来被自己心爱的人作为礼物送到了爵士手里。她美丽、聪明，但是却只能在男人的眼光的注视下，表演艺术品中的形象。"她的整个一生都使她成为了爵士的活雕塑的展览馆。"（《火》，第 132 页）但同时，埃玛依靠自己的智慧和才华赢得了众人的仰慕，获得了英雄的爱情，虽然结局凄惨，却是纯粹率直的一生。桑塔格把美丽和聪颖赋予这位独立追求幸福的女性，让她在男人的惊叹与唾弃声中终了一生，不仅仅表达了她对这位女性的同情，同时也是由衷的赞叹。在小说结尾处，桑塔格通过女革命家埃莉奥诺拉对女性的命运及应有的立场做出了呼吁："我是独立的。我没有为女人的某种浅薄的想法去放弃我自己的理想。确实，我并不认为我首先是个女人。我所想到的是我们的正义事业。我很高兴的是，我忘记了自己只是一个女人。"（《火》，第 393 页）把自己等同于男人，是多少代女性主义者为之振臂高呼的目标，在桑塔格的小说中，这样的表述同样让人为之动容。

与《火山恋人》十分类似，《在美国》也选取了著名的历史人物和历史事件为题材，基本遵循事件发生的时间顺序和因果逻辑，在行动情节的设置上可谓老套，但是围绕艺术使命及价值的思想性情节贯穿始终，是引导读者在历史人物和事件间穿行的主线。作为小说家，桑塔格为她的人物营造了十分丰富、颇具魅力的智力世界，不断让读者在人物的身上寻找她自己思想的踪影。《在

---

[1]　Gabriele Annan, "A Moral Tale," in *New York Review of Books*, Vol. 39, No. 14, August 13, 1992, p. 3.

美国》以一个现代叙述者在 19 世纪波兰的一家宾馆的私人餐厅外偷听开始。叙述者丝毫不掩饰自己对所观察到的人和事的主观判断和评价，"我想，如果第一个男人是她的丈夫，那么，第二个男人必定是她的情人。……我想，如果能发现这两个，或者这三个人，而且给他们都取个名字，这会有助于揭开这个谜，我决定权且称她玛琳娜吧。"（《在》，第 1、2 页）这种写"故事"的痕迹在第 0 章即将结束的时候十分明显：

> 所以我想，只要我耐心听，仔细观察，反复思考，我会理解这间屋子里的人，我自然会明白他们的心事；我怎么知道这一点我也不清楚。事情的可能性很多，很难说为什么这样而不是那样，肯定是因为只有这样你才能揭示许多其他的可能性，其中有其必然。……一个故事，我的意思是说一个很长的故事，一本小说就像八十天环游世界：等到故事结束的时候你很难回忆起故事的开头。……激情非常美好，理解也是如此；逐渐理解也是一种激情，也是一次旅行。侍者将玛琳娜和其他人的围巾、外套拿过来，现在他们准备动身了。想到室外已是冰天雪地，我不禁打了个寒战；我决定跟随他们走向外面的世界。（《在》，第 26 页）

桑塔格的叙述者很显然置身事外，这让她得以更自由地深入每个人物的内心，而不受制于人物视角的限制。在谈到戈达尔的电影时，桑塔格曾谈到其对于外在视角的青睐。"从心理学的角度上说，我们对事物的理解又赖于对过去、现在、未来这三种时间尺度的概念。要从心理上理解一个人的行为，先必须把他放到这种历史坐标中去。"①为了保持这种外在的距离，桑塔格不断在历史故事中切换视角，插入现代叙述者的声音，使人物和事件获得了远远超出现时的意义以及历史坐标上的深度。桑塔格对于这种思想情节的设计独具匠心，令人叹为观止。

桑塔格借用了这个历史故事来阐述自己的思想。她早年曾经以美国女舞蹈家伊莎多拉·邓肯为原型而写的小说始终未完成，因为她既想描写舞台生活，又想写出对美国的认识，尤其想从外来者的视角来看美国。当她读到海

① 桑塔格：《激进意志的样式》，何宁等译，上海：上海译文出版社，2007 年，第 192 页。

伦娜的故事后，觉得以这个波兰演员以及她身边人物的角度来写最合适。由于去萨拉热窝排演话剧《等待戈多》，以及癌症的干扰等等众多因素，《在美国》的写作不像《火山恋人》那样一气呵成，而是断断续续写完的。桑塔格也因此把这部书题词为"献给萨拉热窝的朋友"，以支持南斯拉夫的民主自由斗争。

　　桑塔格笔下的外来者对美国的认识是什么呢？他们在初次踏入美国这块土地上时所体会到的美国精神到底是什么呢？玛琳娜等人在费城参观美国"百年博览会"时看见从法国运来的自由女神像手臂，她以为那只手臂就是整个雕塑，她不禁自问："我们怎么能知道美国的哪些东西已经完成，哪些东西还正在进行呢？"（《在》，第152页）他们走出住满欧洲人的美国东部，走出傲慢而自闭的纽约，满怀希望和对乌托邦社会的憧憬来到了西部，来到了加利福尼亚自创农场，可是自力更生的农场不幸以失败告终，法国社会主义空想家傅立叶式的乌托邦行不通。熟悉历史的人都知道，19世纪下半叶的波兰命运多舛，曾遭受奥地利、普鲁士和沙皇俄国的瓜分。大量的波兰人移往欧美各地，其中一部分受到傅立叶的空想社会主义理想的召唤，移民美国的加利福尼亚，建立了众多大大小小的社会主义社区，小说中的女主人公历史原型波兰女演员海伦娜·莫德杰斯卡离开波兰到美国，正是试图在大洋彼岸偏僻一隅建立自己的世外桃源。然而，理想毕竟与现实相距遥远，当一位波兰爱国者哈勒克来访时说"这个村庄从来就没有什么共产主义的味道"时，玛琳娜表示赞同，虽然"他们脑子里想的全是傅立叶的理想和布鲁克农场"。（《在》，第185页）"最初公社拥有一切，但过了几年，葡萄园开始出现赢利的兆头，合作社便随之解体，原来的定居者纷纷收回自己的投资，自己成为老板。阿纳海姆从来就不是共产生活的试验地，即使在最初也不是。"（《在》，第186页）显然，失望的不仅仅是桑塔格故事中的人物，也不仅是桑塔格的叙事者，更主要的其实应该是桑塔格自己。60年代的桑塔格曾在《河内之行》中自称是"新激进主义者"和"新左派分子"，她在对待越南、古巴、中国、波兰等国发生的政治事件上的态度显示了她批判强势集团和早期支持社会主义事业的政治立场。然而，对于欧洲共产主义运动的失望使她在80年代末发表了世人瞩目的"市政大厅的讲话"（Town Hall speech），也因此遭到了众多的非议。在桑塔格看来，欧洲的那场共产主义运动是否就像玛琳娜等人在加利福尼亚建立的乌托邦农场一样，是一场"根本没有认真考虑"过的"绝望的表演"（《在》，第217

页）？就这样，桑塔格将自己写进了小说，成了自己小说中的人物，参与了这场众声喧哗的对话。

乌托邦内部矛盾重重，集体公社不解而散，玛琳娜个人却在舞台上大放光彩。社会主义的理想和资本主义的实际，集体主义的依赖及互斗和个人主义的自我奋斗，一一形成对比。玛琳娜在美国东西两岸的舞台上奔波，在欧洲和新大陆之间来回走动，在两种文化中吸取营养。美国式的奋斗如同演戏一样，换一个名字，挂上面具，改变口音，重演名剧——生活永远可以重新开始。在美国这个大舞台，任何人都可以像创造角色一样重塑自己，只要勤奋加上运气好就能成功。回到祖国的那些波兰移民都是知识分子或贵族阶层，不是经济移民，到底是他们不能融入新的文化、还是美国的现实太残酷了？为什么他们满怀希望远道而来，却失望而归？玛琳娜靠演古典名剧，从茶花女到朱丽叶，从莎士比亚剧目到易卜生的《玩偶之家》，换取美国观众的廉价眼泪，她频繁地变换角色，到最后忘了自己是谁。虽然有评论说《在美国》是桑塔格一部带有自传性质的小说，而且在叙述过程中，桑塔格也用尽了各种人物对玛琳娜的赞誉来表明人们对她的喜爱，但是玛琳娜并非桑塔格理想艺术家的化身。玛琳娜所代表的波兰乃至所有后发的民族国家，通过自我殖民，改换名字，变更历史，对西方资本和文化的臣服和追赶显然是桑塔格所不赞成的。同样身为演员的艾德温·布斯在小说最后一章中通过独白的形式为美国的艺术和从欧洲大陆来到美国的艺术家玛琳娜作了评价："你愤怒的情绪在哪里？玛菱娜？[①]你一点儿都不让人感到危险，玛菱娜。你还没有接受自己的灾难。你还在玩弄它，跟它讨价还价。你出卖灵魂，玛菱娜。"（《在》，第409页）

米兰·昆德拉在谈到小说家的思考时说："思考一旦进入小说内部，就改变了本质：一种教条式的思想变得是假设性的了。"[②]这种假设性体现在小说家笔下的人物所处的特殊历史社会环境中。玛琳娜对于艺术的思考显然是桑塔格的，但是桑塔格在绝大多数时候都是以人物的口吻说话，思考人物的态度，发表人物看待事物的方式。这样的思考只有处在某个人物的情景（假设性）中，才是有意义的。正因为玛琳娜是歌剧艺术家，桑塔格才能恰当地融合她对于音乐、舞蹈和表演等艺术形式的看法。又因为玛琳娜从波兰移民美国，才使桑塔格有

---

① 小说中人物"玛琳娜"的美国名字。——作者注。
② 米兰·昆德拉：《小说的艺术》，董强译，上海译文出版社，2004年，第99页。

机会阐述欧洲艺术观和美国艺术观的巨大差异。也正因为玛琳娜身处 19 世纪末，20 世纪初，桑塔格才得以妙笔生花般展现那段宏伟的历史画卷，并用历史的眼光审视不同的艺术思想和观念。桑塔格的后两部小说的情节设置总的说来，都是为了展现她丰富的思想意识和深刻的文化思考，是思想性情节的典范。

小结

　　讲故事本来是小说之所以成为小说的基本因素。福斯特在评价司各特受到欧洲读者和小说家的广泛欢迎时说："司各特的声望是建立在一个名副其实的基本因素上。他会讲故事，他有使读者处于悬念中并挑起读者的好奇心的质朴能力。"①因此，小说的情节曾经是所有作家在写作之前都精心思考的问题。他们在写作的过程中不断在行为情节上设置悬念、矛盾和冲突，从而不断加强读者对小说的兴趣，使读者不断感到惊奇和满足。然而，自从意识流和荒诞派小说广为流传以来，故事则不再关心这类小说情节模式，性格情节和思想情节成了这类小说的主要关注对象。在桑塔格的前期小说中，外部世界不是她描绘的对象，情节主要体现在人物的意识流动之中，这种流动又因为意识的非秩序化而使行动情节具有了陌生化的效果。我们在读到《恩主》和《死亡之匣》时经常会因作者匪夷所思的情节安排而不知所措，人物的行动因此更具有夸张的"坎普"风格。桑塔格说："在质朴和纯粹的坎普中，基本的因素是严肃，一种失败的严肃。"②桑塔格极其严肃地安排希波赖特和迪迪的故事情节，正是体现了生活中这种失败者的严肃认真，虽然有些"离谱"，却不失天真。

　　同样的行动情节在桑塔格后期的两部小说中也是构架小说结构的基本因素，但是贯穿在其中的思想情节才是桑塔格着重渲染的主线。故事是老掉牙的故事，人物也是大家熟知的人物，连其中很多插曲都可以在历史文献中找到出处。这样看来，这两个故事在情节方面的过人之处主要源于它们思想性的发展。在一次采访中，桑塔格坦言《火山恋人》的四个篇章分别与人类四种气质相关，即多血质、胆汁质、粘液质和抑郁质。与之相对应的是四个篇章的四

① 文美惠选编：《司各特研究》，北京：外语教学与研究出版社，1998 年，第 133 页。

② 桑塔格：《关于"坎普"的札记》，选自《反对阐释》，程巍译，上海：上海译文出版社，2003 年，第 329 页。

个主题，即忧郁、血燥、淡漠和愤怒。①《在美国》的主题主要围绕艺术乌托邦主义在旧世界的环境中产生，又到新世界毁灭的过程，人物的生生死死、爱恨情仇等行动情节的因素，倒是其次了。

当代著名评论家迈克尔·伍德（Michael Wood）认为，当代的小说是自由主义和人性的，它专注于人类的行为和动机的复杂性。当代的故事并不希图展现故事的前因后果，因此并不专注故事的行动情节，"它并不天真地信仰经验，因为它通常多少都接受了本雅明的看法，即经验正在或已经凋零——它甚至质疑是否有可疑凋零的经验。但它相信智慧的碎片，相信谜语的价值，因而至少与对经验的梦想有着虽破碎但仍可辨认的联系。故事中没有忠告，只有暗示和直觉，这两者它是不会放弃的。"②暗示和直觉不可能用言语道出，因为一旦道出，便又会落入巢臼。正因如此，桑塔格呼吁静默，呼吁艺术的解放，呼吁艺术家通过艺术实现真正的自由。玛琳娜在加利福尼亚农场上拍照片时所意识到的正是如此："今天，在空虚惆怅之中摆弄姿态，故意要表现某种东西，这是为照相而逢场作戏。"（《在》第204页）

然而，不摆弄姿态，是个什么姿态呢？如同什么也没有的空间里也总还有一只正在观看的眼睛一样，静默也总是一种声音，很多种声音。无论文学作品试图以何种形式摆脱历史意识的牵绊，它终究还是要不可避免地成为历史的一部分。桑塔格在她的小说中选择了一种众声喧哗的形式，表达她渴望的、理想中的静默。她在《在美国》中重述了一个另一个时代的真实人物的故事，并把这个故事有机地镶嵌进现实。桑塔格显然不是为了通过这个故事重述女主人公对美国梦的追寻，也不是为了通过历史故事对现代人有所忠告，而在于其讲述故事的过程中体现出的智慧碎片和提供给读者不同于历史事实的个人感受。对于读者来说，这过程就如同一次次的旅行，而小说家，"是带你去旅行的人。穿越空间的旅行。穿越时间的旅行。小说家带领读者跃过一个豁口，使事情在无法前进的地方前进。"③

---

① 参见桑塔格：《苏珊·桑塔格文选》，陈耀成编，台北：一方出版有限公司，2002年，第58～60页。

② 迈克尔·伍德：《沉默之子》，顾钧译，北京：生活·讀书·新知三联书店，2003年，第4页。

③ 桑塔格：《同时》，黄灿然译。上海：上海译文出版社，2009年，第219页。

第五章

桑塔格小说人物观

关于人物在叙事文学中的地位，不同的历史时期曾有不同的看法。亚里士多德在对古希腊悲剧进行深入审视后认为悲剧六要素中最重要的是情节，是对事件的安排。"因为悲剧不是对人的描述，而是对人的行为、生活、快乐和烦恼的描述……如果在悲剧中没有行为，就不能称为悲剧，但如果没有性格，仍然不失为悲剧。"①可见，亚里士多德把"情节"放到了悲剧的首要地位，而把人物或人物的性格放到了从属的位置。仔细想来，13世纪之前的神话、史诗、戏剧、传奇和城市文学等确实都是以讲述情节为主的文学样式。埃斯库罗斯的《被缚的普罗米修斯》讲述普罗米修斯盗取天火的神话；索福克勒斯的《俄狄浦斯王》讲述俄狄浦斯弑父娶母的故事；欧里庇得斯的《美狄亚》讲述科尔喀斯公主美狄亚对伊阿宋由爱转恨到报复的过程。英国民族英雄史诗《贝奥武甫》讲述耶阿特族青年贝奥武甫为丹麦人消灭巨妖，以及为本族人勇斗火龙而牺牲的事迹。12世纪在欧洲出现的骑士传奇则通常讲述的是骑士为了爱情、荣誉和信仰而不惜冒险的经历。在这些叙事作品中，人物往往是作家借以连接、发展情节的手段，他们在作品中的意义不在于实现自身，而是完成某种功能。因此，总的说来，人物形象类型化、简单化的情形比较常见。

真正将人物提升为叙述主体的西方叙事文学应该从意大利诗人但丁（Dante Alighieri）算起。但丁在《神曲》中突出了作为主体的"我"的形象和地位。"我"在古罗马诗人维吉尔和女友贝亚特丽奇的带领之下，游历了地狱、炼狱和天堂，在游历的过程中与古代的先哲进行了广泛的探讨和大量的对话，彰显了"我"富于沉思的个性。在叙述中，但丁突出了人的主体地位，体现了中世纪末期"人"的自我觉醒。这种对人的主体地位的突显也是人文

---

① 亚里士多德、贺拉斯：《诗学·诗艺》，郝久新译，北京：九州出版社，2006年，第25页。

主义思想在叙事文学上的反映。莎士比亚（William Shakespeare）的戏剧《哈姆雷特》（Hamlet）中就有这样对人的称颂："人类是一件多么了不得的杰作！多么高贵的理性！多么伟大的力量！多么优美的仪表！多么文雅的举动！在行动上多么像一个天使！在智慧上多么像一个天神！宇宙的精华！万物的灵长！"①早期的西方小说中，人物形象丰满、个性鲜明的作品应首推塞万提斯（M. D. Cervantes）的《唐吉诃德》（Don Quixote）。小说的故事情节诚然令人玩味，但更让人过目不忘的却是主人公唐吉诃德独具特色的个性。他把铜盆当作头盔，把旅店当作城堡，把羊群当作军队，把风车当作巨人，不顾一切地与之搏斗，极大地张扬了人的个性。

历览西方叙事文学发展的历史，我们不难发现，人文主义理想和精神分析学的产生改变了叙事文学的模式，使叙事文学实现了从"叙事"到"写人"的转变，将言说的目的从叙述情节调整到了描写人物，给叙事文学增添了一股新的活力。但是，我们现在是否可以在人本主义的名义之下忽视叙事作品叙事的本体属性呢？俄国形式主义者首先提出了与人本主义者不同的见解。鲍里斯·托马舍夫斯基（B. Tomashevsky）就曾明确指出："主人公绝非故事的必要成分。故事作为由叙述因子构成的系统完全可以没有主人公及其性格描写。主人公是把故事材料构成情节这一过程的结果，他一方面是连贯叙述因子的手段，另一方面又是连贯叙述因子生动的、拟人化的细节印证。"②托马舍夫斯基还列举过这样一个例子：一个传教士到一个村子里布道，他对教民说，你们知道我要讲的是什么吗？教民们说不知道。传教士就说，你们不知道的东西，我就没有必要和你们讲了。第二次，他同样去问大家，教民们回答说知道。传教士说，既然你们知道了，那我就没有什么好讲的了。第三次，他还是那样问教民们，一部分教民说知道，另一部分教民说不知道。传教士说，那就让那些知道的人去给那些不知道的人讲好了。托马舍夫斯基认为，之所以需要这个主人公，不是为了要去展现这个人物的性格特征，而是为了使笑话得以形成。

俄国形式主义者将人物降到从属地位的看法，在法国结构主义者那里得到了进一步的发展。查特曼认为，"形式主义者和（一些）结构主义者与亚里士

---

① 莎士比亚：《莎士比亚全集》（第九卷），朱生豪译，北京：人民文学出版社，1978年，第49页。

② B. Tomashevsky, "Themantics," in L. Lemon & M. Reis, eds. Russian Formalist Criticism. Nebraska: University of Nebraska Press, 1965. p. 90.

多德惊人地一致。他们也认为人物是情节的产物，人物的地位是'功能性'的。"①在形式主义者和结构主义者眼里，作品是独立于现实世界的自足有机体，作品内部的结构规律和建构技巧才是叙事的核心，人物不过是"叙事结构的副产品，也就是说，是一个建构性质而不是心理性质的实体。"②普洛普在他著名的《民间故事形态学》中以人物的行动功能为基础，将作品中形形色色的人物归纳为七种：主人公、假主人公、坏人、魔法施予者、助人者、被寻求者（公主）和她的父亲、派遣者。他认为民间故事的基本单位不是人物，而是人物在故事中的行动或行为功能，只有人物的行动功能才具有实质的意义。③法国结构主义者布雷蒙（C. Bremond）在研究情节时注重情节发展的过程，不仅关注叙事作品中的行为功能，而且注意到了由功能组成的各种序列。他把人物看作是叙事序列的"施动者"，每个人物都是自己序列的主人公，但作用仅仅限于"施动"。④同样是法国的结构主义者托多洛夫把人物视为情节中的一个"叙述性名词"，在叙述句中充当语法主语，只有在和谓语（动词、形容词）结合时才会产生含义。换句话说，人物本身没有内在属性，在叙事作品中必须由情节赋予意义。⑤格雷马斯则把人物看作情节中各种对立关系的"行动者"：主体/客体，发送者/接受者，帮助者/反对者。他的这种模式以语义学为基础，认为每一种"行动者"都可以指代作品中一个或者数个人物（假如他们都具有同一个功能），同时，一个人物也可以充当一个或者数个"行动者"（如果这一人物被用来实施不同的功能）。⑥俄国形式主义和法国结构主义在论述作品结构时都回到了叙事文学的叙述本体，认为人物是叙述的附属产品。

伴随着这种叙事理论的出现，西方后现代主义小说也开始重视思索人物在

① Seymour Chatman, *Story and Discourse*: *Narrative Structure in Fiction and Film.* Ithaca and London: Cornell University Press, 1978. p. 111.
② V. Erlich, *Russian Formalism*: *History – Doctrine.* New Haven: Yale University Press, 1981. p. 241.
③ 转引自申丹：《叙述学与小说文体学研究》，北京：北京大学出版社，2004年，第62页。
④ 参见布雷蒙：《叙述可能之逻辑》，载于张寅德编选：《叙述学研究》，北京：中国社会科学出版社，1989年，第153~175页。
⑤ 参见托多洛夫：《〈十日谈〉的语法》，载于张寅德编选：《叙述学研究》，北京：中国社会科学出版社，1989年，第179~184页。
⑥ A. J. 格雷马斯：《论意义——符号学论文集》（下），冯学俊、吴泓缈译，天津：百花文艺出版社，2005年，第54、55页。

作品中的地位。一些小说家在叙事的策略上做了许多有益的尝试，他们在人物塑造的过程中，或直言不讳地说明，或留下痕迹暗示这种人物塑造的本质。约翰·福尔斯（John Fowles）的《法国中尉的女人》（*The French Lieutenant's Woman*, 1969），前十二章以传统手法塑造了莎娜这个女人，但在第十二章结尾处，叙述人（即作者）突然问道："莎娜是谁?""她从哪个暗角落里来的?"接着在第十三章开头答道："我不知道。我现在讲的故事全是想象。我创造的这些人物从未存于我大脑之外。"①毫无疑问，这一问一答从根本上否定了莎娜的存在，从而也否定了人物的传统属性。读者不再能够与人物达成一致，人物不在现实里，他只存在于作者头脑中。在一些后现代小说中，人物直接借用先前某一小说对某一人物的描写（方式或口吻）来塑造此小说的某一人物，或借用先前小说中的人物名称，如巴赛尔姆（Donald Barthelme）的《白雪公主》（*Snow White*, 1967）借用神话《白雪公主》中的白雪；或借用历史（或现实中）人物，如库弗（Robert Lowell Coover）的《公众的怒火》（*Public Burning*, 1977）中对尼克松这一人物的借用。这种借用，实际上是将文化或历史的痕迹放置在一个新的语境，它好比旧瓶装新酒，名字依旧，可意义已经今非昔比。白雪公主也好，尼克松也罢，他们原有的文化内涵在新的语境下构成了对原有名字的反讽。曾经主导现实主义和现代主义小说人物的肖像、性格、心理甚至思想此时都已经销声匿迹，"个人已变成了匿名。"②人物赖以存在的语言世界都已经成了不确定的存在，人物顶多也就是这个虚构世界中不可企及的碎片。

与以上几种观点都有所不同的是英国当代著名批评家弗兰克·克莫德（Frank Kermode）在他的《秘密的产生》（*The Genesis of Secrecy*, 1979）一书中对人物和情节的关系所作的论证。他认为人物和情节无所谓孰高孰低，而是互为动力。如在论述情节如何导致人物的产生时，他说：

> 原始的"行动"既然是一连串的动作，那么就必须有"施动者"。行动或者情节一旦展开，这些施动者就必然会超越他们原来的

---

① 参见约翰·福尔斯：《法国中尉的女人》，陈安全译，上海：上海译文出版社，2003 年。

② Scott Sanders, "The Disappearance of Character" in Patrick Parrinder, ed. *Science Fiction: A Critical Guide*. London: Longman, 1979. p. 132.

类型和功能，必然不再会满足于仅仅充当英雄或反对者的角色，他们会形成自己的特异性，会有自己专有的名字。故事变得越复杂——离最初的计划越远——这些施动者就越要偏离类型，看上去就越像"人物"。①

同样地，在论述到人物对情节的驱动作用时，他说：

> 我们同样看到，那些施动者的雏形一旦形成，就会有一个更深入了解他们的需求，而这一需求又会产生新的叙事需求。增多了的叙事使人物越来越多地脱离类型的约束——他们从仅仅完成施动者的功能这一定式中获得了解放。就这样，他们会接二连三地提出更多的叙事要求。如果不是外部力量使写作过程停止，我们很可能会得到一个看起来复杂、情节上又没完没了的故事结构。②

在人物分类上，各家评述不一。普洛普让人物从属于行动区域，并根据表现的不同角色将人物分成七种。然而叙事作品中人物可以服从种种取代法则，即使在作品内部，同一个形象也可以扮演不同的人物。福斯特又在《小说面面观》中根据人物性格有无多面化和发展变化将小说中的人物大致分为两类，即"扁平人物"与"圆形人物"。所谓"扁平人物"就是指作者围绕着一个概念或特性塑造出来的人物，是"能够用一句话来完全概括"的单一性格人物；而"圆形人物"是指那些复杂的、具有多重性格的人物形象，不能用一句话来概括。扁平人物属于平面的，意识中有一个主导的线牵引着，类似于"气质"、脸谱、类型，这样的人物在行动过程中并不发展，因此更容易被读者识别，而且更容易被记住。在小说中，故事性、情节性、戏剧性、巧合性容易产生扁平人物，带有更多的喜剧色彩。而圆形人物具有悲剧色彩，以人物的性格为中心，随着人物的心理活动而发展。圆形人物性格复杂、多面、立体、多维，性格呈现发展过程，而不是像扁平人物那样没有变化的性格。总的来

---

① Frank Kermode, *The Genesis of Secrecy*, Cambridge, Massachusetts and London: Harvard University Press, 1979. p. 77.

② Ibid. , p. 79.

看，形式主义和结构主义的人物观主要是强调人物行动上的功能性，而传统的人物观则更注重人物的心理和性格。

米克·巴尔（Mieke Bal）在进行人物理论的建设之时，曾颇有感慨地写道："人物类似于人。文学是由人而写，为人所写与写人的。这成了老生常谈，往往被人淡忘，同时它又那样令人疑惑难解，因而同样会使人避而不谈。另一方面，文学中所涉及到的人又不是真实的人。它们是摹仿、想象与虚构的创造物：没有血肉的纸人。可能正是由于人的这一特定方面，没有一个人成功地建立起完整的、合乎逻辑的人物理论。"①可见，人物理论的构建的确不是一件容易的事，而且"无论如何不能解决我们的所有问题"。以下就试图运用詹姆斯·费伦（James Phelan）在《阅读人物，阅读情节》（*Reading People*，*Reading Plots*，1989）一书将人物分为"虚构性"（synthetic）（人物是虚构的）、"模仿性"（mimetic）（人物像真人）和"主题性"（themantic）（人物为表达主题服务）的模式分析桑塔格不同时期作品的人物特征。

第一节　虚构性人物

桑塔格创作的小说不多，人物也同样有限。虽然桑塔格本人很少评论她笔下的人物，更少谈论关于小说人物的理论，但是综观她四部长篇小说中的主要人物，我们很容易就会注意到桑塔格在刻画这些人物时笔法的不同。五十年代小说的保守形式主要反映在索尔·贝娄（Saul Bellow）关于"现实主义仍是伟大的文学突破"的评论中，这一保守和内向的特征在六十年代初期受到了一批激进的小说家的反驳，桑塔格就是其中的一位。他们不再试图创造所谓典型的、丰满的人物形象，而是正好相反。黑色幽默和荒诞派中的反典型形象以及当时刚刚兴起的后现代小说中的符号化形象都是这样的代表。在《恩主》和《死亡之匣》中，我们看到的人物都是生活中罕见的人物。他们行为怪异，作者几乎没有提供什么实指性的表征，有时我们甚至无法分辨所发生的事孰真孰假。这样的人物，不是直接从现实中走来，而是作家虚构出来的客体，是作者传达某种理念的符号。

---

① 米克·巴尔：《叙述学——叙事理论导论》，谭君强译，北京：中国社会科学出版社，2003年，第135页。

　　无论从哪个角度看，希波赖特都不能算作是一个有着现实原型的人物。19世纪现实主义小说中的人物总是由一定的时间、空间和价值体系构建，并且随情节的发展而成长变化。但是希波赖特所处的时间和空间不很明确，我们只能从文中的叙述大致推断他生活在 20 世纪中叶的欧洲某个省会城市。我们对他的外表几乎一无所知，对他的童年也只能通过他简单的介绍略知一二。我们不知道他生活的环境，对他的个性也无从了解。在《恩主》中，桑塔格向我们描绘的是一个虚构的人，是一个实验性的自我，而不是对真人的模仿。她也不是在描写某个人、某类人或者某个阶层的人，而是在展现一种存在的姿态。这种存在不以存在实体的姓名、住址、职业和阶层为标志，也不受它们的约束，是一种绝对意义上的精神符号。希波赖特当然需要虚构，就如同中国古典小说《西游记》中的人物一样。孙悟空或者猪八戒作为活生生的人物几乎是不可想象的，但是哪个人物会比他们更生动？希波赖特是黑发还是金发？住的是公寓还是别墅？这些对于故事的发展，主题的展现都无关紧要。正如希波赖特所建议我们的："我现在与我的回忆为伴，生活比较安稳，也不奢望得到任何人的安慰。你能把我想象成这个样子，就够了。同样，你如果能把我想象成一名作家，在记录年轻时代的自我，并能接受我已经变了，不同于以前了这一点，也就够了。"（《恩》，第 11 页）桑塔格这样告诉读者，并希望读者发挥想象。如此，一个虚构的人物诞生了。

　　希波赖特的虚构性还体现在他在小说过程中体现的功能上。费伦在论述到人物的虚构性时说："虚构性的根深蒂固使它有别于模仿性和主题性：在虚构性这一范畴，特点总是构成功能。虚构性特点总是会在作品的建构中起某种作用，因此本身就是虚构功能。"①桑塔格通过希波赖特这个人物完全不是要给我们讲述关于一个人物的故事，也并非要描述他的性格和他的命运，她要我们看到一种存在的状态，一种把大理石雕琢成雕像后的状态。因此希波赖特在小说中的行动围绕这一主题，不断做梦，然后不断释梦。他按照梦里的方式生活，结果把梦和生活完全混淆。这就像卡夫卡的小说《变形记》中，主人公突然在一天早上醒来后发现自己变成了甲壳虫一样，人物的特点是虚构的，同时功能也是虚构的，为的是承载作者想要传达的主题。

　　虽然作者有自己的目的，但桑塔格并不要求读者与她认同。桑塔格在论述

---

　　① James Phelan, *Reading People*, *Reading Plots*. Chicago：University of Chicago Press，1989. p. 90.

戈达尔的影片时说；"正如戈达尔在《阿尔法城》开场时所说的那样，'生活中有些东西太过复杂，难以言状；于是人们就通过虚构的小说来表现它们，把它们描绘为生活的共性。'然而，共性也就意味着千篇一律、过于简单，这又需要借助具体而模糊的文字加以纠正。"①在《恩主》中，桑塔格所做的正是如此。叙述者一方面详细叙述自己在"精神的旅途"中的所见、所闻、所感，一方面又不断提醒读者不要对他所写的东西信以为真，因为连他自己都不知道到底发生的事情孰真孰假。在希波赖特还没有叙述自己年轻时候的梦之前，他就反复告诫过："我描述自己这一生，并非认为它对别人有示范作用。它是我的，我所走过的道路，我所找到的确定性不可能适合我以外的任何人。……我生活中的教训只是我个人的教训，仅适合我自己，也只能由我独自吸取。……读者应该是自由的，他有权发表与作者相左的意见，也有权做出其他选择。因此，要是我试图说服读者接受我的观点，那是不合适的。"（《恩》，第8、10页）经验的个体性决定了我们在讨论真相的时候必须面对自己，而不是生活中的他人，或者作品中所谓的"典型"。桑塔格有意选取希波赖特这样非常不典型的人物，用意就在于破除关于"典型"的神话，使个体经验凸现，让读者在人物的身上找不到认同感。关于这一点，桑塔格与传统的小说家可谓相去甚远。

　　法国的福楼拜主张小说家应像科学家那样实事求是，要通过实地考察进行准确地描写。同时，他还提倡"客观而无动于衷"的创作理论，反对小说家在作品中表现自己。在刚刚写完《包法利夫人》的第一章之后，他就将手稿读给朋友们听，但是却遭到了一致的批评。在朋友们看来，他花费了大量笔墨去描写一顶帽子简直叫人无法忍受。福楼拜把对帽子的描写延伸到了对现实世界的描摹：帽子只是现实生活中的一个片段，就像生活中无数其他片段一样，没有逻辑性，没有因果相承、悲欢离合的戏剧性，只有偶然的、松散的事实在生活中的累加。桑塔格所要表现的也是偶然性和因果不相承的非逻辑性，但是她完全撇开了福楼拜的那套模仿的现实主义原则，把人物和故事的虚构性和盘托出，倒是省了读者很多猜测的力气。

　　让读者不断猜测的是桑塔格的下一本小说《死亡之匣》。与主人公迪迪一样，读者也在小说的进程中寻找真相：到底迪迪杀过人没有？到底他在火车停

---

　　① 桑塔格：《激进意志的样式》，何宁等译，上海：上海译文出版社，2007年，第199页。

在隧道之中的时候下过车没有？到底他自杀成功了没有？与《恩主》相比，这部小说倒是充满了戏剧性，人物也更加有个性，主人公甚至有了职业、住所及童年。但是迪迪这一人物的虚构性同样鲜明，首先就表现在他的虚构性功能上。费伦认为："在有的小说中，人物特点未能构成一个貌似真实的人物形象，譬如斯威夫特（Jonathan Swift）创造的格列佛，又如刻意破坏模仿幻觉的现代作品中的某些人物。这样的人物具有模仿性特点，却没有模仿性功能。"[①]迪迪虽然具备现实生活人物的外在特征，但是他的行为和故事情节所揭示的人物状况却明明说明他是个虚构性的人物。火车在隧道中停靠的时候，叙述者详细描述了迪迪如何下车，如何与修路工人发生争执，最后如何把修路工人打死（至少是打昏）在铁轨上。可是上车后，盲女赫斯特却肯定地说他根本就不曾下过车。那么下车及杀人难道只是迪迪的想象？还是桑塔格通过叙述者让读者进行的想象？可能两者都有。从更大的一个层次看，迪迪自杀后曾被推进医院，躺在担架上被一个穿白衣白裤的年轻黑人洗胃，"出院"后他又反复经历这样的瞬间，如在他等候英卡多纳葬礼时，他就幻想有一天人们会对英卡多纳的尸体进行解剖。这场景在他的想象中十分清晰，他甚至闻到了解剖室里的气味，看到了长长的钢台，大大小小的瓶子和泡在瓶子里的人体组织，然后一个身上散发着呕吐物气味穿白衣白裤的黑人用一架带轮子的担架将尸体推了进来。又如在小说接近尾声之时，迪迪来到死亡隧道，看到了各种各样的房间堆满了各种各样的尸体。他又一次看到了那个穿白衣白裤的黑人，推着一辆病床车来到他身边，身上散发着呕吐物的气味。迪迪到底死了没有？躺在床上的到底是谁？是谁在看在思维？桑塔格如此安排这样重要的一个情节，显然是希望读者意识到所有发生过的事其实根本就是迪迪临死前意识深处的一种经历，是迪迪的虚构，更是作者的虚构。

昆德拉曾说："在小说之外，人处于确证的领域：所有人对自己说的话确信无疑，不管是一个政治家，一个哲学家，还是一个看门人。在小说的领地，人并不确证，这是一个游戏与假设的领地。"[②]在《死亡之匣》中，桑塔格用极其严肃的笔法向我们介绍这个游戏，让人掩了卷却笑不出来。迪迪是个平常人，连他自己都觉得好像并没有活在世上。有些人就是生命本身，另外一些人

---

① James Phelan, *Reading People, Reading Plots*. Chicago：University of Chicago Press, 1989. P. 11.

② 米兰·昆德拉：《小说的艺术》，董强译，上海：上海译文出版社，2004 年，第 97 页。

却只是有生命而已，就像迪迪，寄居在自己的生命里，生活得虚无缥缈。可是他并不希望仅仅有生命而已，他希望真正活着。日子越来越松散，"浑浊的液体仍在不断蒸发，相互连结的生命纤维失去滋养。死去了。剩下的只是些武断的、令人费解的东西。包括人类的语言，也沦为毫无意义的发音了。"（《死》，第3页）生命正在枯竭，人的感觉也正在被销蚀。为了证明这种感觉还在，迪迪实施了自杀。但是他感觉自己又被救活了："三天之后，迪迪出院了，掉了20磅。预谋自杀的名单上都是那些知道自己不过是生命的看护人或者租用者之辈。意识到自己有条命就会受到放弃这条命的诱惑。"（《死》，第6、7页）但是迪迪真是受到死亡的诱惑了吗？还是厌倦了寄居在生命里的状态？回过头再看小说的开头，才知道迪迪其实一直希望真正活着。他希望被人看见。死亡前的意识经历中，他下了车，杀了人，可是对生命的感觉却复活了。"恐惧使他的喉咙隐隐作痛。装硬汉子的念头取代了恐惧。……一种被放逐的感觉压倒了装硬汉子的念头。……回首往事，有种比怀旧强烈得多的情感油然而生。她带着一种痛楚的向往回望渐渐远去的岁月。……恐惧又盖过了被放逐的痛楚。……负罪感又取代了恐惧。……更大的恐惧压倒了负罪感。……迪迪在被害的工人尸体旁边能站多长时间？没有长到将所有的感觉都感觉完。"（《死》，第24~26页）他人的死亡使自己再生，这是迪迪从未想到过的。但是当他重返火车，事情却像从未发生过一样，迪迪又恢复了从前虽生犹死的状态。于是他想尽一切办法求证，希望有人认可他曾经做过的事，认可他存在的事实。可是事实到底是什么呢？迪迪到医院里探望赫斯特后，在自己的旅馆里做了一个梦，梦见自己又回到了火车上，给火车上遇到的两个人讲述关于贝壳的学问，并把一只漂亮的贝壳贬斥得一文不值。当那两个人出于厌恶把贝壳扔出窗外时，迪迪又突然觉得自己太卑鄙，用谎言诽谤了美丽的东西。但是真相真的存在吗？还是仅仅存在于人们对真相的认识和解读中？桑塔格用比喻来解释比喻，最后以寓言和虚构的形式还我们一个结结实实的真相，如同卡夫卡笔下的主人公一样。《城堡》的土地测量员 K 接受邀请前来城堡工作，却得知城堡根本不需要一个土地测量员，对他的邀请是多年前的一次失误。因此，整部小说可以概括为 K 为能够进入城堡获得居住权所作的一场绝望的斗争。与 K 类似的迪迪也为了自己的存在作了拼命的挣扎，而且还挣扎得煞有其事，直到最后我们才这道这些斗争与挣扎都无济于事。这就是桑塔格的这个游戏中最精彩的部分，我们在读完全书之前根本就不知道它是个游戏。正如前面提到的，人物看起来是现实人物，情节也充满戏剧性和表面的逻辑性。这种逻辑性看起来建立在现实主义的原则上，但如果我们依据日常生活的逻辑一步步推理，就会走进一个巨大的怪圈。不单是迪迪有很多问题没有解决，就连读者也在叙述者的引领下摸不着头脑。

迪迪的故事是根据他死前的幻觉而进行的叙述，这种幻觉叙事的技巧由许多优秀的小说家成功运用过。根据弗洛伊德的理论，无意识和意识有着本质的区别。在内容上，无意识表达的是本我，而意识表达的是超我；在表达形式上，无意识必须经过伪装，并且只在审查制度放松的时候才能够被感知，而意识则不需要伪装，可以随时被感知。弗洛伊德认为，无意识在梦、幻觉和白日梦（创作）中最容易显现，并根据梦的表现形式将梦分为两类：概念式的梦和幻觉式的梦。①在幻觉式的梦中，精神内容大多转为视觉形象。在詹姆斯·乔伊斯（James Joyce）的《尤利西斯》（*Ulysses*，1922）中，摩莉半梦半醒之间那段著名的内心独白就可以被看作是这种幻觉式梦的代表，它体现了一种非理性、无逻辑的无意识心理状态。另外，这部小说中随处可见的自由联想也是意识流小说特有的叙述模式，它打破了传统小说紧扣中心的原则，让叙述随人物的记忆和联想离开当前发生的事件而随意延伸。这种自由联想不仅使人物内心的描写更接近意识，而不是思想，因此使人物获得了前所未有的丰满性和自由度，容纳了更多潜在的意义。现代英国著名的意识流小说家弗吉尼亚·伍尔夫在《论现代小说》一文中也认为小说家应该关注表面现象之下的心理真实，强调生活在小说家意识里留下的个人印象。在她看来，"现实"主要指现实生活在人的大脑里留下的印象，一件从表面看似微不足道的小事可以在意识深处留下一个印迹并由此扩展为连接过去、现在与未来的一个时空，因此，她认为，小说家应该"仔细观察平常日子里一位普通人在某一时刻的心理活动。一个人的大脑接受着无数个印象——微不足道的、稀奇古怪的、转眼即逝的，或者像钢刀镂刻在脑海里的……因为生活不是一连串左右对称的马车车灯，而是一圈光晕、一个始终包围着我们意识的半透明层。把这种变化的、未知的、无边际的精神传递给读者，这难道不是小说家的任务吗？"②

---

① 弗洛伊德：《梦的解析》，赖其万等译，北京：作家出版社，1986 年，第 433 页。

② 弗吉尼亚·伍尔夫：《论现代小说》，赵少民译，选自崔道怡等人主编《"冰山"理论：对话与潜对话》（下册），北京：工人出版社，1987 年，第 616～617 页，译文依据原文略有改动。

很显然，桑塔格几乎超额完成了这个任务。希波赖特和迪迪都是作家虚构的人物，实施的也都是虚构的功能，但这并不妨碍桑塔格阐述主题的真实性。即便我们不把那称作真理，至少对于她虚构出的人物来说，这些东西曾经存在。希波赖特给我们讲述他一生的故事之前就告诉我们了：

> 真相总是大家讲出来的东西，而不是大家知道的东西。要是没有人说出真相、写下真相，就不会有关于什么事的真相了。有的只是存在之物。它们只是我的生活、我的痴迷。如此而已。但我在专心写作，在鼓起勇气，把我自己的生活移植到这本书里来的过程中，我担当着说真话的重任。（《恩》，第 10 页）

无论人物是否虚构，桑塔格在这两部小说里展现的关于人类存在状况的真相，着实让很多人大吃一惊。她的人物不是我们惯常见到的那种，思维也不是我们经常能理解的那类，但借助这些人物，桑塔格说出了我们人类在这个时代的境遇。

第二节　主题性人物

斗转星移，当后现代的作品充斥文坛，各种名目的理念鱼目混珠之时，桑塔格反倒走上了"回归"的道路。《火山恋人》和《在美国》的人物都是历史上的真实人物，所发生的事件也大多数有迹可寻。说他们是虚构的显然与事实不符，说他们是模仿的也不能概括桑塔格对人物塑造的初衷。除了在真实人物的基础上添加的一些虚构外，桑塔格在这两部小说里所做的，无非是赋予了人物更多主题性的表现。有评论说，她在为别人撰写评传的时候，分明是用另一种形式为自己画像，"关于本雅明的所有评价差不多都可以理解成桑塔格的自画像——包括她说他的句子读起来既像开头又像结尾。"[1]对她后期作品中人物特征的理解也可以从这里略有领会。桑塔格在她笔下人物的身上赋予了比历史人物大得多的主题，难怪在面对指责她抄袭历史文件的评论时，她几乎不予

---

[1]　Carl Rollyson & Lisa Paddock, *Susan Sontag: The Making of an Icon*, New York: W. W. Norton & Company, 2000. p. 215.

理会。

卡勒在《结构主义诗学》中谈到:"意义的规则"即我们在"所读的诗中了解人类及与其所生活的宇宙之间的关系,了解诗人所持的态度。"费伦在论述到主题性人物时,就引用卡勒的话说明主题性人物其实是一种"典型人物,代表了一类人。"①可以说,古往今来,众多的小说家在自己的作品中试图通过某一个特定的人物形象表现一个群体或阶级,或者通过人物的某一特征体现人类身上共同的弱点。卡夫卡笔下的 K 虽然无名无姓,却是现代社会中每一个人的象征。他四处碰壁却又迷惑不解,希望达到自己的目标却最终徒劳无益。卡夫卡的人物虽然读起来荒诞不经,处处流露出虚构的痕迹,但却是典型的主题性人物,是那些处于宪兵国家的官僚体制罗网中的悲惨人物的缩影。又如乔伊斯笔下的布鲁姆、海明威笔下的巴恩斯、福楼拜笔下的包法利夫人等等。这些人物来源于社会历史,但是又有别于社会历史中的一般人物,具有与众不同的个性和信念。要理解这些人物,就需要了解人类社会普遍的意识和历史状态,了解人物内心那些朦胧隐秘的动机,窥察每个人身上存在的矛盾和斗争。

桑塔格在后期的两部小说中描绘的人物与前期作品截然不同,虚构的成分少了许多,相应地增加了社会、历史和艺术主题的含量。她在评论格兰维·韦斯科特(Glenway Wescott)的随笔中说:"过去人们常认为谈论自己是不得体的:经典的自传和经典的伪装成某人回忆录的小说都在开始时为做如此自我中心的事情提供一些情有可原的理由。既使在当今时代,在自我中心几乎不需要辩护的时代,一本自我审视的书,一部以个人回忆录为形式的小说,仍然要求有解释来证明自己这样做是正确的。"②她认为自己过去的作品就是这样的一种伪装,但是说到底,写别人,就是写伪装了的自己,桑塔格在后两部小说中用实践告诉我们:人物不再只是空中突然飞来的符号,而是有背景、有思想、有性格、有变化的现实人物,承担着自己为他们设定的主题。

首先,这两部作品都是建立在历史真实史料基础上的虚构故事,前文曾对这一特点进行过介绍。说它们是虚构故事并不是说这些故事是不真实的——有可能它们全都曾经发生过——而在于作者在这些叙事作品中所运用的叙事方式

---

① James Phelan, *Reading People, Reading Plots*. Chicago: University of Chicago Press, 1989. p. 3.

② 桑塔格:《重点所在》,选自《重点所在》,陶洁译,上海:上海译文出版社,2004 年,第 21~22 页。

和技巧。《火山恋人》中的爵士在历史上被大多数史家仅仅描述成一个被戴了绿帽子的丈夫，而在桑塔格的笔下，汉密尔顿爵士是个外交家、收藏家、业余科学家，还是一个温文尔雅的鉴赏家。在谈到这部小说的创作时，桑塔格谈到："小说实际上是从他（汉密尔顿）开始的，始于他的热情、他的渴望。"①虽然小说最后似乎仍然由埃玛做了主角，但桑塔格对汉密尔顿这一人物所倾注的热情和心血则使读者看到了别开生面的一个外交官，与历史书上读到的人物截然不同。显然，桑塔格在爵士身上赋予了自己关注并认可的主题，用评论家加布里埃尔·安南的话说，"它更是一个道德故事，是对很多不同主题的思考……旅游、忧郁、肖像绘画、讲笑话、艺术中新古典主义与现代理想化的对峙、伟大这一概念的变化、对女人态度的变化、环境污染、表演的性质、反讽、革命、暴民、自由知识分子以及他们如何不懂得大众，还有收藏。"②这些主题不见得是真实的汉密尔顿真正关心的，但却是桑塔格极为关注的。

又如，《火山恋人》乍看是以写爵士为主的，所谓"火山恋人"也是指爵士，但是在后半部，埃玛却占据了叙述者和读者的大部分视线。虽然她在那个以男性为主体的社会里不过是不同男人的玩物，最多也就是爵士众多收藏品中的一个，但桑塔格在埃玛身上倾注的热情丝毫不亚于爵士。最初的埃玛美丽、聪颖、不谙世事，为了生存而在不同的男人世界里周旋。她以一种异常天真的态度对待自己的美丽和男人们对她的殷勤，反衬出她毫无保留的纯真。但是她终不能逃脱时代和命运的束缚，终老于疾病、贫困和别人的唾弃声中，临死前都不能与自己的亲生女儿相认，恐因自己的名声毁了女儿对美好生活的向往，因此只是让她记住自己英雄的父亲。桑塔格从不试图在自己的作品中控诉什么，但是读者此刻体会到的则比控诉更凄凉、更悲切。

《在美国》中，玛琳娜的故事基本属实，包括她在加利福尼亚创办"大同社区"、与小说家的恋爱故事、在美国舞台上所取得的巨大成功等，都是与史书记载相吻合的。有评论家因此对她提出了"抄袭"的责难。事实上，历史小说之有别于历史，重要的不是事实是否真实，而在于作者对史实的处理方式和叙事技巧，这一点前文已经提及。桑塔格在玛琳娜身上所赋予的人物气质和

---

① Paula Span, "Susan Sontag, Hot at Last", in Leland Poague (ed.) *Conversation with Susan Sontag*, Jackson: University Press of Mississippi, 1995. p. 263.

② Annan, Gabriele. "A Moral Tale", in *New York Review of Books*, vol. 39, No. 14, August 13, 1992. p. 3.

关于艺术的理念显然都是桑塔格自己的。"照相机式的复制决不是真实，这样的人物既缺乏特殊性，又缺乏普遍性。当作家对人物进行形象化的描绘时，尽管对真实人物的照相机式的复制对作家可能有用，但我们实际上却不能把这样的人物写进小说。"①桑塔格对玛琳娜周围的亲人朋友进行了选取，决定了他们的出场方式，安排了他们说话的内容，给予了他们各自不同的性格和风格化了的肖像，因此才使小说具有了远远超过历史事实的意义，使人物能够在史书之外具有永恒的魅力。

其次，桑塔格在这两部小说中使用的"评论"（commentary）也使小说人物的主题性更加鲜明。在《故事与话语》中，查特曼从"故事"和"话语"两个层次总结了评论的种类。他认为，在"故事"层面上，评论可分为"解释"（interpretation）、"判断"（judgment）和"概述"（generalization）三种形式，而在"话语"层面上的评论（commentary on the discourse）则在近几个世纪来十分兴盛。②《火山恋人》和《在美国》通篇充满了这种貌似武断、实际上更加能凸现主题性的评论，从而使现代的读者更容易进入过去人物的内心世界。《火山恋人》是以一个在跳蚤市场中筛选宝贝的现代人的眼光来记录的，这个跳蚤市场显然就是历史，这个挑选宝贝的现代人显然就是审视历史并希望从中洞察世事的桑塔格本人。她在故事开始时就奠定了自己作为故事讲述人的身份和作用：观察、思考、理解正在发生的事。这个"四十二岁的尖脸高个子男人"是谁？那个尾随在他身后年纪只有他一半的年轻人又是谁？很快，她就对他们的身份、性格作了不容置疑的概括性评价。"在我们的眼里，他的外表是过时而朴素的。……他似乎有点冷漠吧？……他有一个驻外外交官的职位，即使这个职位不是第一流的，可也算是重要的。……他对一切都感兴趣。……他们两人一个孤芳自赏，一个愤世嫉俗；一个体弱多病，一个健壮如牛；一个温和，另一个忘记了应该温和。"（《火》，第11～15页）

对爵士的判断性评价在文中更是俯拾皆是，融入了桑塔格对当时的人和事物的思考和理解。"他是一个天生的老师和解释者，还是后天学成的，尚不得而知，因为他周围的人都比他年轻，很少有人像他那样有素养。……他常常显

① 利昂·塞米利安：《现代小说美学》，宋协立译，西安：陕西人民出版社，1987年，第145页。
② Seymour Chatman, *Story and Discourse*: *Narrative Structure in Fiction and Film*. Ithaca：Cornell University Press，1978. pp. 228～253.

得关心年轻人，喜欢帮助他们增长才干，不管是哪一方面的才干；他也帮助他们自立。他像叔叔而不像父母——他从未想要孩子。他关心人，甚至有责任心，而且对谁都不提出过分的要求。"（《火》，第21页）对文本世界中的人物给予这样的判断虽然在形式上显得霸道，但却大大地加强了读者对人物的最初的理解，使人物的主题性得以凸显。

在少数几处提到爵士的外甥查尔斯之处，桑塔格也没忘给予适时的评价："查尔斯不仅仅是要为自己甩掉包袱，而且是要让舅父欠他的人情；他希望阻止舅父续弦安度晚年的可能性，否则查尔斯可能很快会发现，他已经不是舅父的继承人了。……查尔斯真聪明。……你拿她做什么都行，查尔斯说，我可以保证，这块料不错。……查尔斯真是一个卑鄙小人。"（《火》，第112～114页）这里，桑塔格不仅仅对查尔斯的行为进行了解释，而且对他卑鄙的行为给予了评价，使讲述人的"权威"地位进一步确立，同时也使被评价人物更加主题鲜明地映在读者的脑海之中。

查特曼认为，"话语评论"有时会影响小说的虚构性，而有时对小说的虚构性则完全不产生任何影响。①这种不时对文本的形成和发展进行的话语评论在桑塔格的《在美国》中使用得更加直接。桑塔格用大量的篇幅叙述了一个现代人如何躲在19世纪波兰的一家宾馆里偷听人物的对话，然后如何确定人物的身份，给与他们不同的性格特征，甚至如何为他们命名。在故事的开展过程中，她不断插话，对所发生的事件给予超越时空的评价。桑塔格以个人权威性的直言判断给出她人物的背景信息，虽然少了很多悬念，也缺乏戏剧性，但是在表现人物主题方面却显得非常直接。她在这两部小说里扮演的是一个旁观者或目睹者的角色，希望读者不仅看到一些人物和事件，更重要的是，看到她本人对这些人物和事件的态度和理解。这个故事讲述人在故事时间与叙事时间之间来回穿梭，用"自我"的声音随意打断故事，自由穿行于历史与现实之间。故事本身虽然没有什么玄机，但桑塔格用话语性评论的形式融入人物内心活动的大量段落则使故事更具思想性。

小说中关于作家里夏德的几处直接描写是桑塔格对于写作主题的直接叙说。玛琳娜和她的随行人员到达加利福尼亚之后，里夏德开始不间断地进行创

---

① Seymour Chatman, *Story and Discourse*: *Narrative Structure in Fiction and Film*. Ithaca: Cornell University Press, 1978. p. 253.

作。有一次，他们进行了一次关于写作的讨论。波格丹认为作家不应该回避悲剧性的结局，因为只有悲剧的结局才会使故事看起来更真实。然而里夏德却并不认同。"别让我这个梦想家承担太多的责任！你们以为我安排的结局就会改变这两个可怜人的命运？"（《在》，第177页）里夏德对于自己安排的故事结尾并不遗憾，因为"如果作家完全按事实描述，甚至连结尾都不能做一些改动，那么，把真实事件改编成故事又有什么意义呢？"（《在》，第178页）显然，这里桑塔格加进了自己对于小说真实性的看法。在一次接受采访时，桑塔格说她一直对将叙述（narrative）和批评性论述（essay）相结合的虚构作品感兴趣。"如亨利·詹姆斯所说，一部小说就是一个'肥大的怪物'（'baggy monster'）。你可以在小说当中加进批评的成分；在19世纪，这种做法十分常见。巴尔扎克会在小说写作过程中以社会学的视角描写一个地点或一种职业；托尔斯泰会讨论历史的观念。"①桑塔格通过她的人物融进了自己关于作家、关于写作的评论，从而使人物的主题性更加鲜明。

　　另外，在描写人物形象方面，桑塔格以突出人物内心世界见长。通常，一个人物出场时，对她/他的外貌描写几乎都是寥寥数笔，简单带过，有时甚至读到最后，我们也不知此人的高矮胖瘦、发肤颜色。虽然这样写有时会妨碍我们在头脑中形成一个可见的形象，但是桑塔格在描写人物内心世界时的细腻和详实则大大弥补了这方面的不足。《火山恋人》和《在美国》的风格不是朦胧的，虽然间或有些晦涩，但是桑塔格以具体的形象对人物进行描绘，配以她汩汩流出的思想，使人物更具主题性。例如，爵士作为一个鉴赏家、收藏家的内心活动，经常直接见诸于桑塔格的笔端：

　　　　当你搜寻到一样东西的时候，你的心会颤抖。可你什么也不说。你不想让现在的主人知道这东西对你的价值；你不希望卖主抬价或决定不卖。所以你想保持冷静，你看看别的东西，再往前走或干脆走开，说你一会儿再回来。你像演戏一样使人觉得你没有多大兴趣，但不要过分；你动了心，对，甚至受到了诱惑；但并没有被征服，也没有着魔。你不准备因为非买不可而出比要价更高的价钱。（《火》，第

① Eileen Manion and Sherry Simon, "An Interview with Susan Sontag," in Leland Poague, ed., *Conversations with Susan Sontag*. Jackson: University Press of Mississippi, 1995. p. 212.

61 页）

又如，当爵士来到维苏威火山，从火山之巅俯瞰山下，感受"地狱之嘴"带给人类关于生命的震撼和感悟：

> 他跪在火山锥周围的像壕沟一样的地方，把手掌放在沾满灰尘的碎石上，然后伸出手趴下，避开风，将脸颊贴在地上。没有声音。这寂静让人想到死亡。还有那呆滞、略呈黄色的光，从裂缝中冒出的硫磺气味，一堆堆岩石，微热的干草，紫灰色天空中的厚厚云块和平静的大海也诉说着死亡。一切都在诉说着死亡。（《火》，第 100 页）

心理描写通常是人物主题性得以全面展示的最有效手段之一，桑塔格对她的人物全无遮拦的心理展示使这种主题性表现得更加直接，不仅人物的心理动机和性格得以确立，同时也使人物所属的社会类型、所具有的道德观念和价值观得到了体现。《在美国》中，玛琳娜对波兰社会的变革、对傅立叶乌托邦理想的复杂情感、对艺术真谛的追求，以及身处两种文化的边缘所带来的苦闷，几乎都是通过桑塔格细致的心理描写展现的。例如，当玛琳娜在美国的演出大获成功并得到了美国人普遍的赞誉之时，她对演员这一职业有了别样的认识："戏剧就是歪曲。舞台？舞台是谎言和虚伪。……演戏其实是场假面活动。演员的艺术就在于挖掘作者的戏剧内涵，炫耀自己勾引他人和伪装的能力。演员就像骗子。"（《在》，第 336、340 页）人物所承载的主题，通过桑塔格具有穿透性的心理描写等方法，逐一浮现在读者面前。

费伦在论述到人物的主题功能时，曾作过这样的断言："当代批评家广泛使用的阐释行为基本可以概括为如下口号：'永远突出主题！'（Always thematize!）"[1] 他进一步指出，"如果一部小说的叙述要对世界产生影响，那么它必须具有思想上的意义（ideational significance），而很大一部分思想上的意义则需要通过人物来传达。"[2] 从某种程度上说，桑塔格后期两部小说的人物正是通过各种各样的形式承担了这样的任务。她将小说所要表达的主题寄托在人物身

---

[1]　James Phelan, *Reading People*, *Reading Plots*. Chicago: University of Chicago Press, 1989. p. 27.

[2]　Ibid.

上，让人物在自己构建的思想世界里各司其责。

小结

"文学即人学"，这是苏联文学家高尔基多次提到的命题。人在社会、历史生活中的处境、命运、体验和希望，是历代文学作品的主要内容，而小说作为近现代最主要的文学形式之一，更是把人放在了中心位置。无论是虚构性人物还是主题性人物，都只是我们为了方便而采取的方法。事实上，虚构性人物也是主题的载体，主题性人物既然出现在小说中，也免不了有虚构的成分，二者决不是截然分开的。

在《写作本身：论罗兰·巴特》一文中，桑塔格将巴特的所有主题归结为写作本身，而写作，桑塔格说，"就是一种拥抱，一个被拥抱的生命，每个想法都在向外伸展。"[1]人物，在桑塔格的小说里，正是这样的一种生命，他们蕴含了作者赋予他们的思想，用虚构的形式向我们展现生命的本体和可能的状态，同时对人类在历史上的存在进行审视。《恩主》开篇就引用了存在主义者著名的论断"我思故我在"，并将其改写成"我梦故我在"，显示了思想的梦幻性质。但是虚构的希波赖特和迪迪却又是某种意义上的实在，用海德格尔（Martin Heidegger）的话来说，"我们这种存在"，即"此在"或"缘在"（"Dasein"）不是作为实体的存在，而是存在者（即小说中的人物）"通过不同的存在方式而'是'其所是。"[2]就像我们在读到堂吉诃德时，并不会去追究他是否曾经真的存在，它展现给我们的一种可能的生命形态，就足以令我们数个世纪以来不断深思的了。

用历史上的真人作为作品中的人物，是桑塔格后期两部小说共同的特点之一。虽然形式上给人完全不同的感觉，但是她在作品中试图传达的对于生命状态的思考和观念却是和从前一致的。"也许在为卡内蒂和本雅明写肖像文章时，我试图达到的动机，现在通过我的那位钟情于火山的爵士，以一种虚构的

---

① 桑塔格：《写作本身：论罗兰·巴特》，选自《重点所在》，沈弘、郭丽译，上海：上海译文出版社，2004年，第108页。

② Martin Heidegger, *Being and Time*, trans. by John Macquarrie and Edward Robinson. New York：Harper & Row Publishers, 1962. p. 6.

形式得到了充分的体现。"①人物在历史上曾是真人，但是在桑塔格的小说里，却是不折不扣的虚构，为的是传达作者的理念和特定的主题。桑塔格小说的主题并不是本课题所要谈及的内容，而且也是桑塔格所极力反对的。用米兰·昆德拉的话来说："小说的精神是复杂性。"②任何试图对小说的主题进行概括和总结的努力都是徒劳的，如同桑塔格在她著名的《反对阐释》一文中所指出的："批评的功能应该是显示它如何是这样，甚至是它本来就是这样，而不是显示它意味着什么。"③

---

① 桑塔格：《苏珊·桑塔格文选》，陈耀成编，台北：一方出版有限公司，2006 年，第 51 页。
② 米兰·昆德拉：《小说的艺术》，董强译，上海：上海译文出版社，2004 年，第 24 页。
③ 桑塔格：《反对阐释》，程巍译，上海：上海译文出版社，2003 年，第 17 页。

第六章

桑塔格的小说形式观

关于文学作品的形式问题，历代的哲学家、文学家、批评家都有各自不同的见解。亚里斯多德认为艺术家赋予材料以艺术的形式，因此他的摹仿活动其实就是一种再创造。他认为历史学家与诗人的区别就在于一个叙述已发生的事，而另一个则叙述可能发生的事。"因此，写诗这种活动比写历史更富于哲学意味，更被严肃地对待；因为诗所描述的事带有普遍性，历史则叙述个别的事。"①在谈到形式和材料的关系时，亚里斯多德也是把形式放在首位，称"所谓本体，与其认之为物质，毋宁是通式与通式和物质的组合。而通式与物质的组合是可以暂予搁置的，它的本性分明后于通式。物质在这一涵义上也显然为'后于'"②，认为通式，即形式，才是物质的本质，是事物成其为事物的最终理由。这种以形式为艺术作品核心的理念在德国美学家席勒那里得到了更充分的体现。席勒认为那些直接宣传道德或审美意图的材料由于只能有限地作用于心灵，因此是艺术家需要努力克服的。"在真正美的艺术作品中不能依靠内容，而要靠形式完成一切。因为只有形式才能作用人的整体，而相反地内容只能作用于个别的功能。"③

20 世纪初在俄国兴起的形式主义文艺思潮更是把艺术作品的组成方式和各部分之间的关系看成是艺术美感的来源，反对把艺术视为现实的镜子。用什克洛夫斯基的话来说，就是"我们所指的有艺术性的作品，就其狭义而言，乃是指那些用特殊程序创造出来的作品，而这些程序的目的就是要使作品尽可能被感受为艺术作品"④。这里说的程序，其实就是我们所说的形式，是对各

---

① 亚里斯多德：《诗学》，罗念生译，上海：上海人民出版社，2005 年，第 39 页。
② 亚里斯多德：《形而上学》，吴寿彭译，北京：商务印书馆，1996 年，第 128 页。
③ 席勒：《美育书简》，徐恒醇译，北京：中国文联出版公司，1984 年，第 114～115 页。
④ 方珊编：《形式主义文论选》，济南：山东教育出版社，1999 年，第 46 页。

种事件、情感和思想等材料的选择、加工和组织，是对词语的选择、结构的配置、叙述方式的安排等等。对形式主义者来说，陌生化是加工和处理艺术作品的基本原则，即将文艺作品的材料从正常的感觉领域移出，通过施展创造性手段，重新构造读者对这些材料的感觉，从而扩大认知的难度和广度，不断给读者以创作形式的新鲜感。文学的价值就在于让人们通过阅读恢复对生活的感觉，在这一感觉的过程中产生审美快感。如果审美感觉的过程越长，文学作品的艺术感染力就越强，陌生化手段的实质就是要设法增加对艺术形式感受的难度，拉长审美欣赏的时间，从而达到延长审美过程的目的。

与形式这个词并驾齐驱的另外一个核心词汇便是"风格"。亚里斯多德在《诗学》中谈到"风格"时认为，"最能使风格既明白清晰而又不流于平凡的字，是衍体字和变体字；它们因为和普通字有所不同而显得奇异，所以能使风格不致流于平凡，同时因为和普通字有相同之处，所以又能使风格显得明白清晰。"[1]风格的美在于明晰而又不流于平淡，包括选词造句在内的很多形式方面的内容同时造就了文艺作品的风格。19 世纪英国小说家、小说评论家史蒂文生（Robert Louis Stevenson）曾就文学风格问题写过专文。在他看来，"重要的是网状结构或模式：一个既诉诸感官又符合逻辑的网状结构，一种既雅且丰的质地：这就是风格，这就是文学艺术的基础。"[2]对史蒂文生来说，风格的主要标志就是文艺作品严密紧凑的结构，而艺术家对每一个词语和句子的选择运用都必须精益求精，以追求一种既雅致又丰满的质地。风格在文学作品里的地位是独一无二的，没有它，就无所谓文学。美国理论家马克·肖勒（Mark Schorer）在《技巧的探讨》（"Technique as Discovery"）里则用"技巧"一词来界定形式和风格的内涵。"技巧是作家用以发现、探索和发展题材的唯一手段，也是作家用以揭示题材的意义，并最终对它进行评价的唯一手段。"[3]在现代小说家中，肖勒非常推崇爱尔兰作家乔伊斯，认为乔伊斯的文本中对经验的价值及性质的评判不是靠标签式的道德术语，而在于其风格的内在结构。肖勒认为："如果我们觉得《尤利西斯》比本世纪的任何一部小说都更加令人满意的话，那是因为作者对技巧的态度所致，他对题材所作的技术性解析，使他能够

---

[1] 亚里斯多德：《诗学》，罗念生译，上海：上海人民出版社，2005 年，第 78 页。

[2] R. L. Stevenson, "On Some Technical Elements of Style in Literature", from *The Theory of the Novel*, 转引自殷企平等：《英国小说批评史》，上海：上海外语教育出版社，2001 年，第 109 ~ 110 页。

[3] 马克·肖勒：《技巧的探讨》，盛宁译，载于《世界文学》，1982 年第 1 期，第 270 页。

把我们的经验最大限度地、有条不紊地组织在一部作品之中。"①这些所谓的技巧和技术性解析，在形式主义者看来就是形式，在史蒂文生看来，其实就是风格的内容。

无论是形式、风格，还是技巧，都是相对于我们第一章谈到的内容而言，是文艺作品有别于其他形式的文本，如新闻、历史等以内容为核心的材料的根本所在。60 年代的桑塔格曾从一个批评家的角度指出了文学作品形式的重要性。她认为真正可取的艺术批评应该更多地关注艺术作品中的形式，而且我们需要为形式配备一套词汇——描述性的，而不是规范性的词汇。在那篇著名的《论风格》一文中，桑塔格曾对风格做过详细的、非定义式的解说。"谈论风格，就是谈论艺术作品的总体性的一种方式。"②对桑塔格来说，风格不是像惠特曼曾经比作的帷幕，不能把风格和装饰混为一谈，不存在没有风格的作品，风格就是作品的一部分。关于风格和形式的关系，桑塔格认为，"从技术的角度看，艺术家的风格不是别的，不过是艺术家在其中安排其艺术形式的一种特别的习惯。正因为如此，'风格'概念所提出的问题才与'形式'概念提出的那些问题交叠在了一起，而对这些问题的解答也具有颇多共同之处。"③从技术的层面看，艺术品的风格就是艺术品的形式，但同时风格也包括那些抽象层面的，不宜从技术角度进行分析，但可以被感知的东西，用桑塔格的话来说，就是"艺术作品的总体性"存在的方式。在桑塔格的所有小说中，我们都可以看到她为形式所付出的努力，可以看出她的作品独一无二的风格，以及这些形式和风格背后的文化内涵。

第一节　心理时空与历史时空

在传统的美学思想中，结构只是为了使作品获得和谐统一的形式，虽然是叙事作品当中十分重要的事，但这些事件的安排主要要求其完整性、大小长度适中，进而在中世纪的欧洲发展成了"时间、地点整一律"，成了对文艺作品进行形式上限制的枷锁，与主题几乎失去了联系。但是结构主义思想家却在作

① 马克·肖勒：《技巧的探讨》，盛宁译，载于《世界文学》，1982 年第 1 期，第284 页。
② 桑塔格：《论风格》，选自《反对阐释》，程巍译，上海：上海译文出版社，2003 年，第20 页。
③ 桑塔格：《论风格》，选自《反对阐释》，程巍译，上海：上海译文出版社，2003 年，第40 页。

品表层结构下发现了潜含的人类普遍思维的深层结构，结构从此具有了表意的功能。弗莱曾说过："如果与事实相符是文字真实的唯一形式，那么一切文学的或神话的结构便成了基本上不真实的东西；非文学的结构可能是真实或虚假，但一切真实的结构必定是非文学的。"①可见，结构形式与真实性之间不容易调节。福斯特也曾谈到过分注重结构的小说是有弊端的。"这种小说可以显得很有气氛，可以根据情节写出来，但却把日常生活中的东西拒之门外，只让小说家在客厅内独自做运动。美神是出现了，但显得过于霸道。"②在桑塔格的早期小说中，结构主要起到了使零散的材料变得有次序的作用，担负着框架的功能。《恩主》和《死亡之匣》都是一种圆形结构，叙述结束时又回到了叙述的起点（或接近起点）。这种结构虽然可以解决材料杂乱无章的弊端，但有时会显得过分做作。到了《火山恋人》和《在美国》，这种早期的圆形结构显然还在，外层叙述由一个超然事外的现代叙述者，即作者，代为实施，而处在内层的第三人称叙述则是线形向前，作者叙述者只是不时地穿插其中，对历史事件进行现代评述，使小说的虚构形式更加凸显，反而从另一个角度体现了真实——虚构的是故事，而小说却是真实的。正如历史从来都不是简单的线形向前，也不是简单的回归过去，而总是螺旋式前进一样，桑塔格的后期小说在结构安排上体现了她更为成熟的历史观。

时空的设定，是小说结构形式的重要内容。空间是一种横向的扩展，时间则是纵向的延伸。时间和空间又总是互相融合，世界上不存在没有时间的空间，也不存在没有空间的时间，因此将两者合在一起讨论，较为方便。现实主义作家通常采用确定的现实时空，即截取历史上确切的某一段时间，选定某一特定的地理区域来展开自己的故事，但现代的许多小说家则把现实作为意识流动的跳板，主要体现的是人物心理的发展。《恩主》的叙述者虽然号称历经了"三十多年"的故事时间，但我们无法找出具体的年代，无法确定故事发生的具体地点，似乎这些完全没有必要，而且在读完小说之后，我们也确实感觉到现实时间的凝固，仿佛这三十年不过是一场若有若无的梦境。给定一个莫须有的时间和地点无非是为了展开故事的需要，在桑塔格看来，真正重要的是人物心理时空的展开，因此现实空间也模糊不清。《死亡之匣》较《恩主》则有过

---

① 吴持哲编：《诺思洛普·弗莱文论选集》，北京：中国社会科学出版社，1997 年，第 229 页。
② 福斯特：《小说面面观》，苏炳文译，广州：花城出版社，1984 年，第 114 页。

之而无不及。故事虽然有了确切的地点，但却无非是个毫无意义的名称而已，而故事时间则令人眼花缭乱。

　　首先，《恩主》是一部依据反现实主义的理论架构起来的作品，在时空设计上尤其如此。按照爱伦·坡（Alan Poe）的观点，"小说应当着力展示人的内心世界，尤其是人格中以往被忽视的病态或者阴暗的方面，而且叙事要简洁明了……以便产生某种单一的预期效果。"①爱伦·坡惯于写恐怖和死亡的主题，采取了许多巧妙而有效的方法，如削减背景信息，来突出这些主题的神秘性，人物的年龄、身材、容貌、职业、家庭状况等等信息往往只字不提，甚至连故事发生的时间和地点都不加以说明。与坡类似，桑塔格在《恩主》中也把诸如地点、时间、人物性格、故事情节等现实主义的元素极力弱化，我们却因此得以更加关注人物内心世界的发展变化。

　　发生在希波赖特和迪迪内心世界中的一系列"故事"，虽然被桑塔格记录下来后达到了三四百页，但是实际上的时间只有短短的一段。普鲁斯特（Marcel Proust）在《追忆似水年华》（*A la recherche du temps perdu*，1934）中将其称为"纯粹时间"，后来弗兰克进一步解释说，"'纯粹时间'根本就不是时间——它是瞬间的感觉，也就是说，它是空间。"② 在《恩主》中，61 岁的希波赖特通过回忆将他过去的 30 年间所做过的梦和依照梦所过的生活——呈现在我们面前。这种呈现虽然貌似有着严格的时间顺序，但是出现在希波赖特头脑中的对于梦境和过去生活的回忆一定是在片刻之内一幕一幕的叠加，用弗兰克的名词来说，就是空间上的"并置"。《恩主》第一章是希波赖特对于自己 30 年做梦人生的总体回忆，在回忆的过程当中，"现在"这个词频繁出现，把过去和现在用一个词就联系了一起。当他回忆到自己从上学起就受到的智性理念论的影响时，他这样说道："老师教导说，对待某一思想，就要将它分解成最小的组成部分，然后将它们从最简单到最复杂重新组合起来，而且要切记，要数一数，看看是否漏掉哪一步。我学到，除了运用到具体问题时有特殊的要求之外，推理本身有一个正确的形式和风格，这是可以学会的，就像人们学会游泳或者跳舞的正确方法一样。"（《恩》，第 6 页）在解释了这种智性理念的

---

① 陶洁主编：*Selected Readings in American Literature*，北京：北京高等教育出版社，2000 年，第 10 页。

② 约瑟夫·弗兰克等：《现代小说中的空间形式》，秦林芳编译，北京：北京大学出版社，1991 年，第 15 页。

具体方法和目标之后，希波赖特把读者的目光拉回到了现在。他紧接着说："如果我现在反对这种推理方式，这并不是因为我也怀疑理性这一套了。对理性表示怀疑成为领导本世纪知识界的新潮流。"（《恩》，第 6~7 页）

换句话说，这里所展现给读者的"纯粹时间"是一种记忆的空间，它体现为所回忆的事件在记忆的长河里瞬间展现，而且与现在时间时时凝固在一起。对希波赖特来说，他 30 年的做梦人生其实不过是瞬间的事，在小说最初，他"就呆在一个房间里，身上裹着暖暖的皮衣，里面套了件羊毛衫，脚蹬靴子，戴着手套，坐在那儿，回忆着过去那些焦虑不安的日子。"（《恩》，第 1 页）在小说结尾，希波赖特仍然在那儿，"坐在一间空荡荡的房间里，脚靠着火炉，身上裹了好几件羊毛衫，黑发变成了灰白，我就坐在那儿，享受着主观性带给我的即将结束的苦难，享受着真正的私人空间带给我的一份从容。"（《恩》，第 235 页）经历了那么多的梦境和那么长的释梦人生，希波赖特却仍然坐在他空荡荡的房间，在冬日里享受着这一次精神上的旅行。桑塔格的小说虽然在形式上与现代小说的意识流有很大差异，却取得了异曲同工的效果，用高行健评论意识流这一创作技巧时的话说，"用这种手法来描写人的内心世界时，它提供的便不只是理性的结论和分析、行为的状态和结果，而是得出理性的结论和分析时思维活动的整个过程，或者是某一行为过程中的一系列具体而细致的感受。"[1]希波赖特的内心世界在那个短短的冬日跨越了 30 年，我们看到希波赖特思考的结果对于整个叙事来说几乎无关紧要，重要的是这一结果产生的过程和在这个过程当中希波赖特本人的一系列感受。时间凝滞了，然而产生在人物内心的时间和空间却丝毫没有变得单薄，架构在人物心理上的时间与空间是构成整个文本不可或缺的形式因素。

相比之下，《死亡之匣》的时空结构更加令人拍案叫绝。可以说，《死亡之匣》的情节由死亡开始，至死亡结束，前后照应，构成了一个循环的圆。这样的时空设置让我想起了两部现代巨著。一部是麦尔维尔（Herman Melville）的《白鲸》（*Moby Dick*，1851）。《白鲸》中的物理时间，也就是捕鲸船从出发到最终沉没，似乎经历了漫长岁月，而读者感觉中的情节时间却极为短暂，它几乎一成不变，几乎没有任何戏剧性的起承转合。真正变化的是人物内心的心理时间，因此作者将戏剧性的线性时间分解成了空间的细节加以表现。

---

[1] 高行健：《现代小说技巧初探》，广州：花城出版社，1981 年，第 29 页。

麦尔维尔在有限的空间和无戏剧性变化的时间里，通过旁征博引和自由联想大大地拓宽了叙事的领域。另外一部是乔伊斯的《尤利西斯》。《尤利西斯》中的物理时间只有一天，而乔伊斯通过记忆错位和意识流将有限的时间和场景无限地延伸，在叙事过程中，主人公又不断地回到当前的物理时间中来，使纷繁复杂的情节及无限的故事时间最后回归到同一条线上来。而桑塔格的《死亡之匣》中的物理时间严格说来只有短短的瞬间，也就是迪迪死前的片刻。但是桑塔格却将故事时间通过幻觉叙事的手段延伸到了未来，而且在整个叙事过程中丝毫没有透露出这是个幻觉的迹象，直到小说的最后读者才恍然大悟，无论你是否愿意，一场幻觉旅行已经完成了，着实令人吃惊不浅。

对于很多现代作家来说，这种将线性时间人为地进行空间分解的做法多数时候都是一种自觉的运用。传统小说"再现客观世界"的功能已经不再受到艺术家的青睐，相反，他们认为所谓"真实"的世界，只能存在于人的意识当中。正如柏格森（Henri Bergson）所宣扬的那样，世界的本质是一个非理性的精神过程，只能通过"直觉"来把握。所以，小说的职责是表现人的意识、感受和内心体验。《死亡之匣》将这种精神过程以直观的形式展现在我们面前，而且在叙述的时候煞有其事地沿着传统线性叙述的模式，为我们设置了更多的悬念，使小说具有了文本意义之外的反讽。

桑塔格于1974年接受一次采访时说："《恩主》和《死亡之匣》一样是一种线性叙述，包含着一些非系统化的模糊因素，因为我想敞开若干种可能的解读。"①虽然我们很难确定《恩主》这部小说的故事时间和故事空间，但是就叙事而言，情节按照清晰的线性叙述展开，只不过这样的线性叙述始终都没有摆脱"纯粹时间"的控制，叙事过程终止于叙事的起点，像那个鸡生了蛋，蛋又生鸡的循环一样。时间仿佛还是原来的时间，然而在人物的心里，已经经历了众多的人世沧桑。博尔赫斯曾借笔下人物之口说道："我曾自问：在什么情况下一部书才能成为无限。我认为只有一种情况，那就是循环不已，周而复始。书的最后一页要和第一页雷同，才有可能没完没了地继续下去。"②桑塔格在这两部小说里运用的时空结构正体现了这种循环往复的无限。

① Joe D. Bellamy, "Susan Sontag", in Leland Poague（ed.）*Conversations with Susan Sontag*, Jackson：University Press of Mississippi, 1995. p. 43.

② 博尔赫斯：《小径分岔的花园》，选自《博尔赫斯小说集》，王永年等译，杭州：浙江文艺出版社，1999年，第76页。

弗兰克认为："如果说有一个主题支配了自 19 世纪后四分之一以来的现代文化史的话，那它的确是不安全、不稳定的主题、那种在科学技术连续胜利中产生的在把握生活的意义和目的上的失落感。"①的确，现代时期处在强烈地反抗外在现实、清楚地意识到自己与外在现实背离的状态之中。正如《恩主》和《死亡之匣》所昭示的那样，人生的意义和生命的归宿无法在现实中找到依托，因此反抗现实，把现实梦幻化是现代文学作品经常使用的手段。然而，不论艺术家如何对现实进行反抗，我们在经验的世界和文本的世界中都会发现，历史依旧有条不紊地依着它自身的逻辑发展，并不因为我们将其梦幻化就失去了它现实的色彩。甚至当现代主义者描写他们所经验的世界与现实的背离时，他们的艺术基础依然保留了那种连续时间，这种连续时间是由处在发展过程中的那个世界所显示的，如同希波赖特和迪迪的内心世界。在弗兰克视为具有空间形式的庞德的《诗章》和其他"特别现代的"作品中，他注意到"它们在过去和现在的各个方面都保持了一个连续并置，因此，在一个宽泛的观念上，二者（过去和现在）是被融合为一的。"② 25 年过后，桑塔格在后期的作品中通过时空的设置完美地体现了她对艺术作品与世界之关系的思考。

在《火山恋人》和《在美国》中，时间和空间有了现实上的依托。我们不仅能够找出历史上确切的时间和地点，甚至能将它们对号入座，就连故事开始前的序和引子中提到的跳蚤市场和一家宾馆都是确有其事的。这样说并不是就此认为桑塔格写的是历史传记，而是说她后期的小说更注重历史感和现实感与艺术的结合。很多注重写实的小说实际上都把小说的时空推想到遥远的古代，例如中国著名的《红楼梦》，写的明明是作者亲闻亲历的一段经历，作者却把笔触延伸到洪荒无稽的女娲时代，从大荒山无稽崖青埂峰下那块石头写起。这样写，首先很容易唤起人们的历史纵深感，另外，也容易让作者借古喻今，说的是其它时候的事，自然少些顾忌。然而历史寓于现在，现在就存在于历史之中，因此过去、现在和未来交织在一起，构成了这片永无止境的永恒。

从总体上看，《火山恋人》基本上是个有序的整体。故事真正的叙述起点从第一部分的第一章开始，而之前的"序"只是提供了一个类似《红楼梦》

---

① 转引自约瑟夫·弗兰克等：《现代小说中的空间形式》，秦林芳编译，北京：北京大学出版社，1991 年，第 57 页。

② 转引自约瑟夫·弗兰克等：《现代小说中的空间形式》，秦林芳编译，北京：北京大学出版社，1991 年，第 58 页。

"楔子"的另一层叙述的起点。小说的主体叙述主要集中在 1772 年爵士回伦敦探亲至十九世纪初爵士死亡的这段时间，但叙述者的笔触还经常触及到这段主体叙述之外的时间和话题。这些时间和话题分别通过不同的形式进入叙述者的视野，造成了叙述上的时间倒错。《在美国》开篇第 0 章的现代叙述者躲在波兰一家旅馆偷听历史上那些人物的对话，偷看他们的表情和行为同样也是这样的一个另一层叙述的起点，主体叙述则是从第 1 章玛琳娜准备从波兰移民美国开始的。这两部小说的叙述者在叙事的过程中都频繁借用时间倒错的方法来打乱事物运动变化的客观时间次序，颠倒事物的因果关系，从而使时间不再是一种简单的线性向前。热奈特将时间倒错大致分为两种类型：倒叙和预叙，后来又在这两者的基础上总结出了一种"无时性"叙述。

总的说来，倒叙可以增加单位时间内的叙述容量，往往在短短的一句话中就网罗住了漫长的头绪和纷纭的过去，例如，《火山恋人》中，当爵士和妻子第一次探亲假结束后，他们返回到那不勒斯，叙述者的第一句话是"他们已经结婚十六年了，没有孩子。"（《火》，第 11 页）随之开始了关于这十六年甚至更长一段时间的回忆。《在美国》中虽然没有这样大规模的倒叙章节，但类似的倒叙却随处可见。如当玛琳娜在是否因该离开自己的祖国而犹豫不决的时候，叙述者谈到了她的顾虑："祖国之爱，朋友之爱，家庭之爱，舞台之爱……哎，上帝之爱；"（《在》，第 40 页）接着叙述者回头叙述起玛琳娜自童年起的一系列经历，并且让这些经历时时与现在的感觉交融在一起。一旦当前的感觉与重新涌现的记忆结合起来，曾经失去的时间也就被找了回来。倒叙把历史和时间高度浓缩，用记忆延宕出时间和空间，营造出广阔的幻觉世界。记忆中的历史是经过叙事者主观排列的事实，不同于客观历史的事实，但恰恰是这种主观叙述时间蕴藏了作者浓重的伤感情调和对命运变化无常的深刻体验。

与倒叙不同的是，预叙是围绕着故事在刚开始时所做的承诺和在结尾时对那一承诺的履行之间的张力而结构的，它可以增强叙述的张力。时间倒错重新组建了时空秩序，避免了长篇幅单调地叙述一件事情，避免了单一时序而造成的平铺直叙，而呈现出多层次的立体感受，使作品有悬念、曲折、起伏，从而可以大大增强审美效果。叙述时序的不断变换，叙述感觉的任意交叉，在一定程度上给解读带来了困难，但是读者在阅读时审美主体方面会产生强烈的悬念感、陌生感和新鲜感，读者一旦深入阅读作品，就会被其新颖的结构，奇妙的时序，以及因此带来的与传统叙事截然不同的审美感受所吸引，从而体会到一种参与创作的喜悦。《火山恋人》第二部分第六章中，爵士年轻美丽的妻子随同将军返回那不勒斯镇压那里正在发生的革命。胆大好奇的她不顾众人的反对，偷偷化了妆，混进了城里，结果被当时为王后效力的警察头子斯卡皮亚识破。斯卡皮亚在诱惑她遭到拒绝后，报复性地提到了她当年的情人安吉罗蒂已经被捕。之后，桑塔格提前将一年后要发生的安吉罗蒂逃跑和再次被捕的事情和盘托出，仿佛不如此，读者就会在那场惨不忍睹的大屠杀中眼花缭乱。正如桑塔格自己在作这段预叙前就说明了的："就像在电影中穿插未来的镜头一样，提前叙述未来的事，可以帮助读者重新集中注意力。"（《火》，第291页）

如果说，倒叙与预叙在叙事的时间倒错中，其方向、跨度和幅度等还基本可以确认的话，在小说文本中，还有一种更加复杂的时间顺序，它们在故事中的具体方向和位置很难确定，对这种难以确定的变异形式，我们可以称之为"无时性"叙述。在无时性叙述中，一种比较突出的方式即"共时性"表现。这种表现形式是把故事时间拉到同一平面上，削平时间的线性关系，突显事件的空间性。热奈特认为，"预叙性倒叙和倒叙性预叙，这些复杂的时间倒错稍稍打乱了回顾和提前的坚固的概念。……一些没有任何时间参照的事件，人们根本无法依据周围的事件确定其时间：为此这些事件只需不与另一个事件发生关系，而与伴随它们的（无时间性的）评论话语相连就可以了。"[1]

这种不与特定时间相关的无时性叙述在《火山恋人》中可谓比比皆是。在世人渐渐注意到喷发的维苏威火山以后，那不勒斯成了"快乐之旅"的一条旅游线路，每个参加旅游的人都希望在知识渊博的爵士带领下，对这座死亡的城市发出惊叹。"回国后，他就会听到他们说，他们冒了多大的危险，说他们看见了旋转的烟火和冰雹（或雨点）般的石头，听到了伴随的声音（炮声、雷声），闻到了地狱般的、有毒的、硫磺的恶臭。……他说，啊，我不是说我的话就百分之百正确，那位旅游者（如果是英国人，常常是清教徒）会这样回答。"（《火》，第19页）处在整体倒叙故事中的这段不与特定时间相关的预叙实际上已经使故事的时间性削弱，代之以与事件相关的不同空间的共时叙述。空间不再受到时间的制约，作品不再受到人物和情节的局限，空间有了无时性特征，叙述的无时性也就成为可能。

---

[1] Gerard Genette, *Narrative Discourse: An Essay in Method*, Ithaca, New York: Cornell University Press, 1980. p. 83.

无时性的另一种方式是与时间无关的评论性叙述。热奈特在论述《追忆似水年华》的无时性结构时指出，故事叙述的序列有时与组成它的事件的时间顺序没有任何关系，或只有部分重合的关系。"事实上叙述者有最显而易见的理由不顾任何时序，把具有空间上接近、气候上一致或主题上相近等关系的事件集中起来，因而比前人更好地表现出叙事时间自主的能力。"①《火山恋人》中关于收藏的评述可以说是这种无时性叙述的典范，它们遍布全书的几乎所有章节，如：

收藏使人联合。收藏使人孤立。

收藏使喜欢同一种东西的人走到一起。收藏把没有共同热情的人彼此孤立起来。(《火》，第20页)

……

当你搜寻到一样东西的时候，你的心灵会颤抖。可你什么也不说。你不想让现在的主人知道这件东西对你有价值；你不希望卖主抬价或决定不买。所以你想保持冷静，你看看别的东西，再往前走或干脆走开，说你一会儿再回来。(《火》，第61页)

……

我们之所以依恋它们，收藏它们，部分原因是它们有一天从世界上消失的可能性不是不可避免。当因为事故或疏忽大意而无法履行诺言时，我们的断言失去了意义。我们的悲痛有点亵渎神灵。(《火》，第240页)

类似这样的评述是没有时间性的，看得出实际上是作者借叙述者之口发表自己对于某些问题的看法。桑塔格在故事时间与叙事时间之间来回穿梭，用这些"自我"的声音随意打断故事，自由穿行于历史与现实之间。也正是因为有了这样的无时性评述，这个众人皆知的故事才有了除情节之外的意义。

这样的评论性叙述在《在美国》中也有很多。第2章开始处那段关于"上帝也是演员"的著名论述就是一个典型的例子。这段论述处在整个线性叙

① Gerard Genette, *Narrative Discourse: An Essay in Method*, Ithaca, New York: Cornell University Press, 1980. p.85.

述之外，不以任何确切的时间为依托，表现的是一种恒常的事实和不受时间控制的基本判断。"历史变得日益复杂。有色人种在呻吟。白种人（上帝的宠儿）梦想着征服，梦想着逃逸。在江河的三角洲和出海口人头攒动。上帝驱使人们向西迁徙，西部有更广阔的生存空间在等待他们前往。"（《在》，第59页）桑塔格把历史的变迁说成是上帝的驱使，有着深刻的西方文化内涵。这种拟人化的处理模式使历史文化在近现代以来的变迁由于速度加快而更加令人目不暇接。桑塔格接着说：

> 这一切都是上帝在鼓动。人们渴望新颖、空旷，忘却历史的羁绊。这梦想把生活变成了纯粹的未来。也许上帝是出于无奈，因为这样一来，上帝这位明星就像演员一样，就像明星中的明星，签署了自己的死刑执行令。在那些最令人羡慕、最有教养的观众出席的重要戏剧中，他再也不能保证自己还能演主角。从此以后，除了在极其封闭、人们从来都只能观看上帝扮演角色的角落之外，他最多只能扮演一些配角。这一切促进了观众的流动，最终断送了上帝自己的演员生涯。（《在》，第61页）

如果不是这样的一种评论性叙述的参与，整个故事不会像它最后呈现给我们那么厚重。上帝的逻辑、上帝的行为以及这些行为所造成的反应其实都是历史的一个缩影，而如今，这段历史正是以把上帝推到配角的位置显现了它的不同之处。

无时性叙述在这部小说中的另一个表现形式就是它的片断形式。在片断化这个问题上，桑塔格坚持认为："可以持久存在的作家是那些关心语言的作家，也许当前的优秀作家就是那些运用片断的叙述形式的作家。"①她十分赞赏的作家兼批评家罗兰·巴特和瓦尔特·本雅明都是片断式写作的提倡者和实践者，她本人也曾在《"坎普"札记》及《我，及其他》等批评和小说创作中对片断的叙述形式加以实践。片断曾是某个整体事物的一部分，它把人们的目光引向过去，我们可以从片断的身上看到整体分崩离析的过程。《火山恋人》

---

① 查尔斯·鲁亚斯著：《美国作家访谈录》，粟旺译，北京：中国对外翻译出版公司，1995年，第175页。

第三部分通篇都是爵士病危时的混乱、迷离、恍惚的自言自语。在生命的尽头,爵士过去的生活和记忆交叠出现,意识随着地点而变幻:扑朔迷离的维苏威火山、梦幻般的那不勒斯和惊心动魄的战舰。在这些记忆的片断里,凯瑟琳、埃玛、纳尔逊等人都只是短暂的、影子般的存在物。作家借爵士死前的意识流动清晰地解释了隐含在这种时间转换为无序片断下的隐喻:艺术作品是可渗透的。它使写作之前和写作之后的世界联结在一起,使人物的世界和读者的世界合二为一。在为本雅明所做的人物肖像《在土星的标志下》一文中,桑塔格就曾对本雅明将时间的世界空间化的技艺十分赞赏,认为"在时间里,一个人不过是他本人:是他一直以来的自己;在空间里,人可以变成另一个人。……时间并不给我们多少周转余地:它在后面推着我们,把我们赶进现在通往未来的狭窄的隧道。"①她在自己的小说创作中也通过片断的形式将过去、现在和未来压缩进了一个空间。正如《火山恋人》的叙述者在开篇的"序"中就直言了的:"现在是独特的,已经发生过的事情可能再次发生。你会看到的。等着吧。当然,你还得等很长很长的一段时间。"(《火》,第16页)

　　从心理时空到历史时空,桑塔格在小说形式的架构上经历了巨大的转变。在讨论到本雅明写作的《柏林纪事》时,桑塔格写道:"本雅明是普鲁斯特的译者,他写下的作品的残篇也许可以叫做《追寻失去的空间》。记忆,作为往昔的重现,将一幕幕的事件变成一幅幅画面。本雅明要做的不是恢复他的过去,而是要理解他的过去;将其压缩成空间形式,压缩成先兆的结构。"②桑塔格所创作的全部长篇小说可以说就是将时间空间化的具体实践,前两部通过心理的描写,后两部通过对历史的再现。时间的丰富性体现了小说内涵的丰富性。米兰·昆德拉在评价欧洲小说时认为在时间问题上,作家应该"不再将时间问题局限在普鲁斯特的个人回忆问题上,而是将它扩展成为一种集体时间之谜,一种欧洲时间,让欧洲回顾它的过去,进行总结,抓住它的历史,就像一位老人一眼就看全自己的一生。所以要超越个体生活的限制,在它的空间中,引入多个历史时期。"③桑塔格正是通过新的叙述方式,在自己的小说作品中力图跨越个体生命的限度,进而否定了时间的惟一线性存在方式。正如有学

---

① 桑塔格:《在土星的标志下》,姚君伟译,上海:上海译文出版社,2006年,第117页。
② 桑塔格:《在土星的标志下》,姚君伟译,上海:上海译文出版社,2006年,第115~116页。
③ 米兰·昆德拉:《小说的艺术》,董强译,上海:上海译文出版社,2004年,第21~22页。

者所指出的，"灵活多变的共时叙述不仅使历史与现实频繁碰撞，相互渗透，彰显出历史真实的现实主义，而且令读者体悟到客观时间对历史的界定与人们心理时间对历史的感受具有本质的不同。"①微笑着的脸消失了，可笑容还在；历史上发生的事件成了过去，可留下的影响和感受还在，人们也因此在心理的世界和过去的世界里流连忘返，仿佛因此便能抓住某个现时的瞬间。在这四部小说中，桑塔格在时间和空间问题的处理上既张狂大胆又恰到好处，体现了她一贯的风格。

第二节 "静默"与"言说"

"静默美学"是桑塔格在 60 年代反复论述的一个话题，也确实引起了评论界极大的关注。总的说来，这是一个有关艺术作品功用和实质的问题。把这个关于艺术批评的问题放在与桑塔格小说形式观内来讨论，是源于桑塔格本人对批评与艺术作品的形式之间的关系的看法。传统的艺术批评家们通常把艺术品作为对某个问题的回答，或是对某件事情的评判，艺术作品各门类中的批评主流一直将真实性和道德正确性作为批评标准，艺术作品总是关于另外的东西的，总是某物的反映。这种看法在桑塔格看来是值得深思的。她认为，艺术作品并不仅仅关于某物，它自身就是某物。文学不是关于外部世界的，它就是它自己。它自己什么也不解释，但是它却会孜孜不倦地邀请人们去进行演绎、推理和想象，目的在于看清文字和情节的表面之下隐藏着的真相。"静默隐喻着纯净、不受干扰的视野，适合那些本质内敛，审视的目光也不会损害其基本完整性的艺术作品。"②对于桑塔格来说，她自己早期的作品从形式上来讲就完美地贯彻了这种反对阐释，反逻辑的风格，试图达到读者不需也无法添加任何东西的圆满状态。

"静默之美学"并非桑塔格首创，却是她使之广为人知。在《静默之美学》一文中，桑塔格以一种深刻的思辨式模式对"静默"进行了哲学探源。她认为真正的虚空和纯粹的静默是不可能的，如同"上"与"下"同在，

---

① 王予霞：《文化诗学视野中的＜火山情人＞》，载于《外国文学评论》，2002 年第 4 期，第 40 页。

② 桑塔格：《静默之美学》，选自《激进意志的样式》，王磊译，上海：上海译文出版社，2007 年，第 18 页。

"左"和"右"同行一样，静默也总是存在于一个充满语言和其它声音的世界里。我们呼吁静默，是因为这个时代的艺术喧嚷纷纷，需要用静默来表达一种无可言说的状态，而静默又必须始终是一种语言形式，用"唠叨不休"表达静默。"在追求静默的背后隐藏着队认识上与文化上之清白历史的渴求。最激动、最热切的对静默的提倡，表现为一个彻底解放的神话般的计划。它所设想的解放包括艺术家摆脱自身的限制，艺术摆脱特定艺术作品的限制，艺术摆脱历史的限制，精神摆脱物质的限制，思想摆脱认识和智力的限制。"①桑塔格历来不乏哲学思考，在这里则显得尤为睿智。体现在她前期的两部小说中，则有了《恩主》中视梦为人生的希波赖特，有了《死亡之匣》中眼睛最为雪亮的盲女赫斯特。静默的风格有如风景，它不要求从观众那里获得理解，也不需要价值上的肯定，不需要担忧和同情，相反，它只是要求观众的缺席，在严格的意义上，也许伴随着观众的自我忘却。《恩主》和《死亡之匣》中有对这种艺术风格的大段评论，而且它们本身的风格，就是无法言说的，体现了这种静默追求。

桑塔格的传记作者卡尔·罗里森认为，《恩主》的主题是与作者的排斥道德和社会因素，追求艺术自律的美学观点是一致的。他认为希波赖特的梦源自他要塑造他生活的艺术。他的愿望就是让他的生活符合他的梦的直接性和感性。"希波赖特的梦和桑塔格关于艺术的看法一样，是自闭独立的，即他和桑塔格相似，认为自己是自我创造的。他并不想阐释他的梦的快乐和痛苦，而只想让自己更切身的感受它们。"②

梦或艺术不可阐释、不必阐释，它们的价值就在于带给我们直接的感受，桑塔格称之为"新感受力"。在那篇著名的《"坎普"札记》一文中，桑塔格详细列举了这种特定形式的新感受力的特征和常见的表现形态。她认为，"坎普"（"Camp"）是唯美主义的某种形式，是把世界看作审美现象的一种方式，是对于文化的一种贵族姿态。它以超然为其前提，表现出对非自然之物的热爱——对技巧和夸张的热爱，对处于非本身状态的事物的热爱。因此，它重风格轻内容，重美学轻道德，是不受约束的，不受政治左右的，是纯粹审美的。希

---

① 桑塔格：《静默之美学》，选自《激进意志的样式》，王磊译，上海：上海译文出版社，2007年，第19页。

② Carl Rollyson and Lisa Paddock, *Susan Sontag*: *The Making of an Icon*, New York: W. W. Norton & Company Inc., 2000. p. 68.

波赖特在他的梦中学到的最重要的东西就是这种不受外在世界和思维影响的感受力。"忠实的做梦人不寻求听众相信他，他不需要让他们相信梦里发生了这样或那样让人感到震惊的事情。既然梦境中的一切事情都是同样的不可思议，那么，它们也就无需得到别人的认可了。"（《恩》，第99页）既然不必劝说什么，也不必说明什么，那么梦留给我们唯一的东西就是一些互不关联的片断，而我们要做的，就是运用"新感受力"来欣赏和感知这些片断。桑塔格十分欣赏的法国结构主义者罗兰·巴特认为，片断是一种直接的享乐，一种话语幻象，是一种欲望微启。片断的每一部分都自我满足，它的理想并非思想、并非智慧、也并非真理，而是一种高度的浓缩，"一种音乐性的高度浓缩：与'展开'相对立的，是某种分节的、被歌唱的东西，即一种朗诵：在这里充满了色调。"①桑塔格在《恩主》和《死亡之匣》中对梦境和幻觉形式的钟情与罗兰·巴特对片断形式的偏爱同出一辙，离开了这种新感受力，这种纯审美意义上的片断写作将会失去意义。

桑塔格把感受力一分为三，第一类是传统道德型，第二类是先锋派艺术的那种极端感受力，第三类是纯审美型的"坎普"感受力。显然，她拥护第三种类型，用她的话说，"它（坎普）体现了'风格'对'内容'、'美学'对'道德'的胜利，体现了反讽对悲剧的胜利。"②文学作品里的美既不能从分析其词句、结构获得，也不能从分析其道德教益处获得。我们不能像解剖动物那样分析一部文学作品，也不能指望在字里行间发现隐藏的秘密。中国古人把诗歌之美称为"镜花水月"，可望而不可及。明明白白地放在眼前，但当你想去触摸时，它就化作零落的光影了。这种神奇的魅力需要读者充分调动想象力和感受力，如希波赖特自己所说："假使脸不见了，而微笑还在，情形会是怎样的呢？如果梦所寄寓其中的生活枯竭了，而梦却常做不衰，情形又会是怎样的呢？哦，那样的话，人就会真正的自由，人的负担就会真正的减轻。"（《恩》，第84页）

迪迪也曾在小说中表述过自己对于丧失原有感知能力的向往：

> 迪迪感觉，也许他的所有恐惧都来自视力这种祸福参半的天赋。

---

① 罗兰·巴特：《罗兰·巴特自述》，怀宇译，天津：百花文艺出版社，2001年，第65页。
② 苏珊·桑塔格：《反对阐释》，程巍译，上海：上海译文出版社，2003年，第334页。

因为他看得见，他能对世界有个抽象的感知。在远处。这种本领是需要迪迪忘记的。遣散他的想像力，他的想像力沾满对过去影像的怀疑和对未来充满担忧的凝视。这种想像力耗尽了他的活力，把所有的一切都交付到时间的行李架上。要置身于现在，有遣散所有的想像力，不能预计未来，只是生存于现在。

当然，他不能挖掉自己的双眼。那样的话就冤枉它们了。迪迪需要做的是难得多的工作：是他肉墩墩的脑浆子——百分之九十是水——仍然装在他的颅骨之内，而且运转正常。必须学着忘却看东西的老方式。如果不是太晚的话。（《死》，第 240~241 页）

去掉了原有的感知能力，换上来的就应该是一种纯粹审美型的感受力，用桑塔格的话来说，是一种对事物整体感知的方式。"在最严格的意义上，意识的一切内容都是难以言表的。即便最简单的感觉，也不可能完整地描绘出来。因而，每个艺术作品不仅需要被理解为一个表达出来的东西，而且需要被理解为对那些难以用语言表达出来的东西的某种处理方式。在最伟大的艺术中，人们总是意识到一些不可言说之物，意识到表达与不可表达之物的在场之间的冲突。"①因此，迪迪希望自己忘却眼睛的存在，忘却自己原有的看东西的方式，从而体验一种全新的不受固有观念影响的感受力。

我们不妨再和希波赖特的妻子一起听听希波赖特讲的"隐身丈夫"的故事。森林边上的美丽公主嫁给了喜马拉雅山上勤劳的王子，由于公主视力极差，几乎看不见她身穿白色衣裤的丈夫，因此在黑熊出现并声称是她换了黑衣服的丈夫时，公主信以为真。但是这"黑衣服的丈夫"让她微弱的视力有了识别分辩的能力，她因此开始在黑白丈夫之间比较，痛苦不堪。一次，她深夜冒雪寻找"丈夫存放黑衣服的山洞"，回来后视力急剧下降，最后全瞎了。可是公主并没有因此而沮丧，因为她再也不必为挑选白衣丈夫还是黑衣丈夫而犯愁了。故事没有讲是否黑熊还来"骚扰"，只说他们从此过着幸福的生活，这是这个故事最发人深思的地方。很多读者，甚至是批评家无法真正体会艺术作品中的美，就是因为其潜在的分别心和试图阐释的愿望，如同故事中的公主试图在黑白丈夫之间做出选择一样。当读者不用眼睛去看，不用头脑去想，而是

① 苏珊·桑塔格：《反对阐释》，程巍译，上海：上海译文出版社，2003 年，第 42 页。

用感觉去感受那种若有若无、若隐若现，可以玩味又无法琢磨的氛围时，美感就出现了。"艺术的目的终究总是提供快感——尽管我们的感受力要花一些时间才赶得上艺术在某个既定的时间提供的那种快感的形式。"①桑塔格对于新感受力的见解在她自己的小说中表现得可谓淋漓尽致。

当然，桑塔格所提出的"新感受力"的概念有着很宽的外延和深厚的哲学铺垫。它不仅包括对各种艺术形式的体验，还贯穿在人们的生活形态当中。后现代解构主义大师雅克·德里达（Jacques Derrida）将西方哲学建立在二元论或两极性为前提的思想传统归结为"逻各斯中心主义"。他认为，在这种二元论前提下建立起来的一系列概念、范畴总是相互对立的，而且这相对的两极并不是各自独立、平等的。在每一组对立的概念中的两方，总是一方处在主动、肯定、积极、主导的地位，而另一方则是处在被动、否定、消极、补充的地位。理性与感性之间的关系也是这样，理性总是被认为是能达到事物本质的，能在内在更深层次上对世界进行积极的把握，而感性则是描述的、处在事物表面的、粗糙的、将被否定和超越的一面。在黑格尔的"感性、知性、理性"的三分法中，感性处在最浅显的层面上，它的局限性决定了它将被扬弃，认识只有经过理性阶段的升华才能把握事物本质。这种不平等关系同样也影响到了艺术审美中。内容比形式更为根本，更具决定性，而形式只是附属于内容。针对这种二元对立及其等级制度，德里达开始了他的解构生涯，不仅在哲学理念上，而且在实践上吸纳了语言学、符号学的知识，全面瓦解了黑格尔的"绝对理念"，在60年代中期掀起了解构的狂潮。

与德里达的解构相类似，桑塔格的"新感受力"也可以说是对黑格尔这种哲学传统的彻底反叛。它完全摒弃了知性和理性，把形式和感性推到了意义的前台。随着电影、电视等新的文化传播媒体的出现，艺术已经同科技融合为一体，形成了一种泛文化现象。如果我们仍将这种合作相融的成果称作艺术的话，那么，在这种新的文化现象中，形式的作用逐渐突显。好莱坞电影强调奇观化效应，突出视觉冲击力，而其故事的内容则要求在一两句话中说清楚，这就是后现代泛文化现象的反映。对艺术而言，使其得以浮现出来的，是它的风格和形式。桑塔格认为，这种新风格和新形式提供给人的新感受力，能够避免人在泛文化过程中被异化。具体到希波赖特的梦上，重要的不是梦的内容和寓

---

① 苏珊·桑塔格：《反对阐释》，程巍译，上海：上海译文出版社，2003年，第351页。

意，而是对梦的体验，用希波赖特的话说，

> 所要求的仅仅是全神贯注。在全神贯注的状态下，没有黑暗的角落，没有让人讨厌的感觉或者形式，没有看起来脏兮兮的东西；在全神贯注的状态下，没有可以为自我及其革命做出阐释、自我辩护或者宣称的余地；在全神贯注的状态下，没有必要说服什么人相信什么东西。没有必要去分享、去劝说，或者去声明。在全神贯注的状态下，有时是沉默，还有，有时是谋杀。（《恩》，第 123 ~ 124 页）

在希波赖特的梦中，梦的形式成了惟一的内容。他全神贯注于梦的各种版本，专注于同一个梦的不断回归。这种梦使做梦的人重新回到梦中，如同一个无法逃避又总在逃避的某个实在的难以言喻的纠缠。到最后，梦变成了现实，现实则成了梦，感性与理性之间的对立也随之瓦解。

在桑塔格后期的小说中，这种对于静默的追求不仅没有被抛弃，反而以更加直接的形式在小说中得以体现。《在美国》可以说正是桑塔格自我意识和历史意识完美结合的创作：面对历史真实人物和事件，静默是惟一的选择，否则，意识就会成为一种负担，被沦为是"所有说过的话语的记忆"[1]。这种美学理想提倡的是一种对于生活直接而真切的感受，力图冲破一切已有的艺术观念的限定，抛弃历史带来的负担，反映了一种希望完全解放的理想。"静默是艺术家最为与众不同的姿态：借由静默，他将自己从尘世的奴役中解放出来，不再面对自己作品的赞助商、客户、消费者、对手、仲裁人和曲解者。"[2]《在美国》的女主人公玛琳娜一生所追求的目标，就是这样一种解放的状态。

首先，艺术不是政治立场的告白，艺术家也不必成为政治上的发言人。玛琳娜是一位歌剧演员，其历史原型为波兰女演员海伦娜·莫德杰斯卡。她在自己的祖国波兰被视为民族的骄傲，其表演艺术也处处被渲染上了政治的色彩。"你用美和天才给崇高的爱国艺术带来荣耀，为戏剧干杯。"（《在》，18）戏剧评论家这样评价她的表演。然而波兰当时正遭受着列强的瓜分，严酷的政治现实令她作为艺术家在波兰难以立足。当她决定在华沙上演奥菲利娅，总审查

---

① 桑塔格：《激进意志的样式》，何宁等译，上海：上海译文出版社，2007 年，第 26 页。
② 桑塔格：《激进意志的样式》，何宁等译，上海：上海译文出版社，2007 年，第 8 页。

官拒绝发给剧场上演《哈姆莱特》的许可证，原因是这部剧所描写的情节是谋杀国王！"是不是过于严肃的话题和太浓的爱国主义情绪引起了俄国当局的警惕？结果每周二都有两名警察守住我们的大门，监视每个进出的客人，登记名字，查问外国客人的住址，查问他们与我们的关系。不过压迫者的举动并不让我感到吃惊。让我吃惊的是这里的评论家！如果我知道如何去憎恨，或许仇恨能使我解脱。我应该麻木不仁，应该有一副铁石心肠。哪个真正的艺术家拥有那样的铠甲？"（《在》，56）艺术与政治被当局紧密地相连，就连艺术评论界也难逃政治意识的大网。玛琳娜觉得窒息，她深刻地意识到自己及自己的艺术在波兰的命运。"我没法演得更好，在华沙不行。我们必须逃离这个地方。"（《在》，57）

当艺术被迫服务于某种特定的政治使命的时候，艺术家和批评家就永远不会摆脱使某种意识形态永恒化、极端化的观念。在《乔治·卢卡奇的文学批评》一文的附笔中，桑塔格明确了自己对这种文学艺术道德化、历史化、意识形态化的弊端："只有当历史主义的批评家和他们所有的门生能够把艺术作品主要作为艺术作品（而不是作为社会学、文化、道德或者政治文献）而进行关注，他们才能把目光投向 20 世纪更多的伟大作品，而不是少数伟大作品，也才能深入地理解——对当今负责任的艺术家来说，这是不容推辞的责任——艺术中'现代主义'的问题和目标。"[1]从某种角度来看，玛琳娜离开波兰，梦想着在美国这片似乎未被污染的土地上建立一个理想的乌托邦，未尝不是桑塔格对于艺术脱离政治等意识形态束缚，还原其静默状态的一个隐喻。

其次，艺术品也不必成为某种道德观念的宣言。在来到美国的舞台之后，玛琳娜曾经接待过一位自称为温顿夫人的观众的唐突来访。在温顿夫人看来，玛琳娜所出演的《阿德里安娜》美化了舞台，《茶花女》歌颂了交际花，而《弗鲁弗鲁》在为抛弃丈夫、扔下孩子的轻佻女人大唱赞歌。"上帝赋予你天赋，美丽的天赋，你干吗不把自己的天赋用在向善的一面呢？你为什么要演那些不道德的戏呢？"即便是莎士比亚，在这位温顿夫人看来，也毁灭性地滥用了他的天赋。"《罗密欧与朱丽叶》和《仲夏夜之梦》，把情欲称作爱情，一对对男女一起睡在地上。在《皆大欢喜》和《第十二夜》中，女人居然穿着紧身裤，在舞台上翻腾跳跃！"（《在》，385）无疑，温顿夫人作为道德伪卫士的

---

[1] Susan Sontag, *Against Interpretation*, New York: Dell Publishing Co., Inc., 1966. p. 92.

立场是桑塔格所不屑的。

真正有道德的艺术品，在桑塔格看来，不是通过艺术品倡导什么、或者批判什么的道德主题，只要我们对艺术的反应恰好活跃了我们的感受力和意识，那么这种反应就是"道德的"。"艺术担当着这种'道德的'责任，因为审美体验所固有的那些特征（无私、入神、专注、情感之觉醒）和审美对象所固有的那些特征（优美、灵气、表现力、活力、感性）也是对生活的道德反应的基本构成成分。"[1]在纳丁戈迪默讲座中，桑塔格把文学与道德的问题论述得更加清楚："一位坚守文学岗位的小说家必然是一个思考道德问题的人……这并不是说需要在任何直接或粗鲁的意义上进行道德说教。严肃的小说作家是实实在在地思考道德问题的。他们讲故事。他们叙述。他们在我们可以认同的叙述作品中唤起我们的共同人性，尽管那些生命可能远离我们自己的生命。他们刺激我们的想像力。他们讲的故事扩大并复杂化——因此也改善——我们的同情。他们培养我们的道德判断力。"[2]从这个意义上说，玛琳娜出演的角色是否是个有道德的人，小说家笔下的人物是否满口仁义道德，其实是不重要的。

更重要的，艺术还应该摆脱历史的限制。生活就是舞台，而人生就是一幕幕的表演，这是我们常见的一个关于虚无人生的比喻。在桑塔格为我们设计的这场表演中，我们可以看到 4 幕戏，背景分别是：波兰、加利福尼亚、美国舞台、以及刚刚谢幕的舞台之外。在波兰，艺术是历史的、民族的，是与国家的荣辱休戚相关的。"在华沙唯一允许波兰人讲波兰语的地方就是舞台！"（《在》，55）不仅演员，就连观众也将舞台看作是自己强烈的爱国情怀和民族仇恨得以伸张的场所。每演完一场伟大的戏剧，玛琳娜都感觉自己变得更加完美，从自己口中说出的全是经过千锤百炼、能使灵魂得到净化的语言。当她高声朗诵莎士比亚、席勒等人崇高激烈的台词时，她觉得自己不再是原来的自我，已经与所演的角色融为一体。在回忆道她七岁时第一次进剧场观看哥哥斯蒂芬的演出，戏剧一开始好像是描写爱情，接着像是描写伤心事，到最后描写的则是更加高尚的事业：为国家摆脱奴役、争取自由的事业。可是直到演出结束之后玛琳娜也没有认出哥哥扮演的是谁，哥哥已经完全变成了戏剧里的角色，与生活中的他划清了界限。艺术就是把自己化为自己的角色，就是要看起

---

① 桑塔格：《反对阐释》，程巍译。上海：上海译文出版社，2003，第29页。
② 桑塔格：《同时》，黄灿然译。上海：上海译文出版社，2009年，第218~219页。

来完全真实，它与"崇高"、"爱国"等词相关，担任的是道德教化的使命。但是桑塔格关心的是："把某个人称为民族的象征意味着什么呢？……如果她不是因为是某人的女儿或者遗孀，而是因为自己的成就而受到特别的珍爱，那么，她的成就是些什么呢？"（《在》，9）担负了这么沉重的历史重担，艺术家的自我又该如何实现？

在波兰与美国的舞台之间，桑塔格加进了加利福尼亚这一场景，不仅是为了服从历史真实，同时也是为了情节需要。玛琳娜逃离了波兰的舞台，心怀美好的理想，试图与自己的朋友建立一个农业乌托邦社区。从一定程度上，我们可以把这一举动看作是她逃离以往的艺术世界、回归本真世界的尝试。在波兰的舞台上，"既保持原来的我，又能扮演我所喜爱的角色……是不可能的。"（《在》，53）她迫切地希望找回那个本来的自己，希望自己能摆脱历史和民族所赋予的沉重负担，创造一个全新的世界。最先融入这个世界的，是玛琳娜的儿子皮奥特。他还小，历史还没来得及在他身上留下烙印，因此在观看了印第安人参加的马戏团演出后，皮奥特执拗地要妈妈给他讲一个与以往不同的故事，一个"真实"的故事。在他看来，真实的故事里"有熊，还有谋杀。人人都在哭……人人都会死……这是事实……要是人人都要死，有一天你就会死，还有——"（《在》，172）这样的真实，是逃离了历史意识和各种意识形态限制的原本面貌。"在阿纳海姆这样的村庄，什么东西都一览无遗，看得明明白白，玩弄表里不一的游戏又什么用处呢？在新的生活中他们看到的只有景致，没有镜子。"（《在》，179）这种乌托邦式的艺术理念无疑是对过去再现式、表现式文学观的摈弃，呼吁艺术家从历史中、意识形态中解放出来。"在追求静默的背后隐藏着对认识上与文化上之清白历史的渴求。最激动、最热切的对静默的提倡，表现为一个彻底解放的神话般的计划。它所设想的解放包括艺术家摆脱自身的限制，艺术摆脱特定艺术作品的限制，艺术摆脱历史的限制，精神摆脱物质的限制，思想摆脱认识和智力的限制。"[1]玛琳娜在加利福尼亚所进行的试验，正是以静默的形式试图对以往沉重历史使命进行的反抗。

在新世纪之初的一篇专门讨论"美"的文章中，桑塔格说："美是理想化的历史的一部分，而理想化的历史本身又是安慰的历史的一部分。"[2]没有什么能逃

---

[1]　桑塔格：《激进意志的样式》，何宁等译，上海：上海译文出版社，2007年，第19页。

[2]　桑塔格：《同时》，黄灿然译，上海：上海译文出版社，2009年，第10页。

脱历史，"美"如此，艺术家和艺术品当然也不例外。任何文学艺术作品都不可避免地是时代的产物，因此总要受到时代意识形态和历史构成的影响，最终成为时代艺术潮流的一部分，如同静默也总是一种声音一样。20世纪70年代，随着精英文学艺术在消费社会的日益边缘化，消费美学、商品美学大肆流行，桑塔格在六十年代显露出的激进姿态和代表先锋大众文学潮流的面孔则有所改变，对曾经以反叛性为宗旨的现代主义文学艺术的衰落也深表惋惜。在70年代初出版的《在土星的标志下》这部批评文集就明显地流露出她对现代派经典作家的强烈认同感，强调以激情的思想救赎当代社会的重要性。当然她一度热衷的经验形式审美以及对意识探索的观念此时仍然存在，但是这位处于后现代社会转型时期的评论家和小说家对时代文化的偏颇所做的反思跃然纸上。

《火山恋人》一经出版，评论界就迅速发现了它与桑塔格早期两部小说的差异，这一点我们在前文从不同层面作过介绍。除了写作方法和小说选取的题材与前大不相同之外，这本书引起学术界和商业界的反应也与从前迥然相异。保拉·斯潘（Paula Span）在她所做的访谈里总结出了当时人们普遍的看法：

> 你可以想象，全国的批评家和购书的人都挠头不知所然。苏珊·桑塔格，那个纽约知识分子的女王，那个学者兼批评家，她写了许多令人望而生畏的漂亮文章，涉及到你连名字都拿不准如何发音的欧洲作家和电影制作人，她是可以在《静默的美学》不到六七段的篇幅里就能如数家珍地对克劳斯特、阿尔托、杜尚、约翰·凯奇和哈伯·马克思进行评论的人？[①]

显然，评论界对桑塔格如此巨大的变化一时有些不知所措，尤其是对这部作品在现实主义手法上的回归颇为不解。的确，这部书不仅摒弃了她过去试图将艺术形式封闭起来的做法，把历史和道德问题直接搬进自己的作品，而且在文中直接用自己的声音说话，实在令人无法相信她就是当年那个极力隐身，对道德批评和内容论不屑于顾的桑塔格。在通往过去的门口，她自问为什么要在历史中留连忘返，然后回答说："我想进去瞧一瞧。我想审视世间的一切。看

---

① Paula Span, "Susan Sontag: Hot at Last", in Leland Poague (ed.) *Conversation with Susan Sontag*, Jackson: University Press of Mississippi, 1995. p. 261.

什么东西被留下来，什么被抛弃了。什么东西不再受到人们的珍视，什么东西不得不亏本出售。"（《火》，第 1 页）这段小说叙述者的表白与多年前她接受采访时的观点如出一辙：

> 我们意识到自己是历史连续中的个人，身后都负载着无限浓厚的过去，这是很正常的事。……把时间划分成过去、现在和未来意味着现实在这三方面得到平等的分配。但事实上，过去是三者中最真实的。……如果艺术家是记忆的专家，是意识的职业管理人，他们付诸实践的则仅仅是——任意和痴迷地——对原型的吞噬。生活经验中有一种倾向，总让记忆和遗忘相比时占上风。
>
> ……指责艺术就等于指责承载负担的意识，因为意识恰如黑格尔主义者所说的，只有通过过去感才能意识到自身，艺术是当下最拥有过去的普遍条件。变成"过去"，从一个角度说，就是变成"艺术"（最能说明这一变体的艺术是建筑和摄影）。所有艺术作品的悲怆感均来自它们的历史性。……大概没有哪个艺术品是艺术，只有当它成为过去的一部分时才能成为艺术。①

可见，桑塔格的审美观正从过去的形式审美转向历史意识审美，这与 T. S. 艾略特声称的"艺术家个人始终是历史传统的有机组成部分"的观点相契合。在《火山恋人》中，爵士首先就是一个热爱历史的人。他热衷于收藏："收藏就是抢救。抢救珍贵的被人忽略、被人遗忘的东西，或者仅仅把别人的收藏品拿过来，让它们摆脱卑微的命运。"（《火》，第 16 页）在那不勒斯爆发革命之后，叙述者辗转提到了收藏与革命的关系："按定义，收藏即是收藏过去——而干革命是要谴责现在被称为过去的东西。过去是沉重的，也是辽阔的。如果旧秩序的崩溃让你逃亡，那么你不可能把一切都拿走——这就是爵士的苦恼。即使我不走，我也不可能保护它。"如此说来，收藏者的意愿与世界总是不断更新向前的实际情况总会发生冲突，因为人总是要死的，物体也总会

---

① Maxine Bernstein and Robert Boyers, "Women, The Arts, & the Politics of Culture: An Interview with Susan Sontag" in Leland Poague (ed.) *Conversation with Susan Sontag*, Jackson: University Press of Mississippi, 1995. p. 65.

消亡。那些被精心保护着的古典花瓶，那些从过去遗留下来的所有美好的东西，总会在某一天因为战争、自然灾害或任何其他的原因而不复存在。爵士的这种对过去的依恋逐渐变成了他忧郁性格的一部分，像桑塔格在批评文集中对本雅明的评价一样：

> 如果说，这一忧郁气质对人不忠实，那它有充分的理由去忠实于物。忠实在于积累事物——这些事物大都以残篇或废墟的形式出现。……超现实主义的天才在于以一种奔放的坦率对巴洛克对废墟的崇拜作了概括；在于认识到现代的虚无主义能量将一切都变为一种废墟或者残篇——因此都是可以收藏的。一个世界，当其过去（根据定义）已经过时，而现在粗制滥造出许多瞬间就变成古迹的东西的时候，它就招引来看管人、解码人和收藏家。①

这种对残篇和废墟的热爱还体现在爵士对火山的钟情和对火山品的狂热收藏上。对爵士来说，火山这种具有瞬间毁灭力的"物品"是最具有收藏价值的，也是惟一能使自己摆脱收藏的途径。"也许每一个收藏者都曾幻想有一场浩劫能将自己从收藏中解脱出来——把一切都化为灰烬，或被埋在熔岩下面。毁灭是放弃收藏的惟一的最有力的形式。收藏者对自己的生活如此失望，以致希望自己背离自我。"（《火》，第172页）

除了在自己的批评和作品中更加重视历史感之外，桑塔格在20世纪70年代中期以后还认为，她关于艺术作品的道德作用的认识已不像在1965年的时候那样抽象了。"与那时相比，我对极权主义以及与之相匹配的美学，即极权促生的美学，有了更深刻的认识。"②桑塔格认识到，法西斯的理想就是动员整个民族所有的人，将社会变为一个大舞台。这是美学沦为政治的最极端的形式，从而变成了谎言的政治。这样的美学，这样的形式，在当今上帝已死的消费社会背景下显得如此苍白。"十年前，作为少数人的趣味或敌对趣味似乎非

---

① 桑塔格：《在土星的标志下》，选自《在土星的标志下》，姚君伟译，上海：上海译文出版社，2006年，第119~120页。

② Maxine Bernstein and Rober Boyers, "Women, The Arts, & the Politics of Culture: An Interview with Susan Sontag" in Leland Poague (ed.) *Conversation with Susan Sontag*, Jackson: University Press of Mississippi, 1995. p. 60.

常值得为之辩护的艺术，今天看起来，似乎也不值得了，因为它提出的道德问题和文化问题已经变得严肃，甚至危险起来，当时还不是这样。真实情况是，在高雅文化中可以被接受的，到了大众文化里就不能被接受，只提出无关紧要的道德问题作为少数人的一种特质的那些趣味，一旦为更多的人所接受，便蜕变成为一个让人腐败的因素。趣味是语境，而语境已经发生了变化。"①

任何文学艺术作品都不可避免地是时代的产物，因此总要受到时代意识形态和历史构成的影响，最终成为时代艺术潮流的一部分。要理解它的构成和意义就要理解它所处的社会形态的构成，正如詹姆逊（Frederic Jameson）在《快感：一个政治性问题》（*Pleasure：A Political Issue*，1983）一文中指出的："在商品化和我们所认为的审美快感之间有一种决定性的关系。"②桑塔格到了上世纪 70 年代中期之后对自己早期艺术观念的局限性和偏激有所察觉，因此对《论风格》中的论点进行了辩解，认为形式主义和历史主义的方法论并非相互对立或排斥，而应形成互补，两者都是不可或缺的。她在 1977 年的一次采访中被问及"许多人把兰尼·里芬斯塔尔（Renfenstahl）的作品看作是纯美学的优美的电影"时，她的回答是："没有所谓'美学的'艺术作品。……意识和美学都不是抽象的。假如我们无视意识的象征性，就是对我们经验的不诚实。你不能看着伦勃朗的自画像，只把它们看作形式上的排列，沉思中的状态。那里还有一张脸在。"③与桑塔格早期注重纯粹形式美的观点相比，这一变化不可谓不惊人。它使她的视野和思想中注入了历史的维度，增加了深度感。同时，这种历史维度又因为她在作品中赋予的各种各样的声音而获得了道德上的意义。此时的桑塔格不再假装与自己的作品毫不相干，而是大大方方站出来，思索革命过程中出现的问题，对镇压革命者和新生势力的残暴力量表示谴责，同时为各个时代的女性所受到的不公正对待鸣冤呐喊。与过去"静默的美学"时期相比，此时的桑塔格更加洒脱，更具有人性味，同时也更加智慧。正如她在评价罗兰·巴特时所说的："他最终扬弃了缺失美学，并将文学看作是主观

① 桑塔格：《迷人的法西斯主义》，选自《在土星的标志下》，姚君伟译，上海：上海译文出版社，2006 年，第 97～98 页。

② Frederic Jameson, *The Ideology of Theory：Essays* 1971～1986, Vol, 2, Minneapolis：University of Minnesota Press, 1988. p. 63.

③ "Interview：Susan Sontag：On Art & Consciousness", in Leland Poague（ed.）*Conversation with Susan Sontag*, Jackson：University Press of Mississippi, 1995. p. 84.

与客观的相互拥抱。于是便出现了一种柏拉图式的'智慧'幻想。"①这也是桑塔格留给世人最深刻的印象。

小结

当有人问毕加索他的作品是什么意思的时候，毕加索回答说，你为什么不问问小鸟唱歌是什么意思呢？从某种程度上，这正是60年代的桑塔格对艺术作品的功用和意义所要做的回答。现代艺术已经远远超出了古典艺术所依附的内容说，如果我们还固执地要给电视电影观众和互联网上冲浪的游客套上18世纪的外衣，结果只能是不伦不类，或是做作的表演。现代艺术当然不是没有内容，只是它们的内容早已同风格和形式融为一体，不容我们用原来的方法进行分析。桑塔格的"反对阐释"也正是从这个意义上说的，她反对的是那种规范性的套路和规约，那种与形式相分离的肆意揣摩，如希波赖特在梦境与现实之间不断地牵线搭桥一样。她主张用"新感受力"感知艺术作品的魅力，主张对传统的二元对立体系进行彻底解构，代之以"坎普"式的民主精神。然而，人毕竟不是鸟，当六十年代的这种群鸟争鸣到了纯粹噪音的时候，桑塔格又一次走在时代的前面，对自己形式主义的艺术观进行了反思。

九十年代后期，桑塔格对此更有感触，先是写了极短的一篇《单一性》，然后是略长一点的《三十年之后……》，对自己早年的立场加以说明。"当我斥责某些轻巧的道德说教时，我是在在主张更惊醒的布那么自鸣得意的严肃态度。让我不解的是，而今在广泛的文化生活中严肃认真的态度本身开始遭到贬低，而且我曾经欣赏的某些有点逾矩的艺术作品竟会加强了轻浮的、纯粹消费主义的出轨犯规。三十年之后，最易辨识、最有说服力的价值观是从娱乐工业中产生的，随着这样一种文化渐占上风，严肃认真的标准几乎被破坏殆尽。"②我们俨然看到了一个更加智慧、更加游刃有余的桑塔格，在自己作品面前嫣然一笑，对自己早年拼命将写作的她和生活中的她分离开来不置可否。"……最终（我）开始觉得那作家就是我，而不是我的一个替身……现在我认为，想

---

① 桑塔格：《写作本身：论罗兰·巴特》，选自《重点所在》，沈弘、郭丽译，上海：上海译文出版社，2004年，第109页。

② 桑塔格：《三十年之后》，选自《重点所在》，黄梅译，上海：上海译文出版社，2004年，第324页。

逃避作为单一整体而存在的负担是不可能的。我和我的书是有区别的，然而写书的人和生活的人是同一个。这让人惊恐。更形单影只。更解放身心。"①这样的转变经历了三十年的时间。在《火山恋人》出版以后，桑塔格曾明确表示自己对这部作品的偏爱，说它是自己"真正喜爱的作品"，因为她已经将作家桑塔格融进了自己的创作，成了作品中不可分割的一个部分。

当代著名评论家迈克尔·伍德（Michael Wood）认为，当代的小说是自由主义和人性的，它专注于人类的行为和动机的复杂性。当代的故事并不希图为人提出忠告，"它并不天真地信仰经验，因为它通常多少都接受了本雅明的看法，即经验正在或已经凋零——它甚至质疑是否有可疑凋零的经验。但它相信智慧的碎片，相信谜语的价值，因而至少与对经验的梦想有着虽破碎但仍可辨认的联系。故事中没有忠告，只有暗示和直觉，这两者它是不会放弃的。"②暗示和直觉不可能用言语道出，因为一旦道出，便又会落入巢臼。正因如此，桑塔格呼吁静默，呼吁艺术的解放，呼吁艺术家通过艺术实现真正的自由。玛琳娜在加利福尼亚农场上拍照片时所意识到的正是如此："今天，在空虚惆怅之中摆弄姿态，故意要表现某种东西，这是为照相而逢场作戏。"（《在》，204）

然而，不摆弄姿态，又是个什么姿态呢？如同什么也没有的空间里也总还有一只正在观看的眼睛一样，静默也总是一种声音，很多种声音。无论文学作品试图以何种形式摆脱历史意识的牵绊，它终究还是要不可避免地成为历史的一部分。桑塔格在她的小说中选择了一种众声喧哗的形式，表达她渴望的、理想中的静默。她在《在美国》中重述了一个另一个时代的真实人物的故事，并把这个故事有机地镶嵌进现实。桑塔格显然不是为了通过这个故事重述女主人公对美国梦的追寻，也不是为了通过历史故事对现代人有所忠告，而在于其讲述故事的过程中体现出的智慧碎片和提供给读者不同于历史事实的个人感受。对于读者来说，这过程就如同一次次的旅行，而小说家，"是带你去旅行的人。穿越空间的旅行。穿越时间的旅行。小说家带领读者跃过一个豁口，使事情在无法前进的地方前进。"③

---

① 桑塔格：《单一性》，选自《重点所在》，黄梅译，上海：上海译文出版社，2004 年，第311 页。

② 迈克尔·伍德：《沉默之子》，顾钧译，北京：生活·讀书·新知三联书店，2003 年，第4页。

③ 桑塔格：《同时》，黄灿然译。上海：上海译文出版社，2009 年，第219 页。

结　语

桑塔格是个不断自我反思、并反思当前文化的艺术家、批评家，她的创作观念和她的批评思想有着密不可分的联系，这一点在以上各章中均有详实的论述。她坚信"否定"（negation）是现代主义的重要理念之一，因此总是在否定和反思中开始她的创作。这样一来，便给我们研究桑塔格的作品和思想带来了一定的难度。正如她自己多次说过的，她"觉得永远还会有一个新的开始"，①因此几乎从不重读自己过去的作品，希望从过去的作品中逃逸出来。在这方面她对罗兰·巴特的描述正好可以用来作为对她本人的描述："巴特所描述的作家自由从部分意义上说就是逃逸。作家是其自我的代言人——在被作品定格下来之前，自我永远是在逃逸，就像人的头脑在不断逃脱教条。"②正因为她的作品和思想永远处于不断变化之中，因此要把握桑塔格在文学史和思想史上的位置则更加困难。然而，人总是历史中的人，作家更是不能逃脱历史烙在其身上的烙印。桑塔格成长在现代主义兴盛、形式主义诞生、唯美主义的主张仍然在一定程度上受到追捧的 20 世纪上半期，同时她又和先锋文学的主将们一起踏进了 20 世纪的后半期，影响了后现代主义运动的进程。厘清桑塔格与各文艺思潮的关系并非要给她加上某个标签或将其强硬地分到某个派别之内，而是要在漫长文学史长河中确定她所受到的影响，以及对现今文坛的贡献。

桑塔格的传记作家卡尔·罗里森在论述到爱伦·坡对桑塔格的影响时说："爱伦·坡第一次使她（桑塔格）窥见到了内心世界、忧郁、强迫性着迷、逻辑分析的刺激、病态以及卤莽的自我意识的秉性。爱伦·坡的写作既具冒险性

---

① 桑塔格：《苏珊·桑塔格文选》，陈耀成编，台北：一方出版有限公司，2002 年，第 68 页。

② 桑塔格：《写作本身：论罗兰·巴特》，选自《重点所在》，沈弘、郭丽译，上海：上海译文出版社，2004 年，第 105 页。

又充满智力。他笔下的叙述者都充满了自我意识，自闭在他们自身的世界里。同桑塔格一样，爱伦·坡的人物，用比喻的方法来说，都嗜好洞穴——即思想的洞穴。"①同爱伦·坡一样，桑塔格也是一位善于从欧洲及文学本身寻求灵感的美国作家。他使桑塔格认识到文学可以成为通往另一个世界的交通工具，更妙的是，文学就是命运本身。在芝加哥上学期间，桑塔格又接触了主张"为艺术而艺术"等追求艺术表现形式文论家如大卫·休谟（David Hume）、王尔德、沃特·佩特（Water H. Pater）的著作，深受他们美学思想的影响，形成了自己早期与唯美主义相关的形式主义审美观。

虽然形式主义审美观并不是桑塔格首创，也不是桑塔格独有，但是桑塔格却将这种发源于古希腊毕达哥拉斯学派的美学思想在 20 世纪 60 年代以新的面貌重现于批评家的视野。毕达哥拉斯派的艺术家认为，美就是和谐，他们从自然的科学观点去看美学问题，探求什么样的数量比例才会在音乐、建筑、雕刻等各门类艺术中产生美的效果，从而发现了对欧洲产生过长久影响的"黄金分隔"（最美的线形为长与宽成一定比例的长方形）。这种对艺术品偏重形式的探讨成为后来形式主义美学的萌芽。②这种美学思想还影响到了中世纪的神学家及美学家，如圣·奥古斯丁（St. Augustine）给一般美所下的定义就是"整一"或"和谐"，给物体美所下的定义是"各部分的适当比例，再加上一点悦目的颜色。"他认为美的基本要素就是"数"，因为它就是"整一"，在美里见出图形，在图形里见出尺度，在尺度里见出数。③这种从数量关系上寻找美的想法在美学发展中一直颇具影响，它的基本出发点就是依据形式寻找美，是形式主义美学在中世纪的发展。到了现代俄国，形式主义美学批评家将这种思想更加明确化，如什克洛夫斯基在论述"艺术即形象思维"时曾有一段关于艺术的名言，他说：

　　那种被称为艺术的东西之存在，正是为了唤回人对生活的感受，使人感受到事物，使石头更成其为石头。艺术的目的是使你对事物的感觉如同你所见的视象那样，而不是如同你所认知的那样；艺术的程

---

　　① Carl Rollyson and Lisa Paddock, *Susan Sontag: The Making of an Icon*. New York: W. W. Norton & Company, Inc. 2000. p. 9

　　② 参见朱光潜：《西方美学史》上卷，北京：人民文学出版社，1985 年，第 32～34 页。

　　③ 参见朱光潜：《西方美学史》上卷，北京：人民文学出版社，1985 年，第 129 页。

序是事物的"反常化"程序，是复杂化形式的程序，它增加了感受的难度和时延。既然艺术中的接受过程是以自身为目的的，它就理应延长；艺术是一种体验事物之创造的方式，而被创造物在艺术中已无足轻重。①

桑塔格早期关于文艺形式的思想与这种形式主义美学如出一辙。她在《论风格》一文中谈到艺术作品的功用时说："全神贯注于艺术作品，肯定会带来自我从世界疏离出来的体验。然而艺术作品自身也是一个生气盎然、充满魔力、堪称典范的物品，它使我们以某种更开阔、更丰富的方式重返世界。"②一旦自我从世界中疏离出来，我们便可以站在更高、更远的角度看待这个似曾相识的世界，体验它不一样的美感。中国哲学里所谓"不识庐山真面目，只缘身在此山中"，说的其实也是这个道理。"艺术作品为了以艺术的面目出现在我们面前，必须对起着'密切'作用的情绪干预和情感参与予以限制。正是距离的程度、对距离的利用以及制造距离的惯用手法，才构成艺术作品的风格。归根结底，'风格'是艺术。而艺术不过是不同形式的风格化、非人化的再现。"③

早期桑塔格的批评理念和创作都是基于这种对形式的刻意关注和雕琢，这在我们先前对《恩主》和《死亡之匣》的分析中也略有体会。然而，当形式和风格失去了依托，艺术作品创造了一个全然自我指涉的世界时，艺术则成了全无意义的噪音。对桑塔格来说，艺术作品当然指涉我们生活的外部世界，指涉我们的知识、体验和我们所持的价值观，只是这种知识和体验或者价值观不是关于概念的知识，而是我们对某事风格或形式的一种感知和体验。桑塔格对大众文化，尤其是电影的喜爱有着十分严肃的原则，她认为现代艺术的严肃性排除了通常意义上的那种快感，因此与现代众多艺术品倡导享乐是不相干的。"如果享乐主义指的是保持我们在艺术中发现快感的那些传统方式（传统的感觉形式和心理形式），那么，新艺术是反享乐主义的。它使人们的感觉受到挑

---

① Victor Shklovsky, "Art as Technique", in David Richter (ed.) *The Critical Tradition: Classic Texts and Contemporary Trends*, Boston: Bedford Books, 1998, 2nd edition. p. 720.

② 桑塔格：《论风格》，选自《反对阐释》，程巍译，上海：上海译文出版社，2003 年，第33 页。

③ 桑塔格：《论风格》，选自《反对阐释》，程巍译，上海：上海译文出版社，2003 年，第35 ~ 36 页。

战，或给感觉造成痛苦。新的严肃音乐刺痛人们的耳朵，新绘画也不娱人眼目，新电影和少数令人感兴趣的新散体文学作品则难以看下去。"①

当消费主义和享乐的风气在文坛占据主角的地位，当先锋文学失去了以往严肃的准则时，桑塔格感到十分痛心。在 60 年代倡导形式和风格的基础上，她在 70 年代后期和 80 年代都对自己早期的批评观念进行了深刻的反思，并开始在批评文集和自己的小说作品里对经典现实主义艺术家和高雅艺术大加渲染。由此，我们可以看出桑塔格对现实主义艺术的传承。在她看来，"文学的目的在于教育"这一观点不仅没有过时，而且在现代尤其如此。"如果不是因为某些书的话，我不会是今天这样的人，也不会有现在的理解力。我此刻想到 19 世纪俄罗斯文学中的一个伟大命题：'一个人应当怎样生活。'一篇值得阅读的小说是对心灵的一种教诲，它能扩大我们对人类的可能性、人类的本性及世上所发生之事的理解力，它也是内向自省意识的创造者。"② 19 世界俄罗斯现实主义文学给人们提供的教育信息曾鼓舞了一代又一代的艺术家、文学爱好者和普通读者，这是桑塔格一直非常看重的。即便是在桑塔格极力倡导形式美学的 60 年代，她也没有忽视小说的道德功效和教益的目的。"艺术担当着这种'道德的'责任，因为审美体验所固有的那些特征（无私、入神、专注、情感之觉醒）和审美对象所固有的那些特征（优美、灵气、表现力、活力、感性）也是对生活的道德反应的基本构成部分。③

虽然桑塔格个人对唯美主义和现实主义的艺术都十分推崇，自己又在早期作品中进行形式主义的实践，但是她本人却在大多数时候自认是现代主义的继承人，众多的批评家也认同她的这一说法。确实，桑塔格早期用批评和小说实践极力倡导形式主义美学，希望以现代性的形式代替被"新批评"禁锢了的和被心理分析、马克思主义批评破坏性挖掘了的文学艺术，但是自 70 年代中期开始，她捍卫精英文化的形象又把她推到了现代主义的阵营。有评论者称她为"最后的现代主义者"，是有着一定的依据的。④随着消费主义社会的兴起，

---

① 桑塔格：《一种文化和新感受力》，选自《反对阐释》，程巍译，上海：上海译文出版社，2003 年，第 350 ~ 351 页。

② 桑塔格：《苏珊·桑塔格文选》，陈耀成编，台北：一方出版有限公司，2002 年，第 49 ~ 50 页。

③ 桑塔格：《论风格》，选自《反对阐释》，程巍译，上海：上海译文出版社，2003 年，第29 页。

④ 参见 Sohnya Sayre, *Susan Sontag: The Elegiac Modernist*, New York & London: Routledge, 1990.

高雅文化逐渐被边缘化，桑塔格收起她 60 年代激进和时尚的面孔，开始不遗余力地为曾经作为反叛性的现代主义文学艺术的衰落唱起挽歌。《在土星的标志下》这部文集的出版，标志着她作为先锋派艺术代言人的角色开始转变，对这部文集里流露出了她对现代派经典作家的强烈认同感。《火山恋人》和《在美国》的主要人物也都在他们各自的时代里极为风光，对艺术的见解都十分深刻，最后终结于思想的废墟，完全不似《恩主》和《死亡之匣》中性格怪异、边缘化的人物形象。桑塔格把 20 世纪的历史看作是现代主义的历史，把战后各种主义涵盖下的先锋文学艺术归划在欧洲现代主义美学的晚期，并认为无论在任何时候，都应该把它们置放在现代主义的空间下进行梳理，无论它们所处的位置是否边缘。①而桑塔格在后期作品中所展露的历史感和废墟意识更是现代主义艺术家的重要主题，说桑塔格是"唱着挽歌的现代主义者"，确实切中了要害。

　　以上种种标签，桑塔格都不曾有过明确的反对意见，然而，对于很多将她置于后现代大旗之下的批评，桑塔格却竭力反对。由于桑塔格在 60 年代倡导过"坎普"趣味，便被不少学者看作是打通高雅文化和大众文化鸿沟的人物，她所倡导的"新感受力"也被视为接纳多元文化主义的后现代主义美学观，对 60 年代之后兴起的后现代主义流行文化有着深远和极大的影响力。但桑塔格对大众文化现象的接纳却从未建立在消除精英文化和大众文化的差异之上，恰恰相反，她对后现代的图象景观，尤其是作为消费文化载体的电视文化一直持反对的态度。桑塔格置身于消费文化逐渐成为主流的后工业社会，虽然也提倡消费文化的大胆、新颖以及重感官直觉的审美形式，但是她同时又流连于现代派文学的思想深度，对现代主义艺术在宏大叙事下对人类折射出的终极关怀倍加赞赏。

　　在一次接受采访时，桑塔格这样表述自己对后现代艺术的看法：

　　　　人们所说的"后现代"的东西，我说是虚无主义的，我们的文化和政治有一种新的野蛮和粗俗，它对意义和真理有着摧毁的作用，而后现代主义就是授予这种野蛮和粗俗以合法身份的一种思潮，他们

---

　　① 参见 Sohnya Sayre, *Susan Sontag: The Elegiac Modernist*, New York & London: Routledge, 1990, p. 3.

说，世间根本没有一种叫做意义和真理的东西。显然，我对这一点是不同意的。①

桑塔格的艺术观之所以不能用"后现代"来描述，主要是因为她并不是主张"去中心化"或"取消意义"的。在《反对阐释》一文发表后，很多评论认为桑塔格是在消解艺术作品的意义，而事实上，桑塔格所要反对的是那种对艺术作品简单化的阐释，尤其是社会学的、心理学的和弗洛伊德式的简单化。与大多数后现代主义者不同的是，桑塔格并非反对理性，或者反对意义，她反对的是当时风靡一时的把艺术作品解释成别的东西的现象，因此，单单因为这篇文章以及她对大众文化的推崇而把她归类为后现代派，是不太妥当的。

纵观桑塔格艺术思想的发展和艺术实践的变化，我们确实无法为她明确地贴上标签，任何试图把桑塔格圈进某个集团的努力都是愚蠢和徒劳的，但是依据其四十年来在文化领域内所作的批评和在艺术领域内的实践，我们还是可以清晰地看到她在当代文艺思潮中所处的位置。她用一种宽容的态度对待大众的流行文化，并在其遭遇阻力时置身于大众文化的前沿。然而，她从来都没有冷落经典的现实主义和精英的现代主义艺术，从来没有用通俗文化的手法挑战高雅文化。如果说现代主义和先锋派文化有一个界线的话，桑塔格的作法并非试图抹煞这个界线，而是以一种开放的态度让两种文化形态并存。用她自己的话说：

> 我从来不觉得我是在消除高文化与低文化之间的距离。我毫无疑问地、一点也不含糊、一点也没有讽刺意味地忠于文学、音乐、视觉与表演艺术中的高文化的经典，但我也欣赏很多别的东西，例如流行音乐。我们似乎是在试图理解为什么这完全是有可能的，以及为什么这可以并行不悖……以及多样或多元的标准是什么。然而这并不意味着废除等级制，并不意味着把一切等同起来。在某种程度上，我对传统文化等级的偏袒和支持并不亚于任何文化保守主义者。②

---

① 桑塔格：《苏珊·桑塔格文选》，陈耀成编，台北：一方出版有限公司，2002年，第78页。

② 陈耀成整理：《反对后现代主义——苏珊·桑塔格访谈录》，载于《文学世纪》，2002年11月第2卷，第11期，第57页。

哈桑认为文化是可以渗透在过去现在和未来之间的。换句话说，他认为现代主义和后现代主义之间没有不可逾越的鸿沟，它们之间既是继承与融会的关系，又是断裂和矛盾的统一体，其他各种形态的文艺思潮也是如此。桑塔格在她四十年的文坛生涯中恰如其分地体现了多元文化可以并行不悖的现实，并且正如她所说的，否定和反思贯穿了她艺术生命的始终。

具体到小说创作和关于小说的理论来说，米兰·昆德拉曾经这样论述过小说这种兴起于其他众多艺术种类之后的艺术形式："哲学和科学忘记了人的存在，如果这是事实，那么更为明显的事实是，随着塞万提斯而形成的一个欧洲的伟大艺术不是别的，正是对这个被人遗忘的存在所进行的勘探。"①再现和探索人的存在，是小说兴起和发展的理由，自塞万提斯以来的小说家不断从外部和内心世界试图展现人存在的本质，并且对种种展现的方式进行了探讨，这就是关于小说的理论。虽然桑塔格对文化领域内的众多现象都有涉猎，但专门关于小说理论的论述却很少落入她的笔端。即便如此，小说作为现代文学艺术的一种主要表现形式，也免不了落入了桑塔格的视野。况且，桑塔格本人极其重视自己的小说创作在她艺术生涯中的地位，足见她对小说艺术的青睐。从以上各章对于其小说性质、功用、结构及形式等不同方面所作的分析，可以看出桑塔格不仅在宏观上反思时代文学的流弊，同时以发展的观点看待自己本人四十年的文艺生涯，而且在具体的小说创作技巧上娴熟把握时代的脉搏，在自己的创作中实践了这种深刻的否定和反思。如果说能够用一个词来概括桑塔格的小说艺术观念，"反思"无疑会是这个词最好的选择。

---

① 米兰·昆德拉：《小说的艺术》，孟湄译，北京：三联书店，1995 年，第 3 页。

参考文献

（一）桑塔格著作（按出版年代排序）：

英文部分：

1. *The Benefactor.* New York：Farrar, Straus and Company, 1963.

2. *Against Interpretation.* New York：Farrar, Straus, Giroux, 1966.

3. *Death Kit.* New York：Farrar, Straus, Giroux, 1967.

4. *Trip to Hanoi.* New York：Farrar, Straus, Giroux, The Noonday Press, 1968.

5. *Styles of Radical Will.* New York：Farrar, Straus, Giroux, 1969.

6. *Duet of Cannibal.* （produced by Sandrew Film & Teater AB［Sweden］, 1969），New York：Farrar, Straus, Giroux, The Noonday Press, 1970.

7. （Author of introduction）Dugald Stermer, compiler, *The Art of Revolution*, McGraw – Hill, 1970.

8. （Author of introduction）E. M. Cioran, *The Temptation to Exist*, translated by Richard Howard, Quadrangle, 1970.

9. *Brother Carl：A Filmscript* （produced by Sandrew Film & Teater AB and Svenska Filminstitutet［Sweden］, 1971），New York：Farrar, Straus, Giroux, The Noonday Press, 1974.

10. （Editor and author of introduction）*Antonin Artaud：Selected Writings*, New York：Farrar, Straus, 1976.

11. *On Photography.* New York：Farrar, Straus, Giroux, 1977.

12. *Illness as Metaphor.* New York：Farrar, Straus, Giroux, 1978.

13. *I, etcetera.* New York：Farrar, Straus, Giroux, 1978.

14. *Under the Sign of Saturn.* New York：Farrar, Straus, Giroux, 1980.

15. （Editor and author of introduction）*A Barthes Reader*, New York：Farrar, Straus, 1982.

16. *A Susan Sontag Reader.* Introduction by Elizabeth Hardwick. New York：Farrar, Straus,

Giroux, 1982.

17. *AIDS and Its Metaphors*. New York: Farrar, Straus, Giroux, 1989.

18. *Illness as Metaphor and AIDS and Its Metaphors*. New York: Anchor Books, Doubleday, 1990.

19. *The Way We Live Now*. With engravings by Howard Hodgkin. London: Jonathan Cape, 1991.

20. *The Volcano Lover*. New York: Farrar, Straus, Giroux, 1992.

21. *Alice in Bed: A Play in Eight Scenes*. New York: Farrar, Straus, Giroux, 1993.

22. (Author of introduction) Danilo Kis, editor, *Homo Poeticus: Essays and Interviews*, Farrar, Straus, 1995.

23. (Contributor) Michael Auping and others, *Howard Hodgkin Paintings*, Harry N. Abrams, 1995.

24. (Author of introduction) *Photographs from Storyville, the Red – Light District of New Orleans*, J. Cape (London), 1996.

25. (Contributor) Annie Leibovitz, *Women*, New York: Random House, 1999.

26. (Contributor) Polly Borland, *The Babies*, New York: Power House Books, 2000.

27. *In America*. New York: Farrar, Straus, Giroux, 2000.

28. *Where the Stress Falls*. New York: Farrar, Straus, Giroux, 2001.

29. *Regarding the Pain of Others*. New York: Farrar, Straus, Giroux, 2003.

30. *At the Same Time: Essays and Speeches*. Edited by Paolo Dilonardo and Anne Jump; with a foreword by David Rieff. New York: Farrar, Straus, Giroux, 2008.

中文部分：

1. 《论摄影》，艾红华、毛建雄译，长沙：湖南美术出版社，1999 年。

2. 《火山恋人》，李国林、伍一莎译，南京：译林出版社，2002 年。

3. 《在美国》，廖七一、李小均译，南京：译林出版社，2003 年。

4. 《反对阐释》，程巍译，上海：上海译文出版社，2003 年。

5. 《疾病的隐喻》，程巍译，上海：上海译文出版社，2003 年。

6. 《重点所在》，陶洁、黄灿然等译，上海：上海译文出版社，2004 年。

7. 《恩主》，姚君伟译，南京：译林出版社，2004 年。

8. 《死亡之匣》，李建波、唐岫敏译，南京：译林出版社，2005 年。

9. 《中国旅行计划》，申慧辉等译，海口：南海出版公司，2005 年。

10. 《沉默的美学：苏珊·桑塔格论文选》，黄梅等译，海口：南海出版公司，2006 年。

11.《关于他人的痛苦》，黄灿然译，上海：上海译文出版社，2006 年。

12.《在土星的标志下》，姚君伟译，上海：上海译文出版社，2006 年。

13.《激进意志的样式》，何宁等译，上海：上海译文出版社，2007 年。

14.《床上的爱丽斯》，冯涛译，上海：上海译文出版社，2007 年。

15.《论摄影》，黄灿然译，上海：上海译文出版社，2008 年。

16.《死亡匣子》，刘国枝译，上海：上海译文出版社，2009 年。

17.《我，及其他》，徐天池等译，上海：上海译文出版社，2009 年。

18.《同时》，黄灿然译，上海：上海译文出版社，2009 年。

19.《火山情人：一个传奇》，姚君伟译，上海：上海译文出版社，2012 年。

（二）桑塔格研究著作：
工具书类：

1. *Contemporary Literary Criticism*, Gale（Detroit），Volume 1，1973，Volume 2，1974，Volume 10，1979，Volume 13，1980，Volume 31，1985，Volume 105，1998，Volume 195，2004.

2. *Dictionary of Literary Biography*, Gale, Volume 2：*American Novelists since World War II*，1978，Volume 67：*Modern American Critics since* 1955，1988.

3. *Encyclopedia of World Literature in the Twentieth Century*, St. James Press（Detroit, MI），1999.

4. *The Johns Hopkins Guide to Literary Theory and Criticism*, edited by Michael Groden and Martin Kreiswirth, Baltimore：The Johns Hopkins Press，1994.

书籍类：

1. Gilman, Richard. *The Confusion of Realms.* Random House，1970.

2. Kazin, Alfred. *Bright Book of Life：American Novelists and Storytellers from Hemingway to Mailer.* Boston：Little, Brown，1973.

3. Kennedy, Liam. *Susan Sontag：Mind as Passion.* Manchester：Manchester University Press，1995.

4. Kimball, Roger. *The Long March：How the Cultural Revolution of the 1960s Changed America.* San Francisco：Encounter Books，2000.

5. Poague, Leland, ed. *Conversations with Susan Sontag.* Jackson：University Press of Mississippi，1995.

6. Rieff, David. *Swimming in the Sea of Death：A Son's Memoir.* New York：Simon & Schuster，2008.

7. Rollyson, Carl. *Reading Susan Sontag：A Critical Introduction to Her Work.* Chicago：Ivan

R. Dee，2001.

8. Rollyson, Carl. and Lisa Paddock, *Susan Sontag*：*The Making of an Icon.* New York：W. W. Norton & Company, Inc. , 2000.

9. Sayres, Sohnya. *Susan Sontag*：*The Elegiac Modernist.* New York：Routledge, 1990.

10. Seligman, Craig. *Sontag & Kael*：*Opposites Attract Me.* New York：Counterpoint, 2004.

11. Vidal, Gore. *Reflections upon a Sinking Ship.* Boston：Little, Brown, 1969.

12. 刘丹凌：《从新感受力美学到资本主义文化批判——苏珊·桑塔格思想研究》，成都：巴蜀书社，2010 年。

13. 孙燕：《反对阐释——一种后现代的文化表征》，上海：上海三联书店。2007 年。

14. 王秋海：《反对阐释——桑塔格美学思想研究》，北京：中央编译出版社，2011 年。

15. 王予霞：《苏珊·桑塔格纵论》，北京：民族出版社，2004 年。

16. ——，《苏珊·桑塔格与当代美国左翼文学研究》，北京：中国社会科学出版社，2009 年。

17. 鞠惠冰编著：《桑塔格论艺术》，长春：吉林美术出版社，2007 年。

18. 姚君伟：《姚君伟文学选论》，上海：复旦大学出版社，2007 年。

19. 袁晓玲：《桑塔格思想研究——基于小说、文论与影像创作的美学批判》，武汉：武汉大学出版社，2010 年。

主要期刊及文集内的书评、评论文章：

1. Adams, Michael Vannoy, "Sontag vs. Sontag," *The New Criterion*, November, 1982.

2. Bawer, Bruce, "That Sontag Woman," in *The New Criterion*, Vol. 11, No. 1, September, 1992, pp. 30～37.

3. Bellamy, Joe David, "Susan Sontag," in *The New Fiction* (Chicago：University of Illinois Press, 1974), pp. 113～129.

4. Benedict, Helen, "The Passionate Mind," *New York Woman* 3, November 1988.

5. Berman, Paul, "On Susan Sontag," *Dissent*, spring 2005, pp. 109～112.

6. Bernstein, Richard, "Susan Sontag, as Image and as Herself," *New York Times*, January 26, 1989, p. C17.

7. Birkerts, Sven, "Fiction in Review," *Yale Review* 88, No. 4 (October 2000)：158～62.

8. Braudy, Leo, "A Genealogy of Mind," *New Republic*, November 29, 1980, pp. 43～46.

9. Brooks, Peter, "Death of/as Metaphor," *Partisan Review* 46, 1979, pp. 438～44, .

10. Capouya, Emile, "The Age of Allegiance," *Saturday Review*, 52 (3 May 1969)：29.

11. DeMott, Benjamin, "Lady on the Scene," *New York Times Book Review*, 23 January 1966, pp. 5, 32.

12. Dyer, Geoff, "The Way We Live Now." *New Statesman* 2, No. 41 (17 March 1989): 34 ~ 35.

13. Eder, Richard, "That Hamilton Woman," in *Los Angeles Times Book Review*, August 16, 1992, pp. 3, 7.

14. Elgaard, Elin, Review of *The Volcano Lover*, by Susan Sontag, *World Literature Today* 67, No. 4 (Autumn 1993): 825 ~ 826.

15. Elliott, George P., "High Prophetess of High Fashion," *Times Literary Supplement*, March 17, 1978, p. 304.

16. Frank, Marcie, "The Critic as Performance Artist: Susan Sontag's Writing and Gay Cultures," in *Camp Grounds: Style and Homosexuality*, edited by David Bergman, University of Massachusetts Press, 1993, pp. 173 ~ 184.

17. Gass, William H., "A Different Kind of Art," *New York Times Book Review*, 18 December 1977, pp. 7, 30 ~ 31.

18. Gilbert, Harriet, "Education of the Heart." *New Statesman and Society* 4, no. 144 (29 March 1991): pp. 23 ~ 24.

19. Gilman, Richard, "Susan Sontag and the Question of the New," *New Republic*, 160 (3 May 1969): pp. 23 ~ 26, 28.

20. Goodman, Walter, "Fair Game." *New Leader* 65, No. 23 (13 December 1982): 9 ~ 10.

21. Jenkyns, Richard, "Eruptions," *New Republic*, Vol. 207, Nos. 11 ~ 12, September 7 ~ 14, 1992, pp. 46 ~ 49.

22. Johnson, Alexandra, "Romance as Metaphor," *The Nation*, Vol. 255, No. 10, October 5, 1992, pp. 365 ~ 368.

23. Keates, Jonathan, "The Antique Collector's Guide," *Times Literary Supplement*, No. 4669, September 25, 1992, p. 24.

24. Kendrick, Walter, "Eminent Victorian," *The Village Voice*, October 15 ~ 21, 1980, pp. 44 ~ 46. Review of *Under the Sign of Saturn*.

25. Kimball, Roger, "Reflections on a Cultural Revolution – VI: The New Sensibility," in *New Criterion* 16, No. 6 (February 1998): pp. 5 ~ 11.

26. Lacayo, Richard, "Profile of Susan Sontag," *Time*, October 24, 1988, pp. 86 ~ 88.

27. Lester, Paul, Review of *Regarding the Pain of Others*, by Susan Sontag, *Journalism & Mass Communication Educator* 58, No. 4 (Winter 2004): pp. 392 ~ 394.

28. Lewis, Tess, "Wild Fancies," *Belles Lettres* 9, No. 3 (spring 1994): pp. 25 ~ 26.

29. MacFarquhar, Larissa, "Premature Postmodern," *Nation*, Vol. 261, No. 12, October 16, 1995, pp. 432 ~ 434, 436.

30. Maitland, Sara, "Practising Safe Language," *Spectator* 262, No. 8385 (25 March 1989):
29.

31. McDonald, Maggie, "Show Me," *New Scientist* 177, No. 2384 (1 March 2003): 49.

32. McLemee, Scott, "Notes from the Pedestal," *Washington Post Book World* (16 September
2001): 9.

33. Miller, D. A., "Sontag's Urbanity," *October* 49: 91 ~ 101 (Summer, 1989).

34. Nehamas, Alexander, "The Other Eye of the Beholder," *American Prospect* 14, no. 8
(September 2003): 62 ~ 63.

35. Nelson, Cary, "Soliciting Self – Knowledge: The Rhetoric of Susan Sontag's Criticism,"
Critical Inquiry 6: 707 ~ 726 (Summer, 1980).

36. Nelson, Deborah L., "Public Intellectual," *Women's Review of Books* 19, No. 1 (October
2001): 4 ~ 6.

37. Ostriker, Alicia, "Anti – Critic," *Commentary* 41 (June, 1966): 83 ~ 84.

38. Parini, Jay, "Reading the Readers: Barthes and Sontag," *The Hudson Review* 36 (Sum-
mer, 1983): 410 ~ 411.

39. Postlewaite, Diana, "Scene Stealer," *Women's Review of Books* 17, No. 9 (June 2000):
5 ~ 6.

40. Rollyson, Carl, "The Will & the Way," *New Criterion* 18, No. 8 (April 2000): 80 ~ 82.

41. Roudiez, Leon S., Review of *AIDS and Its Metaphors*, by Susan Sontag. *World Literature
Today* 63, No. 4 (autumn 1989): 685.

42. Rubin, Louis D., Jr., "Susan Sontag and the Camp Followers," *Sewanee Review* 82
(Summer, 1974): 503 ~ 510.

43. Rubin, Merle, "Susan Sontag's Cavalier Cavaliere," in *The Christian Science Monitor*,
August 11, 1992, p. 11.

44. Sheppard, R. Z., "Lava Soap," in *Time*, Vol. 140, No. 7, August 17, 1992, pp. 66 ~
67.

45. Silverblatt, Michael, "For You O Democracy," *Los Angeles Times Book Review*, 27 Febru-
ary 2000, pp. 1 ~ 2.

46. Simmons, Charles, "Sontag Talking," *New York Times Book Review*, 18 December 1977,
pp. 7, 31, 33.

47. Simon, John, "From Sensibility toward Sense," *New Leader* 63, no. 23 (15 December
1980): 22 ~ 24.

48. Simon, John, "The Valkyrie of Lava," in *The National Review*, Vol. 44, No. 17, August
31, 1992, pp. 63 ~ 65.

49. Smith, Sharon, "Susan Sontag," in her *Women Who Make Movies* (New York: Hopkinson & Blake, 1975), pp. 52~54.

50. Solotaroff, Theodore, "Interpreting Susan Sontag," in his *The Red Hot Vacuum* (New York: Atheneum, 1970), pp. 261~268.

51. Sontag, Susan, with Erika Munk, "Only the Possible: An Interview with Susan Sontag," in *Theater*, Vol. 24, No. 3, 1993, pp. 31~36.

52. Spalding, Frances, "Writer in a Critical Condition," *New Statesman* 131, No. 4571 (21 January 2002): 49~50.

53. Stern, Daniel, "Life Becomes a Dream," *New York Times Book Review*, 8 September 1963, p. 5.

54. Tanner, Tony, "Space Odyssey," *Partisan Review*, 35 (Summer 1968): 446~451.

55. Todorov, Tzvetan, "Exposures," *New Republic* 228, Nos. 4605~06 (21~28 April 2003): 28~31.

56. Urbanski, Marie Olesen, "A Festering Rage," in *Los Angeles Times Book Review*, October 10, 1993, p. 8.

57. Wain, John, "Song of Myself," *New Republic*, 149 (21 September 1963): 26~27, 30.

58. Wood, James, "The Palpable Past – Intimate," *New Republic* 222, No. 13 (27 March 2000): 29~33.

59. Wood, Michael, "Susan Sontag and the American Will," *Raritan* 21, No. 1 (Summer 2001): 141~147.

60. Wood, Michael, "*This Is Not the End of the World*," (*New York Review of Books*, January 25, 1979) pp. 28~31.

61. Young, Vernon, "Socialist Camp: A Style of Radical Wistfulness," *The Hudson Review* 22 (Autumn, 1969): 513~520.

ProQuest Digital Dissertation (PQDD) 内可搜到的主要博士论文：

1. Griffin, Susan Elizabeth. *Women's Postmodern Historical Fiction: The Art of Reconstruction* (*Joan Didion, Susan Sontag, Jayne Anne Phillips*), Ph. D. diss. , State University of New York at Stony Brook, 1999.

2. Holdsworth, Elizabeth McCaffrey. *Susan Sontag: Writer – Filmmake,* r Ph. D. diss. . Ohio University, 1981.

3. Hutchison, Sarah Atterbury. *The Janus Allusion: Intertextuality in Novels and Plays by Susan Sontag and Marie Redonnet*, Ph. D. diss. , The University of North Carolina at Chapel Hill, 2003.

4. Markgraf, Sarah Todd. *Novelty of/as Metaphor*: *Susan Sontag, Adrienne Rich, and Yvonne Rainer*, Ph. D. diss., Columbia University, 1994.

5. Stead, Arnold Arthur. *Mapping "Spiritual Dangers"*: *The Novels of Susan Sontag*, Ph. D. diss., University of Missouri – Columbia, 1993.

中国学术期刊网内主要研究型文章：

1. 陈荣香、李霞：《论〈火山恋人〉中的两性关系》，载《科技创新导报》，2008 年第 3 期。

2. 陈文钢：《"反对阐释"之阐释》，载《宁波大学学报》（人文科学版），2006 年第 5 期。

3. ——，《〈恩主〉与法国"新小说"》，载《湖南工业大学学报》（社会科学版），2008 年第 2 期。

4. ——，《现况与展望：苏珊·桑塔格美学思想研究》，载《成都大学学报》（教育科学版），2008 年第 8 期。

5. ——，《小说的冒险与小说术的迷幻：论苏珊·桑塔格的〈恩主〉》，载《外国文学研究》，2008 年第 3 期。

6. ——，《形式论再批判：苏珊·桑塔格的风格论》，载《海南大学学报》（人文社会科学版），2008 年第 5 期。

7. 陈晓峰：《论〈恩主〉的后现代主义特征》，载《江苏教育学院学报》（社会科学版），8. 陈耀成整理：《反对后现代主义——苏珊·桑塔格访谈录》，载《文学世纪》，2002 年 11 月第 2 卷，第 11 期。

9. 程巍：《苏珊·桑塔格论文学创作》，载《外国文学动态》，2003 年第 5 期。

10. 崇秀全：《摄影的意义——论苏珊·桑塔格摄影思想》，载《文艺争鸣》，2007 年第 10 期。

11. 董娅莉：《以摄影的眼光看世界——桑塔格摄影观散论》，载《郑州大学学报》（哲学社会科学版），2005 年第 6 期。

12. 顾铮：《〈论摄影〉：摄影文化研究的"恩主"》，载《书城》，2008 年第 4 期。

13. 郝桂莲：《桑塔格的批评理论与〈恩主〉的互文性解读》，载《当代外国文学》，2006 年第 4 期。

14. ——，《作者死后的文本狂欢》，载《解放军外国语学院学报》，2009 年第 1 期；

15. ——，《流连忘返》，载《当代外国文学》，2009 年第 2 期。

16. ——，《'禅'释'反对阐释'》，载《外国文学》，2010 年第 1 期。

17. ——，《苏珊桑塔格在中国的接受与研究展望》载《当代外国文学》，2010 年第 3 期；

18. ——，《〈在美国〉的历史书写》，载《外国文学评论》，2011 年第 1 期。

19. 黄灿然：《苏珊·桑塔格与中国知识分子》，载《读书》，2005 年第 4 期。

20. 黄文达：《"新感受力"的当下意义》，载《学术月刊》，2005 年第 9 期。

21. 孔燕：《疯狂的生活 游戏的人生——〈火山恋人〉中的"坎普"风格》，载《世界文学评论》，2006 年第 1 期。

22. 李简瑷：《对"反对阐释"的阐释》，载《兰州学刊》，2007 年第 1 期。

23. 李娟：《〈反对阐释〉及其悖论》，载《江西教育学院学报》，2008 年第 4 期。

24. 李小均：《漂泊的心灵 失落的个人——评苏珊·桑塔格的小说＜在美国＞》，载《四川外语学院学报》，2003 年第 4 期。

25. 廖七一：《历史的重构与艺术的乌托邦——＜在美国＞主题探微》，载《外国文学》，2003 年第 5 期。

26. 刘丹凌：《沉寂美学与"绝对性"神话的破解——浅析苏珊·桑塔格的〈沉寂美学〉》，载《当代外国文学》，2010 年第 4 期。

27. 刘国斌：《桑塔格 坎普 后现代主义》，载《湖北广播电视大学学报》，2006 年第 1 期。

28. 马红旗：《关注社会议题的激进主义者苏珊·桑塔格——兼评短篇小说＜我们现在的生活＞》，载《当代外国文学》2006 年第 4 期。

29. 马惠珺：《现象·艺术·文化·伦理：从现代主义到后现代主义——苏珊·桑塔格摄影观浅论》载《艺苑》，2007 年第 9 期。

30. 聂宝玉：《浅析苏珊·桑塔格〈中国旅行计划〉的文体特色》，载《南阳师范学院学报》，2008 年第 8 期。

31. 潘宏声：《从〈在美国〉中透析桑塔格的个性化风格与自我意识》，载《北京印刷学院学报》，2008 年第 3 期。

32. 潘小松：《读苏珊·桑塔格》，载《博览群书》，2004 年第 8 期。

33. 覃慧宁：《如何揭示被"隐喻"遮蔽的真实——评苏珊·桑塔格〈疾病的隐喻〉》，载《西北民族研究》，2006 年第 2 期。

34. 苏七七：《预言的号角》，载《中国图书评论》，2005 年第 3 期。

35. 孙燕：《"反对阐释"的文化批判向度——关于桑塔格〈疾病的隐喻〉》，载《湛江师范学院学报》，2007 年第 5 期。

36. ——，《反对阐释与艺术色情学——论苏珊·桑塔格的美学思想》，载《理论界》，2008 年第 3 期。

37. ——，《苏珊·桑塔格：一位好战的唯美主义者》，载《贵州大学学报》（社会科学版），2007 年第 5 期。

38. 田俊武、聂宝玉：《简论苏珊·桑塔格短篇小说〈中国旅行计划〉的文体特征》，载《社科纵横》，2007年第3期。

39. 王健：《疾病的附魅与祛魅——为纪念苏珊·桑塔格而作》，载《医学与哲学》，2005年第7期。

40. 王建成：《观看之道——桑塔格的女性主义图像观》，载《山东社会科学》，2010年第2期。

41. 王秋海：《"矫饰"与前卫——解读苏珊·桑塔格的<"矫饰"笔记>》，载《文艺研究》，2004年第2期。

42. ——，《从先锋性向现代主义回归——评桑塔格的<解读阿尔托>》，载《首都师范大学学报》（社会科学版），2006年第2期。

43. ——，《桑塔格："激进"语境下的美国实验派作家》，载《外国文学》，2005年第1期。

44. ——，《形式与历史的契合——桑塔格对"法西斯主义美学"的批判》，载《当代外国文学》，2005年第3期。

45. ——，《重构现实主义——解读桑塔格的<火山情人>》，载《外国文学》，2005年第1期。

46. ——，《从解构主义看典籍英译的意义——兼论桑塔格的三种翻译方法》，载《首都师范大学学报》（社会科学版），2006年S3期。

47. ——，《桑塔格"沉默美学"的意义解读》，载《首都师范大学学报》（社会科学版），2010年第4期。

48. 王予霞：《"反对释义"的理论与实践——桑塔格和她的<我等之辈>》，载《外国文学评论》，1998年第4期。

49. ——，《反对释义与错位的感受——桑塔格批评理论探究之三》，载《湛江师范学院学报》（社会科学版），1998年第4期。

50. 《文化诗学视野中的<火山情人>》，载《外国文学评论》，2002年第4期。

51. ——，《苏珊·桑塔格研究综述》，载《外国文学动态》，2007年第1期。

52. 汪楚雄：《令人敬佩的桑塔格及其身体力行的知识分子标准》，载《世界文化》，2005年第5期。

53. 吴红：《梦幻：现实生活的恩主——试论苏珊·桑塔格〈恩主〉的诗学特征》，载《世界文学评论》，2007年第1期。

54. 吴锡平：《反抗隐喻的病痛——读苏珊·桑塔格<疾病的隐喻>》，载《书屋》2005年第1期。

55. 徐文培、吴昊：《苏珊·桑塔格反对阐释理论的体系架构及梦幻载体的实践》，载《外语学刊》，2008年第4期。

56. 姚君伟：《听桑塔格讲那思想家的故事——<在土星的标志下>译后》，载《译林》，2005 年第 6 期。

57.——，《桑塔格最后的日子：儿子的回忆——大卫·里夫〈在死亡之海搏击〉及其他》，载《外国文学动态》，2008 年第 3 期。

58.——，《苏珊·桑塔格及其小说〈恩人〉》，载《外国文学动态》，2004 年第 1 期。

59.——，《走进中文世界的苏珊·桑塔格——苏珊·桑塔格在中国的译介》，载《新文学史料》，2008 年第 32 期。

60. 袁晓玲：《桑塔格小说的艺术审美价值及美学特征》，载《理论月刊》，2009 年第 1 期。

61. 曾阳萍：《〈反对阐释〉：苏珊·桑塔格的形式美学宣言》，载《福建教育学院学报》，2006 年第 1 期。

62. 张柠：《桑塔格：被肢解的女性和批评家》，载《中国图书评论》2006 年第 2 期。

63. 张淑芳：《反对阐释：重返隐喻背后的真实——解读苏珊·桑塔格〈疾病的隐喻〉》，载《长沙大学学报》，2008 年第 4 期。

64. 赵广竹：《苏珊桑塔格的女性"坎普"与叙事技巧》，载《鞍山师范学院学报》，2008 年第 3 期。

65. 周艺：《盲目的追寻——评〈在美国〉中玛琳娜的主体性》，载《外语研究》，2010 年第 6 期。

国内有关桑塔格的硕、博士论文（以完成年代先后为序）：

1. 王秋海：《反对阐释——桑塔格形式主义诗学研究》，首都师范大学博士论文，2004 年。

2. 那彩霞：《感受的政治文化学》，辽宁大学硕士论文，2005 年。

3. 李霞：《桑塔格形式美学研究》，南京师范大学硕士论文，2006 年。

4. 陈文钢：《苏珊·桑塔格批评思想研究》，浙江大学博士论文，2006 年。

5. 孙燕：《后现代主义与反阐释理论》，上海师范大学博士论文，2006 年。

6. 洪晓：《论苏姗·桑塔格的非殖民化倾向》，浙江师范大学硕士论文，2006 年。

7. 康健：《现代主义文学文本：〈恩主〉——苏姗·桑塔格早期小说艺术研究》，上海外国语大学硕士论文，2006 年。

8. 梅丽：《作为解放手段的文学——结合马尔库塞的理论探讨桑塔格二十世纪六十年代的作品》，上海外国语大学博士论文，2007 年。

9. 刘丹凌：《苏珊·桑塔格新感受力美学研究》，四川大学博士论文，2007 年。

10. 王悦：《论苏姗·桑塔格的"新感受力"》，山东师范大学硕士论文，2007 年。

11. 徐越：《追寻理想的自我——对〈在美国〉中苏姗·桑塔格的自我观研究》，浙江大学硕士论文，2007 年。

12. 吴昊：《桑塔格作品中反对阐释理论的实践》，黑龙江大学硕士论文，2007 年。

13. 尹利根：《苏姗·桑塔格"新感受力"美学思想研究》，南昌大学硕士论文，2007 年。

14. 甘丽：《桑塔格作品中的美学内涵》，广西师范大学硕士论文，2008 年。

（三）其他相关文献：
英文部分：

1. Barthes, Roland. *Writing Degree Zero and Elements of Semiology*. Trans. Annette Lavers and Colin Smith, Boston：Beacon Press, 1970.

2. ——. *Critical Essays*. Trans. Richard Howard, Evanston：Northwestern UP, 1972.

3. ——. *Writing Degree Zero*. Trans. Annette Lavers and Colin Smith. New York：The Noonday Press, 1968.

4. Booth, Wayne C.. *The Rhetoric of Fiction*. University of Chicago Press, 1961/1983.

5. Bradbury, Malcolm. *The Modern American Novel*. Oxford：Oxford University Press, 1992.

6. Chase, Richard. *The American Novel and Its Tradition*. New York：Double Day, 1957.

7. Chatman, Seymour. *Story and Discourse：Narrative Structure in Fiction and Film*. Ithaca and London：Cornell University Press, 1978.

8. Crane, R. S. *Critics and Criticism*. Chicago & London：The University of Chicago Press, 1952.

9. Culler, Jonathan. *Structural Poetics：Structuralism, Linguistics, and the Study of Literature*. Ithaca：Cornell University Press, 1975.

10. ——. *On Destruction：Theory and Criticism after Structuralism*. Ithaca：Cornell University Press, 1982.

11. Eagleton, Terry. *Marxism and Literary Criticism*. London：Methune, 1976.

12. ——. *Literary Theory：An Introduction*, the Second Edition. Shanghai：Foreign Language Teaching and Research Press, 2004.

13. Elliott, Emory. *Columbia Literary History of the United States*. New York：Columbia University Press, 1988.

14. ——. *The Columbia History of the American Novel*. New York：Columbia University Press, 1991. （北京：外语教学与研究出版社, 2005）

15. Erlich, V. *Russian Formalism：History – Doctrine*. New Haven：Yale University Press, 1981.

16. Genette, Gerard. *Narrative Discourse：An Essay in Method*. trans. Jane E. Lewin. Cornell University Press, 1980.

17. Hassan, Ihab. *The Postmodern Turn*: *Essays in Postmodern Theory and Culture*. Columbus: Ohio State University Press, 1987.

18. Heidegger, Martin. *Being and Time*, trans. by John Macquarrie and Edward Robinson. New York: Harper & Row Publishers, 1962.

19. Hutcheon, Linda. *A Poetics of Postmodernism*: *History, Theory, Fiction*. New York: Routledge, 1988.

20. Jameson, Fredric. *The Ideology of Theory*: *Essays* 1971 ~ 1986, Vol, 2, Minneapolis: University of Minnesota Press, 1988.

21. Kearns, Mickeal. *Rhetoric Narratology*. Lincoln and London: University of Nebraska Press, 1999.

22. Kermode, Frank. *The Genesis of Secrecy*. Cambridge, Massachusetts and London: Harvard University Press, 1979.

23. Kershner, Richard Brandon. *The Twentieth – Century Novel*: *An Introduction*. Boston: Bedford Books, 1997.

24. Leitch, B. Vincent. *American Literary Criticism from the Thirties to the Eighties*. Columbia University press, 1987.

25. Lemon, L. & M. Reis, eds. *Russian Formalist Criticism*. Nebraska: University of Nebraska Press, 1965.

26. Lodge, David. (ed.) *20th Century Literary Criticism*: *A Reader*. London & New York: Longman, 1972.

27. ——. *Novelist at the Crossroads*. Ithaca: Cornell University Press, 1971.

28. Martin, Wallace. *Recent Theories of Narrative*. Ithaca: Cornell University Press, 1986.

29. Matejka, Ladislav. and Irwin R. Titunik (eds.), *Semiotics of Art*. Cambridge: The MIT Press, 1976.

30. McHale, Brian. *Postmodernist Fiction*. London and New York: Routledge, 1987.

31. McQuillan, Martin, ed. *The Narrative Reader*. London: Routledge, 2000.

32. Miller, James E. Jr. (ed.) *Theory of Fiction*: *Henry James*, Lincoln and London: University of Nebraska Press, 1972.

33. Parrinder, Patrick (ed.) *Science Fiction*: *A Critical Guide*. London: Longman, 1979.

34. Phelan, James. and Peter Rabinowitz, eds. *A Companion to Narrative Theory*. Oxford: Blackwell, 2005.

35. Phelan, James. *Reading People, Reading Plots*: *Character, Progression, and the Interpretation of Narrative*. Chicago and London: The University of Chicago Press, 1989.

36. Reising, Russell. *The Unusable Past*: *Theory and the Study of American Literature*. New

York：Methuen，1986.

37. Rice，P. & P. Waugh，ed. *Modern Literary Theory：A Reader*. London：Edward Arnold：1989.

38. Richter，David.（ed.）*The Critical Tradition：Classic Texts and Contemporary Trends*. Boston：Bedford Books，1998.

39. Rimmon – Kenan，Shlomith. *Narrative Fiction：Contemporary Poetics*. New York：Methuen，1983.

40. Rose，Margaret A. *Parody/Meta – fiction*. London：Croom Helm，1979.

41. Sarup，Madan. *An Introductory Guide to Post – structuralism and Postmodernism*，second edition. Athens：The University of Georgia Press，1993.

42. Scholes，Robert. *Structuralism in Literature：An Introduction*. New Haven：Yale University Press，1974.

43. Seldon，Raman. *The Theory of Criticism from Plato to the Present：A Reader*. Harlow/London：Longman，1988.

44. Smith，Edmund J.，ed. *Postmodernism and Contemporary Fiction*. London：B. T. Batsford Ltd，1991.

45. Spiegel，Alan. *Fiction and the Camera Eye：Visual Consciousness in Film and the Modern Novel*. Charlottesville：University Press of Virginia，1976.

46. Spiller，Robert E. *The Cycle of American Literature*. New York：The Free Press，1967.

47. Trilling，Lionel. *The Liberal Imagination：Essays on Literature and Society*，New York：Harcourt Brace Jovanovich，1978.

48. Wahlin，Claes，ed. *Perspectives on Narratology*. Frankfurt am Main；Berlin；Bern；New York；Paris；Wien：Peter Lang，1996.

中文部分：

1. 艾布拉姆斯：《镜与灯》，郦稚牛等译，王宁校，北京：北京大学出版社。

2. 安吉拉·默克罗比：《后现代主义与大众文化》，田晓菲译，北京：中央编译出版社，2001 年。

3. 巴赫金：《文艺学中的形式主义方法》，李辉凡、张捷译，桂林：漓江出版社，1989 年。

4. ——，《小说理论》，白春仁等译，石家庄：河北教育出版社，1998 年。

5. ——，《陀思妥耶夫斯基诗学问题》，白春仁、顾亚铃译，北京：三联书店，1988 年。

6. 柏拉图：《理想国》，郭斌和、张竹明译，北京：商务印书馆，1986 年。

7. 博尔赫斯：《博尔赫斯小说集》，王永年等译，杭州：浙江文艺出版社，1999 年。

8. 查尔斯·鲁亚斯：《美国作家访谈录》，粟旺译，北京：中国对外翻译出版公司，1995 年。

9. 陈世丹：《美国后现代主义小说艺术论》，沈阳：辽宁师范大学出版社，2002 年。

10. 程锡麟、王晓路：《当代美国小说理论》，北京：外语教学与研究出版社，2001 年。

11. 茨维坦·托多洛夫：《批评的批评》，王东亮、王晨阳译，北京：生活·读书·新知三联书店，1988 年。

12. 崔道怡等编：《"冰山"理论：对话与潜对话》，北京：工人出版社，1987 年。

13. 戴维·洛奇：《小说的艺术》，王峻岩等译，北京：作家出版社，1997 年。

14. 戴维·洛奇编：《二十世纪文学评论》，葛林等译，上海：上海译文出版社，1993 年。

15. 蒂费纳·萨莫瓦约：《互文性研究》，劭伟译，天津：天津人民出版社，2002 年。

16. 方珊编：《形式主义文论选》，济南：山东教育出版社，1999 年。

17. 弗洛伊德：《梦的解析》，赖其万等译，北京：作家出版社，1986 年。

18. 福斯特：《小说面面观》，苏炳文译，广州：花城出版社，1984 年。

19. 高行健：《现代小说技巧初探》，广州：花城出版社，1981 年。

20. 格雷马斯，《论意义——符号学论文集》，冯学俊、吴泓缈译，天津：百花文艺出版社，2005 年。

21. 哈罗德·布鲁姆：《影响的焦虑》，徐文博译，南京：江苏教育出版社，2005 年。

22. 海德格尔：《……人，诗意地栖居……》，选自《海德格尔诗学文集》，成穷等译，上海：华中师范大学出版社，1992 年。

23. 海登·怀特：《形式的内容：叙事话语与历史再现》，董立河译，北京：北京出版社出版集团，文津出版社，2005 年。

24. 亨利·詹姆斯：《小说的艺术：亨利·詹姆斯文选论》，朱雯等译，上海：上海译文出版社，2000 年。

25. 华莱士·马丁：《当代叙事学》，伍晓明译，北京：北京大学出版社，2005 年。

26. 杰拉尔德·格拉夫：《自我作对的文学》，陈慧、徐秋红译，石家庄：河北人民出版社，2004 年。

27. 利昂·塞米利安：《现代小说美学》，宋协立译，西安：陕西人民出版社，1987 年。

28. 列夫·托尔斯泰：《艺术论》，丰成宝译，北京：人民文学出版社，1958 年。

29. 吕同六主编：《二十世纪世界小说理论经典》，北京：华夏出版社，1995 年。

30. 罗兰·巴特：《S/Z》，屠友祥译，上海：上海人民出版社，2000 年。

31. ——，《罗兰·巴特自述》，怀宇译，天津：百花文艺出版社，2001 年。

32. 马克·肖勒：《技巧的探讨》，盛宁译，载于《世界文学》，1982 年第 1 期。

33. 迈克尔·伍德：《沉默之子》，顾钧译，北京：生活·读书·新知三联书店，2003 年。

34. 米克·巴尔：《叙述学——叙事理论导论》，谭君强译，北京：中国社会科学出版社，2003 年。

35. 米兰·昆德拉：《帷幕》，董强译，上海：上海译文出版社，2006 年。

36. ——，《小说的艺术》，董强译，上海：上海译文出版社，2004 年。

37. ——，《小说的艺术》，孟湄译，北京：三联书店，1995 年。

38. 莫里斯·迪克斯坦：《伊甸园之门——六十年代美国文化》，方晓光译，上海：上海外语教育出版社，1985 年。

39. 纳博科夫：《文学讲稿》，申惠辉等译，上海：上海三联出版社，2005 年。

40. 钱钟文主编：《巴赫金全集》，白春仁、晓河译，石家庄：河北教育出版社，1998 年。

41. 热拉尔·热奈特：《叙事话语·新叙事话语》，王文融译，北京：中国社会科学出版社，1990 年。

42. ——，《热奈特论文集》，史忠义译，天津：百花文艺出版社，2001 年。

43. 塞尔登等：《当代文学理论导读》（英文版第 4 版），北京：外语教学与研究出版社，2004 年。

44. 莎士比亚：《莎士比亚全集》（第九卷），朱生豪译，北京：人民文学出版社，1978 年。

45. 申丹、韩加明、王丽亚：《英美小说叙事理论研究》，北京：北京大学出版社，2005 年。

46. 申丹：《叙述学与小说文体学研究》，北京：北京大学出版社，2004 年。

47. 陶洁主编：《美国文学选读》，北京：北京高等教育出版社，2000 年。

48. 韦恩·布斯：《小说修辞学》，华明等译，北京：北京大学出版社，1987 年。

49. 王瑾：《互文性》，桂林：广西师范大学出版社，2005 年。

50. 王泰来等编译：《叙事美学》，重庆：重庆出版社，1987 年。

51. 维·什克洛夫斯基：《散文理论》，刘宗次译，南昌：百花州文艺出版社，1994 年。

52. 文美惠选编：《司各特研究》，北京：外语教学与研究出版社，1998 年。

53. 吴持哲编：《诺思洛普·弗莱文论选集》，北京：中国社会科学出版社，1997 年。

54. 伍蠡甫主编：《西方文论选》，上海：上海译文出版社，1979 年。

55. 席勒：《美育书简》，徐恒醇译，北京：中国文联出版公司，1984 年。

56. 亚里士多德、贺拉斯：《诗学·诗艺》，郝久新译，北京：九州出版社，2006 年。

57. 亚里士多德：《修辞学》，罗念生译，北京：三联书店，1991 年。

58. ——，《诗学》，罗念生译，上海：上海人民出版社，2005 年。

59. ——，《形而上学》，吴寿彭译，北京：商务印书馆，1996 年。

60. 叶廷芳主编：《卡夫卡全集》第 4 卷，石家庄：河北教育出版社，1996 年。

61. 伊恩·瓦特：《小说的兴起》，高原、董红钧译，北京：三联书店，1992 年。

62. 伊哈布·哈山（桑）：《后现代的转向：后现代理论与文化论文集》，刘象愚译，台北市：时报文化，1993 年。

63. 殷企平、高奋、童燕萍：《英国小说批评史》，上海：上海外语教育出版社，2001 年。

64. 约翰·福尔斯：《法国中尉的女人》，陈安全译，上海：上海译文出版社，2003 年。

65. 约瑟夫·弗兰克等：《现代小说中的空间形式》，秦林芳编译，北京：北京大学出版社，1991 年。

66. 詹姆斯·乔伊斯：《一个青年艺术家的画像》，黄雨石译，北京：外国文学出版社，1983 年。

67. 张寅德编选：《叙述学研究》，北京：中国社会科学出版社，1989 年。

68. 赵一凡等主编：《西方文论关键词》，北京：外语教学与研究出版社，2006 年。

69. 赵毅衡：《当说者被说的时候——比较叙述学导论》，北京：中国人民出版社，1998 年。

70. 朱光潜：《西方美学史》，北京：人民文学出版社，1985 年。

后 记

　　庄子曾说过："吾生也有涯，而知也无涯。以有涯随无涯，殆已!"在如今信息爆炸，书籍总量激增的今天，这种感慨尤为贴切。虽然书籍不等于知识，但却是获得知识的必要手段之一。在本课题完成的过程中，这也是作者遇到的首要难题。桑塔格的声音和影响遍布欧美的许多国家，甚至在她足迹鲜至的亚非拉诸国也有众多的读者和相应的评论。她基本用英语创作，但她本人精通法语，曾用斯拉夫语和瑞典语导演剧本和电影，要在短时间内消化和掌握有关桑塔格的所有材料几乎是不可能的。其次，桑塔格受过系统的、严格的欧陆哲学的训练，并长期生活在欧洲，与大批的欧美先锋派思想家、艺术家往来密切，她的小说创作也深受各种欧洲思想的影响，读起来很费功夫。另外，在长达四十多年的创作生涯中，桑塔格在创作风格和批评观念上都有了长足的发展，这也是情势使然。但要在变化中把握其不变的精髓，厘清她创作观念的主旨，而且要在漫漫的文学史及批评史长河中确定这一观念的位置，也成了在完成这篇论文过程中的主要难点。最后，大概也是最主要的，本书作者虽然读书夜以继日，怎奈才疏学浅，过去对西方文学理论知之甚少，对一个命题的考察虽然殚精竭虑，也难免如井底之蛙，有所疏漏。如今抚案四望，书稿终于完成后的喜悦伴随着它终究要面对读者的忐忑，构成了我对于出版此书殷切的期待。

　　本书源于我三年前的博士毕业论文。回忆起三年多在四川大学度过的岁月，首先要感谢的就是我的恩师程锡麟先生。从论文题目的选择和思路的整理，从理论上的架构到方法上的确立，从大纲的推敲到全文的修改，无一不浸润着先生的心血。几年来，先生宽厚谦和的品格一直感染着我，其敏锐的学术眼光和严谨的治学态度也一直是我学习的楷模。另外，先生和师母在生活上的关心和照顾也使我远离亲人的治学生涯少了很多孤独和寂寞。

　　这本书稿的形成还得益于石坚教授、朱徽教授、袁德成教授和王晓路教授在课堂内外无数次的教导和讨论，他们在我毕业论文开题及后来的写作过程中都曾给予过很多中肯的建议。博士论文完成以后，包括曹莉教授、杨金才教授、殷企平教授、乔国强教授和张冲教授在内的外审专家都对论文给予了充分的肯定，并提出了很多建设性的意见。另外，肖明翰教授、廖七一教授、刘亚丁教授、袁德成教授和李毅教授还亲临答辩现场，他们妙语连珠式的提问和善意友好的评论都使我受益匪浅。

同窗好友赵莉华、方亚中、王安、孙薇、王欣和黄星等人在我读博期间都曾给予过数不清的关怀和帮助，陈爱华师妹也挤出宝贵的时间为我的研究提出了不少宝贵的建议。几年来，与师友们那些关于人生、关于学术、关于家庭、关于汶川地震的很多谈话都会在今后的日子里让我怀念不已。

感谢香港大学美国研究中心在 2007 年秋季学期为我提供了访学的机会。在港大舒适的图书馆里，我搜集到了很多可用的资料，并在那里开始了博士论文的写作。感谢多年来一直支持我、帮助我的美国夫妇 Jack Rollwagen 博士和 Louise Stein 博士，在我读博前后的日子里，他们多次寄送书籍并打来越洋电话，他们父母般的关爱和朋友般的信任一直是我不断进取的主要动力。

最后，要感谢我的父母，他们的支持一直鼓舞着我。感谢我的丈夫和儿子，在我最愁苦和艰难的日子里，是他们给予我安慰。那个我离家读书时正牙牙学语的婴儿，在我缺席的情况下，也已经顺利地长成了一个小"男子汉"。没有他们的理解和支持，就没有这部书稿的诞生。